梁石日
Yan Sogiru

冬の陽炎《ふゆのかげろう》

幻冬舎

冬の陽炎

装幀　多田和博
装画　The Ancients, 2004
The Bridgeman Art Library
getty images

1

　靖国通りと新宿区役所通りの交差点で客待ちしていた姜英吉はダッシュボードの時計を見た。時計の針は午前一時四十分を指している。あと八千円で今日のノルマは達成されるが、午前一時半を過ぎると新宿の人通りもめっきり少なくなり、これからが正念場だった。この時間帯の客は近距離か遠距離のどちらかだが、近距離の客が圧倒的に多い。近距離の客の場合は、ふたたび新宿にもどってきて乗客を待機しなければならない。

　姜英吉はラジオの深夜放送を聴きながら対向車線を見た。対向車線の路肩には明治通りから大ガード手前まで空車がぎっしり縦列している。大ガード手前の横断歩道の前後は客を誘い込もうとドアを半開きにして二重、三重駐車をしている空車で大渋滞になっている。バブルが崩壊して乗客が激減したにもかかわらず、政府の規制緩和でタクシー台数は増車の一途をたどり、需要と供給のバランスが大きく崩れ、タクシー運転手の収入は二十年前にもどった。したがって乗客の争奪戦は激しくなっている。

　近距離の客を乗せた場合、ふたたび新宿にもどってこなければならないが、乗客を拾うために二、三十分を要するかもしれない。

ノルマ制のタクシー運転手は一時間にいくらの売上げができるかで、その日の勤務時間が決まる。一時間の売上げが少ないときは、勤務時間を延長しなければならないのだ。

姜英吉は横断歩道を渡ってくる通行人の中からタクシーに乗ってきそうな客を選別していたが、ほとんどが若者だった。若者はあまりタクシーを利用しない。利用したとしても近距離が多いのである。姜英吉はあと八千円の売上げを一発で決めたかった。

明治通りは地下鉄工事をしている。そのため中央分離帯は工事に占領されて道路は一車線に規制されて渋滞をよぎなくされている。地下鉄線は池袋から渋谷までを開通させる計画らしいが、JR山手線と平行している明治通りに、あえて地下鉄線を開通する必要があるのだろうか。しかもこの財政難に数千億円を費やして地下鉄を造るのは税金の無駄使いではないのか。姜英吉は待機している間、点滅している工事標識を眺めながら、そんなことを考えていた。

車窓を軽くノックする音がした。振り返るとサラリーマン風の初老の男がこちらをのぞき込んでいた。姜英吉は反射的にドアを開けた。

後部座席に乗ってきた六十歳前後の男が、

「今夜は冷えるね」

と言ってシートに座った。

「そうですか。車の中は暖房が効いてますので、ちょっとわかりませんでした」

姜英吉は乗客の話に合わせて受け答えして、

「どちらまでですか」

と訊いた。

「大宮まで行ってくれ」

少し酒の臭《にお》いがしたが、それほど酔っている様子ではなかった。

「わかりました。道順はどう行けばいいですか」

乗客によって道順がちがうことがあるので、一応指示を仰ぐことにしている。

「明治通りを真っ直ぐ走って、赤羽から川口を抜けて大宮の手前あたりで起こしてくれ」

どうやら客はひと眠りするつもりらしい。

「わかりました」

姜英吉は頷《うなず》いて発進した。そして頭の中で素早く大宮までのメーター料金を概算した。一万円は出るだろう。これで今日のノルマは達成される。

車を発進させて明治通りに入ると道路は渋滞していた。明治通りは工事をしていない以前から高田馬場あたりまで渋滞していたが、工事がはじまってから渋滞は深夜にまでおよぶようになった。

後部座席の背もたれに体をあずけていた客が、

「午前二時だというのに渋滞してるとは、どうしようもない」

と腹にすえかねるように言った。

「地下鉄工事をしてるんです」

姜英吉は客の機嫌を取るように言った。

「明治通りに地下鉄を造る必要が、どこにあるんだ。しかも数千億円かかる。山手線の駅と明治通りの地下鉄線の駅の距離は徒歩で五分程度だ。そのわずかな距離のために数千億円をつぎ込む必要があるとは思えない。その金はすべてわれわれの税金だ。政治家と官僚とゼネコンが裏で談合し、癒着しているとしか考えられない。そう思わないかね、運転手さん」

客待ちをしている間、同じことをぼんやり考えていた姜英吉は、わが意を得たりとばかりに、

「お客さんのおっしゃる通りだと思います」

と同意した。

「日本はいま八百兆円の赤字国債をかかえている。日本の人口が一億二千六百万人として、一人当り六百三十万円の借金をかかえていることになる。わたしも運転手さんも、新宿あたりで遊び呆けている若者も暴走族も生れて間もない赤ちゃんも死にかけている老人も、六百三十万円の借金を背負ってるんだ。しかし、生れて間もない赤ちゃんや死にかけている老人は借金を返済できる能力がない。借金を返済できるのは働いている人間だよ。働いている人間は人口の約半分しかいない。そうすると働いている人間は二倍の借金を背負っている理屈になる。わたしも運転手さんも、新宿で遊び呆けている若者も暴走族も一人当り千二百六十万円の借金を背負ってるんだ。ちなみに若者に、君はいま千二百六十万円の借金を背負ってるんだと言って、納得する者がいると思うかね。誰も納得しないと思う。そんな借金したことないと言うにちがいない。しかし、千二百六十万円の借金を背負わされているのは確かなんだ。この借金は、いつかどこかで、必ず返済しなければならない。では、いつ誰が、どこで清算するのか。赤字国債が一千兆円に達するのは時間の問題だよ。一千兆円の赤字国債なんか絶対に返済できない。日本が破綻するのは目に見えている。それなのに数千億円をつぎ込んで地下鉄工事

をしている。政治家や官僚はクレイジーだ。特に官僚はわれわれの税金で喰っているくせに、われわれの税金を湯水のように使っている。いったい奴らはなんなんだ。ごく潰しのゴキブリ集団だよ。わたしはいま六十三歳だが、わたしの生きている間は破綻しないでもらいたい。死んだあとのことは、わたしの知ったことじゃないからね」

ここまでいっきに喋《しゃべ》った客は眠ってしまった。

眠った客には三種類いる。目的地に着いても目を覚まさない客と、わめいて暴れる客と、すんなり対応してくれる客である。この客はどのタイプだろうと、姜英吉はバックミラーで眠りこけている客をちらと観察した。

途中二ヶ所道路工事をしていたが、深夜の道路はすいていたので思っていたより早く大宮に着いた。

姜英吉は車を路肩に止めて後部座席を振り返り、

「お客さん、大宮に着きました」

と声を掛けた。

声を掛けられた客はむっくり起き、あたりの風景を瞥見《べっけん》した。

「あの信号を右折すると大宮駅です」

姜英吉は前方の信号を指差した。

「わかった。あの信号を左折してくれ」

寝起きの客は冷静だった。

姜英吉は客の指示を受けて信号を左折した。そしてしばらく走行すると新大宮バイパスに出た。

「道路を横断して真っ直ぐ行ってくれ」

客は体を起こして走行している前方を見つめた。

姜英吉は客の指示に従って何度か道路を曲り、畑や林道を横ぎり、ようやく一軒の家の前に到着した。メーター料金は一万四千円になっている。思った以上にメーター料金が出たので姜英吉は内心満足した。

「ありがとう」

客はメーター料金を精算して車を降りた。紳士的な乗客だった。

ノルマを達成した姜英吉はUターンしてきた道を引き返した。

あたりは真っ暗闇である。街灯もなく、点在している家屋の灯《あか》りも消えていた。姜英吉はヘッドライトの届く範囲を注意深く見つめながら運転していたが、畑や林道を横ぎったはずなのに出会わなかった。そして雑木林の中の暗い細い道に入った。この道は通っていない。姜英吉はどうやら道に迷ったらしいことに気付いた。はじめての地域で乗客を降ろして帰る途中、道に迷うことはよくある。以前、新宿西口で客を乗せて大月まで送った帰り、道に迷って富士五湖近くまで行ったことがある。姜英吉は引き返そうか、雑木林を抜けようか迷いながら走行していたが、ふと何かに気付いて車を止め後ろを振り向いて五十メートルほどバックさせた。小さな空き地の奥に白いワゴン車が駐車している。人家から離れた人気《ひとけ》のない空き地は駐車場には見えなかった。ゴミ捨て場なら冷蔵庫やテレビや、その他の廃棄物が散らかっているはずである。駐車している白いワゴン車はどこか不自然であった。

姜英吉はボックスから懐中電灯を取り出し、ドアを開けて車外に一歩踏み出した。雑木林の暗い細い道を冷たい風が吹き抜けて行く。風に揺れている雑木が、まるで岸に打ち寄せる波のような音をたてている。空《くう》を切る木枯らしの不気味な音が耳元を擦過した。姜英吉は懐中電灯で足元を照らしながら、おそるおそる白いワゴン車に近づいて行った。そして車内をのぞくと、運転席に一人、後部座席に二人の人間がシートに体をあずけて目を閉じ、口を半開きにしていた。懐中電灯の灯りの中に浮かび上がった死顔に姜英吉は思わず「おお！」と叫びを上げてタクシーに逃げもどり、そのまま発進しようとアクセルを踏んだが、夢の中のように車は動かなかった。動転した姜英吉はブレーキを何度も踏んでいたのだった。ブレーキを踏んでいることに気付いた姜英吉はやっと落着きをとりもどし、冷静になって携帯で一一九番に電話した。

「もしもし、雑木林の空き地に駐車している白いワゴン車の中に三人の人間が死んでいます」

姜英吉は自分でも何を言っているのかわからなかった。

応答している職員は興奮している姜英吉の言葉が聴きとれず反芻《はんすう》していた。

「何？　白いワゴン車の中……」

「雑木林の空き地です」

「雑木林の空き地……？　どこの雑木林ですか……」

大宮近辺であることはわかっているが説明するのは難しかった。

姜英吉は雑木林を抜けると何か目安になる物があるかもしれないと思ってタクシーを発進させて走った。五分も走ると雑木林を抜けたが、あたりは畑であった。遠くに人家の灯りが点《つ》いている。姜英吉はその灯りをめざしてスピードを上げた。そして灯りの点いている人家のチャイムを押した。

チャイムを四、五回押したとき、

「何ですか」

と男の声が返ってきた。

「あの、深夜すみません。ぼくはタクシー運転手ですが、雑木林の空き地で人が死んでいます」

脈絡のない言葉に応答に出た男は戸惑っている様子だったが、おもむろに玄関のドアを開けてくれた。そしてこの家の主人と思われる男を見て姜英吉は驚いた。新宿から乗せてきた客であった。

「運転手さん、どうしたんだね」

この家の主人も驚いていた。

どこでどう道を間違えたのか、姜英吉は乗客を降ろしたあと、この近辺を半周していたのだった。

「お客さんを降ろしてきた道を引き返したんですが迷ってしまい、雑木林の中に入ってしまいました。そして空き地の前を通ったとき、不審な白いワゴン車があったので、懐中電灯で車内をのぞいてみますと、三人の人間が死んでいました。すぐに一一九番に電話したんですが、場所の地理がわからず、この近辺の人に訊こうと思い灯りの点いているこの家にきたのです」

喋っている間、姜英吉の脳裏に、懐中電灯の光の中に浮かび上がった死顔がよぎった。

「本当ですか」

男は信じられないといった表情をして、

「ちょっと待って下さい」

と部屋の中にもどり、コートをはおり、懐中電灯を持って出てくると、

「行きましょう」

と姜英吉をうながした。

底冷えのする風の強い夜である。

姜英吉は男を乗せて白いワゴン車が駐車している空き地に案内した。

空き地に着くと姜英吉と男はタクシーから降りて白いワゴン車に近づき、二人は懐中電灯を照らして車内をのぞいた。三人とも女性だった。運転席の女性は窓にもたれるように顔を傾け、後部座席の二人の女性は頭を後ろにのけぞらせていた。助手席の床と後部座席の床に七輪が置いてあり、煉炭《れんたん》が赤々と燃えていた。

「窓ガラスを割れるような物はないですか」

と男が言った。

姜英吉はタクシーのトランクを開け、タイヤの修理に使うジャッキを取り出した。そのジャッキで男は助手席の窓ガラスを思いきり叩いた。窓ガラスは二回で粉々に割れた。男は割れたガラス窓から手を入れてロックを解きドアを開けた。そして七輪を外に出し、続いて後部座席のロックを解いてドアを開け、床にある七輪も外に出した。風が車内を吹き抜け、溜まっていた一酸化炭素が外へ拡散した。それから男は一一九番に通報して状況を説明し、空き地の場所を教えた。

三人の女性は息を吹き返す様子もなく微動だにしない。

「集団自殺だ。なぜこんなことをしたのか。恐ろしいことだ」

男は集団自殺という惨劇に身震いした。

姜英吉と男はタクシーの中で救急車がくるのを待った。
十二、三分後に二台の救急車と一台のパトカーがきた。
一人の警官が何枚もの写真を撮り、いま一人の警官が第一発見者である姜英吉から現場の状況を聞いていた。

死体を検査していた救急車の隊員が、

「一人生きてるぞ！」

と言った。

さっそくタンカに乗せ酸素マスクの装備を施して収容すると、救急車はサイレンを鳴らして病院に急行した。二人の女性は絶命しているとのことだった。ほんの数十分のちがいだったのかもしれない。発見されるのが数十分早ければ、二人の女性も一命をとりとめられたかもしれないのだった。

男は沈んでいた。

「クラブを出たあと、ラーメンを食べたんだ。ラーメンを食べずに帰っていたら、二人は助かっていたかもしれない」

男はしきりにラーメンを食べたことを悔んでいた。しかし、白いワゴン車を発見したのは姜英吉が道に迷ったからである。道に迷わなければ白いワゴン車は発見されなかっただろう。一人が助かっただけでも、せめてもの慰めであると考える他なかった。

さらに二台のパトカーと刑事専用の車が到着し、現場検証がはじまった。第一発見者の姜英吉は刑事から質問を受け、説明した。それだけでは調書を作成できないためか、姜英吉と男は警察署に赴き、あらためて本格的な事情聴取を受けた。姜英吉はまるで犯人あつかいされているように思った。

事情聴取が終ったのは午前五時頃である。

「ご苦労さまです」

取調官がはじめてねぎらいの言葉を掛けてくれ、姜英吉はやっと解放された。

そして警察署の玄関にいる警官に、

「一人は生きていると聞きましたが、助かったのですか」

と訊いた。事情聴取を受けている間、姜英吉はそれが気になっていた。

「わかりません。なんでしたら、病院へ行ってみますか。すぐ近くです」

警官に言われて姜英吉は病院へ行ってみることにした。

署内には数人の報道関係者がいて、第一発見者の姜英吉にマイクを向けてきた。仕方なく姜英吉は報道関係者に、白いワゴン車を発見したときの状況をひとこと、ふたこと述べた。

「一人は生きているとのことですが」

一人の記者が質問してくる。

「わからない。これから病院へ行って確かめようと思ってる」

「なぜ早く助けなかったのですか」

記者の悪意にも似た的はずれな質問に、

「早く助けなかった？　どういう意味だ」

と姜英吉は記者を睨《にら》みつけた。

「一刻を争ったと思いますが」

記者は執拗に喰い下がってくる。

「ぼくはできるだけのことをした。君なら三人を助けられたとでも言うのか」

姜英吉は記者の無責任な発言に怒りを覚えた。その場面がテレビで放映されるのは明らかだった。

姜英吉はとり囲んでいる報道関係者を押しのけ、タクシーに乗り込むと強引に発進した。胸がむかむかして、はらわたの煮えくり返る思いだった。病院に寄らず、帰庫しようかと考えたが、やはり確認しておく必要があると思った。

病院は車で五分のところにあった。姜英吉はいつでも発進できるよう場所を選んでタクシーを止めると病院に入ったが、病院にも数人のマスコミ関係者と二人の警官がいた。姜英吉はできるだけマスコミ関係者と目線を合わせないようにして受付に行き、事情を説明して、助かったのですか、と訊くと、

「患者さんは集中治療室にいますので、わたしにはわかりません」

と他人《ひと》ごとのように言うのだった。

日常的に救急車で患者が運ばれてきて人間の生き死にを見ている看護師の感覚は麻痺しているのだろう。

「集中治療室はどこですか」

と姜英吉は訊いた。

「廊下の奥です」

看護師は廊下の奥を指差した。

姜英吉は廊下の奥へ向った。マスコミ関係者の視線が姜英吉を追っている。

集中治療室の中から一人の看護師が出てきた。姜英吉は、その看護師に、

「救急車で運ばれてきた人は助かったのですか」

と訊いた。

「ええ、一命はとりとめました」

そう言って看護師は足早に去った。

看護師の言葉に安堵《あんど》した姜英吉は踵《きびす》を返してマスコミ関係者の視線を避けながら外に出てタクシーに乗るとエンジンを掛け、ダッシュして病院をあとにした。

姜英吉は方向感覚を失い、ひたすら道路を走り続けた。暗闇を凝視しながら疾走している姜英吉の脳裏に、白いワゴン車の中で仰向けになっていた三人の顔がよぎって戦慄《せんりつ》が走った。三人の若い女性は、なぜ自殺しようとしたのか、それが理解できなかった。空き地の前をよぎったとき、一瞬、白いワゴン車が目の端に映ったが、引き返すべきではなかったと後悔した。引き返したのは、自殺した女性たちに呼び止められたからのような気がする。雑木林の上空を吹き抜けていた風の中を死霊が彷徨《さまよ》っていたような気がする。姜英吉はあらためてぞっとした。

大通りに出た。たぶん新大宮バイパスにちがいない。信号が青に変わったので、姜英吉は直感的に右折した。数台の大型貨物車が右方向に走っていたからだ。午前五時過ぎに数台の大型貨物車が列をなして走っているのは、東京方面をめざしているからである。しばらく走っていると道路標識に出会

い、やはり姜英吉の直感は当っていた。

世田谷の車庫に帰ったのは午前六時半だった。車庫では数人の運転手が洗車していた。姜英吉は疲れ果て、洗車する気力がなかったので、洗車を請け負っている運転手仲間に千円を払って洗車を頼み、日報を持って事務所に行った。そして売上げを計算して日報を課長に提出した。仮眠をしていた課長の頭髪は鳥の巣のようにボサボサになっている。日報を点検している課長のメガネが鼻から落ちそうだった。日報を確認した課長は売上げの五五パーセントの現金を数えて姜英吉に手渡した。姜英吉は出番ごとに日歩合を支給されていた。姜英吉はアルバイトのような運転手だった。

日歩合の現金を受け取って事務所を出ようとした姜英吉に、

「姜さん、さっき女の人から電話があった」

と課長が言った。

「えっ、女の人から……。こんな時間に……」

思い当る節はまったくない。

三年前まで姜英吉は大阪で暮らしていたが、借金に追われ、妻と二人の子供を残して出奔し、東京にきたのだった。いわば行方不明のような状態で、大阪に残してきた家族は会社の電話やアパートの住所も知らないはずであった。新宿のスナックで飲んだりしているが女はいない。『誰だろう……』姜英吉は記憶をまさぐってみたが、やはり思い当る節はなかった。間違い電話ではないのか、と思いながら、会社の近くの二十四時間営業しているラーメン店に行った。そしてラーメンと餃子を肴にビールを飲んでいると、先にきていた運転手仲間の井口勉がにやにやしながらビール瓶を持って姜英吉

のテーブルにきて、

「姜さん、女の人から電話があったらしいけど、こんな時間に女から電話があるとは隅におけないね」

と何かを勘ぐるように言った。

「間違い電話だと思う。おれはこの三年、女とは無縁だ」

女がいようといまいと井口勉には関係のない話だが、

「またまた、白《し》らばっくれて。三年も女なしで過ごせるわけないでしょ。おれは運転している間、オマンコのことしか頭にないよ。姜さんもそうだろう……」

と三十三歳で独身の井口勉はにやけた顔であらぬ想像をしている。二十時間は運転している井口勉の目が真っ赤に充血し、顔の中心に向って皺《しわ》が凝縮していた。姜英吉も同じように目が充血し、疲労が皺になっている。

姜英吉はラーメンと餃子を食べ、ビールを飲んで、

「それじゃ、お先に」

と井口勉に挨拶して店を出た。

世田谷通りはバスが走り、数台の自家用車も走っていた。あと一時間もすると渋滞がはじまるだろう。

姜英吉はいったん会社にもどり、通勤に使っているミニバイクに乗って帰路についた。凍《い》てつく風が頰を刃物のように擦過していく。姜英吉は体をこごめ、風を最小限に受け止め、下馬《しもうま》のアパートに

着くと一階の奥の部屋のドアの前にミニバイクを止めた。

部屋の中は寒々としている。二畳の台所にはビールの空き缶が十本ほど並び、古新聞が積まれていた。姜英吉はもう一杯ビールを飲みたいと思い冷蔵庫を開けたが、冷蔵庫の中は空っぽだった。仕方なく姜英吉は六畳の間の万年床に服を着たままもぐり込んだ。そして瞼《まぶた》を閉じて眠ろうとしたが眠れなかった。雑木林の空き地に止めてあった白いワゴン車の中で自殺を図った三人の顔がぼんやりと浮かんでは消え、その中の一人が瞼を開いて姜英吉を哀しそうに見つめていた。顔の輪郭や服装はわからないが、深い哀しみをたたえた大きな瞳が涙で光っているようだった。姜英吉はがばっと起き上がり、そのまま部屋を出てミニバイクに乗って池尻大橋まで行き、コンビニでウイスキーを一本買ってもどった。そして閉めていたカーテンを開けると日の光が射した。姜英吉は畳にどっかと座り、ウイスキーをグラスについでストレートで飲んだ。会社に電話を掛けてきた女とは誰だろう？　妻だろうか？　行方不明になっている夫の姜英吉を探し当てたとしても、早朝に会社に電話を掛けてくるだろうか。プライドの高い妻の性格からしてあり得ないと姜英吉は思った。では誰なのか？　酔いが回ってきた姜英吉は乗客を降ろしたあと道に迷ったように思考の回廊を堂々めぐりしていた。白いワゴン車の中で自殺を図った三人の人間と関係があるのか。酩酊してきた姜英吉は過去へ過去へと遡《さかのぼ》っていった。幾重にも層を成している過去の記憶の暗闇を彷徨った。何人もの女の顔と肉体が交錯し、歓喜に悶《もだ》える呻《うめ》き声が聞こえる。女がくびれた腰をよじり、体の奥で疼《うず》いている傷の痛みに耐えきれず泣き声を上げたとき姜英吉は目が覚めた。

姜英吉は酔い潰れて畳の上に横臥していた。いつ点けたのかわからないが石油ストーブが燃えている。チャイムが鳴っていた。酔い潰れていた姜英吉の体は石のように硬直していて動けなかった。胃袋ごと吐きそうだった。またチャイムが鳴った。腕時計を見ると午後三時だった。姜英吉は腕立て伏せでもするようにして起き上がり、ふらつきながら玄関に出て、

「どなたですか」

としわがれた声で訊いた。

「姜さんのお宅でしょうか」

女の声だった。

姜英吉は一瞬、その意外性に驚いた。

2

ドアを開けると、バッグと紙袋を持った女が立っていた。目鼻立ちの整った二十五、六になる美しい女だった。背は高からず低からず、ベージュ色のコートを着ている。肉づきのよい唇が魅力的だった。

女はおもむろに頭を下げて、

「お休みのところを申しわけありません。立花美津子と申します。事件のあと、警察であなたの勤務先と住所をお聞きしたので、お礼を申し上げようと、会社に電話を掛けたのですが、まだ帰庫していないとのことでしたので、直接、訪ねてきました。妹を助けていただき、ありがとうございます」

とふかぶかとお辞儀をした。

「いや、偶然、通りかかったものですから」

二日酔いの姜英吉は、酒臭い口臭を気にしながら恐縮した。

「これはつまらない物ですが、どうぞお納め下さい」

立花美津子は持っていた紙袋を差し出した。

「どうも……」

姜英吉はばつの悪そうな表情で差し出された紙袋を受け取り、

「妹さんの容態はどうですか」

と訊いた。

「おかげさまで、回復に向っておりますが、しばらく様子を見ることになっています。一酸化炭素中毒の後遺症がどの程度残るのか、あるいは残らないのかを確認するには、もう少し時間がかかるそうです」

立花美津子はまるで看護師のように事務的な口調で妹の容態を述べた。

「そうですか、後遺症が残らなければいいのですが……」

姜英吉は心配そうに言った。

「それでは、これで失礼します」

またふかぶかとお辞儀をして立花美津子は立ち去った。

姜英吉は紙袋を冷蔵庫の上に置き、布団の上に倒れて瞼を閉じた。眠っているところを起こされた姜英吉の体は鉛のように重かった。口がからからに乾いている。水を飲みたかったが、起き上がる気力がなかった。とにかく体力を回復するためには眠ることだった。だが、またしても眠れない。会社に電話を掛けてきたり、部屋を訪ねてきた立花美津子の行動が不可解だった。姜英吉が立花美津子の妹を偶然、助けたのは事実だが、事件直後に家族からお礼の言葉を述べるために会社に電話を掛けてきたり、その日のうちに直接、部屋に訪ねてきたりするだろうか。何かしっくりしない。しかし、だからといって立花美津子に不審な点はないのだった。姜英吉は朦朧《もうろう》とした意識の中を彷徨いながら、いつしか眠りについた。

目を覚ましてみると、あたりは暗かった。二日酔いが払拭《ふっしょく》されて体が軽くなっていた。起き上がり、灯りを点けて腕時計を見ると午後八時を過ぎていた。服は着たままである。石油ストーブの火は消えていた。いつもよりあたりが静かで、一段と寒かった。姜英吉は歯を磨き、洗顔して食事をとるため部屋を出た。雪が降っている。『雪か……』と呟《つぶや》き、姜英吉は傘をさして近くのラーメン店まで歩いた。積雪は五、六センチだったが、車道はぬかるみになっていた。ラーメンを食べると、ついビールが欲しくなる。姜英吉の食生活のワンパターンである。姜英吉は餃子を肴にビールを一本飲み、帰りに自動販売機で缶ビールを三本買った。そして部屋に帰ってポストに入っている朝刊と夕刊を取り、部屋に上がって石油ストーブに灯油を注入して点火し、テレビを点けて万年床に胡座《あぐら》をかいてビールを飲みながら夕刊を開いた。

三面記事の大きな見出しに《女性3人が集団自殺・1人は一命をとりとめる》と書いてあった。姜英吉が新聞を喰い入るように読んでいると、ニュースの時間だったテレビで女性アナウンサーが、集団自殺について報道していた。新聞を読んでいた姜英吉は思わずテレビを観た。

雑木林の空き地でテレビ局の取材班の男性記者が事件の状況を伝えている。そしていきなり姜英吉の顔がアップで映った。テレビの画面に自分の顔が映ったのははじめてだったので、姜英吉は他人の顔のように思えた。記者の質問にしどろもどろに答えている自分の姿がたまらなくぎこちなかった。

画面には病院が映り、続いて警察署の前に立っている報道記者の状況説明に移った。それによると、警察が一命をとりとめた女性から十分ほど事情聴取をしたところ、女性は、白いワゴン車の中で何者かに乱暴されたと言ったとのことだった。

テレビを観ていた姜英吉は仰天した。乱暴された？　誰に？　あり得ない話だと姜英吉は思った。一命をとりとめた女性は一種の錯乱状態か妄想に陥っているのではないのか。懐中電灯でワゴン車の中をのぞいたとき、倒れている三人の人間を見て驚き、姜英吉は近くの人家に助けを求めた。その家の主人は、姜英吉が新宿から大宮まで送ってきた男だったが、その男と車窓を割ってロックを解き、あらためて三人が女性であったことに気付いた。しかし、三人の女性の衣服は乱れていなかったと思う。三人ともジーパンをはいていて暴行された痕跡はなかった。自殺する前に暴行されたのか、あるいはもっと以前に暴行されたのか、それとも被害妄想なのか、いずれにしても姜英吉とは関係のないことだが、なぜか心臓の鼓動が高鳴った。事件は思わぬ展開を見せ、マスメディアが騒ぎたてるにちがいなかった。

ワゴン車の中で何者かに犯されたという妹の話を聞いて、姉の立花美津子は姜英吉の様子を調べにきたのではないのか。そう思うと、早朝に電話を掛けてきたあと、昼間、部屋に訪ねてきた立花美津子の行動と辻つまが合う。警察もおれを疑っているかもしれない。姜英吉は疑心暗鬼になった。

姜英吉は新聞を念入りに読んだ。しかし、新聞にはワゴン車の中で何者かに乱暴されたという記事はなかった。マスコミの取材と警察の事情聴取には時間的なずれがあったのだろう。

翌日、姜英吉は昼過ぎに出勤した。不規則な睡眠で体調を崩していたが、出勤しないとあらぬ噂をたてられると思って出勤した。案のじょう会社では姜英吉の話題で持ちきりだった。

「君が助けた女は、その前にワゴン車の中で誰かに犯されたらしいな」

日報を受け取るとき、課長が意味ありげに言った。

「あり得ない話だよ。女は頭が混乱していると思う」

姜英吉は他の運転手たちの視線を感じながら答えた。

朝から出勤していた運転手の何人かは昼食にもどっていた。

食事をしていた井口勉が、

「死んだ二人の女もやられたのかな」

と食べ物をぺちゃぺちゃと咀嚼《そしゃく》しながら言った。

「おまえだったら、やったかもしれんな」

姜英吉はあてつけのように言った。

「やってみてえよ、どんな具合か」

淫靡《いんび》な唇に笑みを浮かべて井口勉はペットボトルのウーロン茶を飲んだ。

助けた女が何者かに犯されようと犯されていまいと、おれの知ったことではない。警察に再度、事情聴取を受けても事実だけを語ればわかってくれるはずだと姜英吉は思った。

タクシー会社の所有車の稼動率は平均九〇パーセントくらいである。姜英吉が勤めている会社は五十台のタクシーを所有しており、いつも五、六台休車している。が、廃車寸前のタクシーが多いのである。当然、手入れも悪く、ハンドルの遊びも大きい。タイヤもすり減っていてリスクをともなう。

昼過ぎに出勤してくる姜英吉は、そうしたタクシーを運転していた。

雪は止《や》んでいたが、ぬかるみの道路はスリップしやすい状態だった。車庫を出た姜英吉は渋谷方面に向った。世田谷通りは大渋滞である。三軒茶屋で一人の中年女性を乗せた。

「表参道まで行って下さい」

女は行き先を告げ、バッグから手鏡を取り出して化粧を直していたが、ラジオから流れてくるニュースに敏感に反応して、

「いったい誰なんでしょうね、死んだ女を犯すなんて。きっと変質者よ」

と言った。

「犯されてないと思いますがね」

姜英吉はそれとなく女の予断を牽制した。

「生き残った女が言ってるでしょ。自殺サイトで誘われて集団自殺したって。犯人はきっと、自殺を誘った中にいると思うわ。自殺を誘っておいて、一酸化炭素中毒で意識が朦朧としているとき、三人の女性を犯したのよ。テレビで心理学の専門家が言ってたわ」

乗客の女はテレビで発言している心理学者の受け売りをしていた。なんの根拠もないのに勝手な推理をしている軽薄な心理学者の発言には驚くが、それを真に受けている乗客の女にもあきれる他なかった。姜英吉は乗客の女との会話には生《な》ま返事をしてやり過ごした。そのうち犯人は、第一発見者のタクシー運転手であると言いかねなかった。

ラジオは朝から晩まで集団自殺のニュースを伝えていた。いったいこの先どうなるのか、姜英吉には見当もつかなかった。ニュースにはいいかげん辟易《へきえき》した。

その日は午前二時に帰庫した。売上げは普段の半分程度だったが、課長は文句を言わずに日報を受

け取った。姜英吉はいつものようにラーメン店に寄って腹ごしらえをし、ビールを飲んで部屋に帰った。石油ストーブの火を点け、テレビのスイッチを入れ、残りのウイスキーを水割にしてちびりちびり飲みながら新聞に目を通した。昨日の夕刊では社会面に大きく掲載されていた記事は、今日の朝刊では半分くらいになり、夕刊には掲載されていなかった。つぎからつぎへと起こる事件にマスコミは、前日に起こった集団自殺事件への関心を失っていたのである。姜英吉はなぜかほっとした。

翌日の午後一時頃、チャイムが鳴った。まだ布団の中で起きるのをぐずついていた姜英吉はどきっとした。いったい誰だろう？　立花美津子がきたとも思えない。姜英吉はあわてて服を着て玄関のドアを開けた。二人の男が立っていた。一人が懐から警察手帳を出して見せ、

「O署の者ですが、姜さんですか」

と言った。

「ええ、そうです」

姜英吉は落着いて答えた。

「ちょっとお尋ねしたいことがあってきました。中に入ってもいいですか」

私服刑事は姜英吉の了解を得るまで玄関の外に立っていた。

戸口で立話もできないと思い、

「どうぞ」

と姜英吉は二人の刑事を部屋の中に入れた。そして万年床を半分にたたみ、座る場所をつくった。

二人の刑事は台所と六畳の部屋を見回し、

「失礼します」

と言って畳の上に腰を下ろした。

事件に不審な点があって再度の事情聴取にきたのだろう。姜英吉は二人の刑事と向き合った。

「ニュースなどでご存知と思いますが、一命をとりとめた立花美奈子さんは、ワゴン車の中で何者かに乱暴されたと言ってます。それでわれわれは、その信憑性《しんぴょうせい》について調べているわけですが、姜さんが最初、発見されたとき、誰かに暴行されたような形跡を感じましたか」

警察手帳を見せたA刑事が言った。

「いいえ、そういうことは感じなかったし、思ってもみませんでした」

姜英吉が否定すると、

「あなたと一緒にワゴン車の窓ガラスを割った大塚定信さんは、立花美奈子さんの姿勢がかなり崩れていたと言ってます」

と大塚定信の証言を持ち出した。

「暗がりの中の死顔が怖かったので、ぼくはそこまで見ていません」

実際、懐中電灯の光に浮かんだ死顔は気味の悪いものだった。思い出したくなかった。それなのにあの男は、なぜそんなことを言うのだろう。

「三人の女性はジーパンをはいていたはずです」

犯行におよぶためにはジーパンを上げ下ろししなければならないはずだが、そう簡単にジーパンを上げ下ろしできるだろうかという疑問を姜英吉はあえて述べた。

「それはわかっています。しかし、その気になればできないことではないでしょう」

A刑事は、姜英吉の稚拙な疑問を一蹴した。

「死亡した二人は司法解剖されたと思いますが、それらしい形跡があったのですか」

姜英吉は一歩踏み込んで訊いてみた。

「それは言えません」

A刑事は不快そうに言った。

いま一人のB刑事は姜英吉の言葉を手帳に筆記していた。不用意な発言は証拠として残るのだ。

「雑木林の空き地に止めていた白いワゴン車を、なぜ不審に思ったのですか」

B刑事が隙を突くように言った。

「直感です」

「直感？」

B刑事の目が厳しくなった。

「タクシー運転手はたえず前後左右を気にかけてますから、直感が働くのです。車が飛び出してこないか、人が飛び出してこないかと神経を使います。タクシー運転手の目は複眼のようになってます。空き地の前を通過したとき、目の端に白いワゴン車が映ったのです。その瞬間、おかしいと思ったのです」

《直感》を説明するのは難しいが、姜英吉はタクシー運転手としての体験を述べた。

「なるほど、複眼ですか」

A刑事が、納得したようなしないような表情をした。あくまでも疑うのが刑事の本能なのである。万年床に新聞やビールの空き缶や下着が散らばっている雑然とした部屋で二人の刑事が胡座をかいて事情聴取している姿が姜英吉にはおかしく見えた。

「それでは、これで失礼します。寝ているところをお邪魔してすみませんでした」

A刑事が事情聴取をあっさり終えて腰を上げた。

そして玄関にきた刑事は、

「また何かのときは、ご協力下さい」

と今後も事情聴取があるかもしれないと匂わせて出て行った。

「くそったれ!」

姜英吉は睡眠を邪魔されたことと、あらぬ疑いを持たれているのではないかという腹だたしさで眠れなかった。事情聴取に対する返答に齟齬《そご》はなかったか反芻した。真実は一つというが、その真実を知っているのは立花美奈子だけである。だが、立花美奈子の話に信憑性があるのか疑問であった。状況から推察して、立花美奈子が何者かに犯されたとはとても信じ難いのだった。

三日が過ぎると事件はマスコミに取り上げられることもなく、話題になることもなかった。姜英吉はこれまでと同じようにタクシーに乗務し、明け番にはラーメンを食べ、日がな一日、部屋で缶ビールを飲みながらテレビを観ていた。そして週に二回くらいの割り合いで、新宿にある行きつけのスナック「樹林」で明け方近くまで飲み、ときには酔い潰れてマスターにタクシーで送ってもらうこともあった。

そんなある日の夕方、部屋のチャイムが鳴った。姜英吉はちょうど起きたばかりで、夕食にでも出掛けようと思っていたときであった。また刑事が事情聴取にきたのかな、といやな予感がしてドアを開けると、百八十五、六センチはあるかと思える男が立っていた。頭髪が薄くなっている男の顔を見た瞬間、姜英吉は驚いた。大阪に残してきた妻の従兄だった。柔和な顔が少し緊張気味だった。

姜英吉は思わず、

「従兄《にい》さん……」

とうわずった声で言った。

「こんなところにいたのか。ずいぶん探した」

紺のスーツを着ている従兄の康淳保は頭を少し下げて、ドアをくぐるようにして玄関に入り、古新聞やビールの空き缶やシンクの中に放置されているインスタント食品の容器などを見た。

「入って下さい」

姜英吉は康淳保を部屋に上げ、万年床を半分にたたんで座る場所をつくった。

部屋に上がった康淳保は寒々としている薄汚ない部屋を見回して腰を下ろすと、

「一人で住んでいるのか」

と言った。

「一人です」

まるで女と一緒に暮らしてでもいるかのような言い方に、姜英吉は憮然とした。しかし、妻子を残して大阪を出奔した姜英吉が女と一緒に暮らしていると思われても仕方なかった。音信不通だった姜英吉はある種の後ろめたさに加え、従兄に住所を突きとめられて観念したようにうなだれた。

「ちょっと外に出よう」

散らかっているむさ苦しい部屋では落着けないのか、康淳保は姜英吉を外へ誘った。

二人は部屋を出てバス通りを歩き、落着ける店を探した。そして一軒の居酒屋に入った。開店して間もない店には客がいなかった。二人が奥のテーブルに着くと、従業員がオシボリとメニューを持ってきた。

康淳保はオシボリで顔を拭き、

「とりあえずビールをくれ」

と言った。

「生《な》までですか、瓶ですか」

と従業員が訊く。

「瓶ビールを二本。一本は冷えてないのを頼みます」

姜英吉が注文した。

康淳保は冷えたビールを飲まないのだ。それを思い出した。

二本のビールが運ばれてきた。姜英吉は冷えていないビールを右手で持ち、左手で瓶の底を支えるようにしながら康淳保のグラスにビールをついだ。韓国人は年上の人間に対してうやうやしく酒をつぐのが慣《なら》いなのである。姜英吉も康淳保からビールをつがれた。

ビールをひと口飲んだ康淳保は、

「東京にきて何年になる」

と訊いた。

「三年になります」

「タクシー運転手をやってるのか」

「はい」

いまさら隠すことは何もない。姜英吉は独酌でビールをつぎ、いっきに飲み干した。

従業員が肴の注文を訊きにきた。康淳保はメニューを見ながら四品を注文した。

「テレビのニュースにおまえの顔が出ていたので驚いた。恵子から電話があって、おまえの住所を探してくれと頼まれて、わしはテレビ局に連絡しておまえの勤めているタクシー会社を教えてもらった。事業に失敗して借金に追われ、大阪を出奔せざるを得なかったのは仕方ないとして、女房に住所くらい知らせてもよかったんじゃないのか。二人の子供をかかえて、恵子はその日暮らしを送っている。母と兄姉が近所に住んでいるからなんとかやってこれたが、いつまでもそういうわけにはいかない。おまえには子供を養育する義務があるはずだ」

姜英吉は返す言葉がなかった。

借金の蟻《あり》地獄から抜け出すために大阪を出奔して各地を転々としながら東京にきてタクシー運転手になったが、その間、何も考えずにやり過ごしてきた。何も考えない生活は楽であった。考えることは苦悩をともなう。他者との関係を断ち切り、深い穴の中に閉じこもっていた。だが、いま従兄に穴の蓋《ふた》を開けられ、引きずり出されようとしている。

姜英吉は煙草をふかしながら黙っていた。弁明するつもりはなかった。ただ気持の整理がつかないのだった。家族が大阪にいる間、債権者は姜英吉の行方を追ったりしなかったが、もし家族と一緒に暮らすようになると、子供の転入先の学校への届けを調べれば、姜英吉の居場所が容易に判明する。家族と一緒に暮らすようになれば、債権者と向き合う覚悟が必要であった。

大阪の西成区津守にある会社は裁判にかけられている。建物は姜英吉の名義だが、土地は父方の従兄の名義だった。父方の従兄は土地を担保提供した覚えはなく、実印を勝手に使用されたとして姜英吉を裁判に訴えており、五年が経過している。三つの銀行と保証協会からの債務は現在どうなっているのかわからない。その他にも個人的な借金がある。

事件に巻き込まれてテレビ取材に応じた姜英吉を見て妻の従兄の康淳保が探してきたのだから、債権者たちもテレビを観ていたにちがいない。

「ぼくは大阪でかなりの借金をしてますから、債権者が追ってくるかもしれないです」

姜英吉は弁明するつもりはなかったが、弁明に聞こえたかもしれない。

「おまえの噂はいろいろ聞いた。しかし、いつまでも逃げ回っているわけにもいかんだろう。どこかで線を引かないと……」

厳しい言葉だったが、どこで線を引くのか。いま線を引く時期なのか、姜英吉には判断しかねた。

「とにかく一度、恵子と会って話し合え。一緒に暮らすのか、当分一緒に暮らすのは無理なのか、無理なら仕送りをするとか、何か方法を考えた方がいい」

康淳保は姜英吉の気持を配慮して断定はしなかった。

「わかりました」

姜英吉は妻と会う約束をした。

「ところで今度の事件は、パソコンの自殺サイトで自殺者を募集していたそうだな。それに応募して自殺したというが、わしにはよくわからない。いまの世の中は摑みどころがない。のっぺりしている。最近の若者は、顔の区別がつかない。みんな同じ顔に見える」

自殺サイトは不可解というより薄気味の悪い現象に思えて康淳保は首をひねっていた。

「この先、どういう世の中になるのか見当もつかない」

康淳保は伝票を取ってゆっくり腰を上げレジに向った。注文した四品の肴は半分以上、残っていた。

居酒屋の前で康淳保と別れた姜英吉は部屋にもどる途中、自動販売機で缶ビールを四本買った。

憂鬱だった。家族がくれば生活は一変する。長男と長女を小学校に通学させるためには区役所に住所移転の手続きをしなければならない。それは行方不明の姜英吉の所在が明らかになることだった。債権者が追ってくるかもしれない。姜英吉は金融暴力団からも金を借りていた。すでに元金の二倍くらいの金を払っているが、そんな言い訳けは金融暴力団に通用しない。かといって家族がいつまでも離ればなれの状態で暮らすのも許されないだろう。いつかこういう日がくると思っていたが、なんの準備もしないままきてしまったのだ。

万年床に胡座をかき、缶ビールを飲みながらテレビを観ていた姜英吉は深い自己嫌悪に陥り、またしてもずるずると底なし沼へ引きずり込まれていくような気がした。かつての借金に追われていた日々が蘇《よみがえ》ってくる。悪夢は目を覚ましたときからはじまるのだった。朝、目を覚ますと朝食もとらずに家を出て、銀行だけでなく大阪中の街金を回り、土下座して泣きごとを並べ、嘘をつき、プライドをかなぐり捨てて、金貸しにしがみついた。椅子にふんぞり返って机に脚を投げ出している金貸しは軽蔑した目付きで哀願している姜英吉を見つめ、

「人を殺してこい。そしたら金を貸してやる」

と唇に薄ら笑いを浮かべて言った。

「殺します。誰を殺せばいいんですか」

実際、姜英吉は、金を貸してくれるのなら、人を殺してもいいと思うのだった。

「おまえを殺せ。おまえを殺したら、金を貸してやる」

おまえを殺せ……とは、自殺しろという意味である。自殺すれば、すべては解決するだろう。もっともてっとり早い方法ではあるが、それでは金を借りる意味がなくなるではないか？　姜英吉の目的は自殺することではなく金を借りることであった。

そして、やっと金を借りて、その日の手形や小切手を決済すると、第二段階の悪夢がはじまる。手形や小切手を決済した残りの金で夜の繁華街にくりだし、キャバレーで二十二、三人のホステスを指名して両腕にかかえ、酒を浴びるほど飲んで踊り、馬鹿笑いしてホステスをホテルに誘う。気前のいい姜英吉の誘いにたいがいのホステスは乗ってくるのだった。ほとんど毎晩、ホステスをとっ替えひっ替えして寝ていた。昼は金策に狂奔し、夜はホステスとホテルにしけ込み、そのうち時間の観念がなくなり、昼なのか夜なのかわからなくなる。会社が倒産するのは時間の問題であった。全感覚が麻痺していた。意識が音をたてて崩壊していくのがわかった。それは睡魔の状態に似ていた。車を運転

していて睡魔に襲われると、危いという危機意識に喚起されていったん目を覚ますが、すぐまた睡魔に襲われる。睡魔に襲われるたびに意識は危機感をつのらせ、睡魔と危機意識の果てしない葛藤が続き、危機感はいつしか快感へと変っていく。そして危機感が高まれば高まるほど睡魔の快感も深まり、快感がエクスタシーに達したとき、このまま突っ込んでもいいと思うのである。

姜英吉は死にはしなかったが、睡魔の快感がエクスタシーへと昇りつめたあと、すべての価値は無化されていた。悪夢の第三段階は、そのあとにくる。頽廃した精神と無残な姿を自覚するまでには、さらに時間が必要だった。自分に対する幻想を捨て去ることができないのだった。

3

三日後、いつものように正午過ぎに出勤した姜英吉の携帯に電話が掛かってきた。会社に出勤している姜英吉に電話を掛けてくる者がいるとしたら、相手は限られている。最近では警察か、立花美津子か、あるいは康淳保である。いずれも姜英吉にとっていやな相手だった。

携帯電話をオンにして耳にあてると、

「わしだ……」

と康淳保の声が聞えた。

「英吉か……」

と姜英吉を確かめた。

「そうです」

「いま、電話は大丈夫か」

「ええ、大丈夫です。これから仕事ですけど」

姜英吉は課長から日報を受け取りながら言った。

「今日は仕事か」

「そうです。車庫から出るところです」

電話を早く切りたい姜英吉は、暗に相手を急《せ》かせた。

「明日は明け番か」

康淳保は姜英吉の勤務日程を確かめた。

「そうです」

この時点で姜英吉は、大阪から家族が東京にきているのではないかと直感した。

「じつは明日、恵子が大阪からこっちへくることになってる。明日の午後三時に、大久保のわしの店にきてくれ」

康淳保がアパートを訪ねてきたときから覚悟は決めていたが、こんなに早く大阪から妻の恵子がくるとは思わなかった。

姜英吉はいささか困惑しながらも、

「わかりました。明日の午後三時に、大久保の店に行きます」

と答えて電話を切った。

家族と別れて三年になる。その間、姜英吉は家族のことをほとんど忘れていた。われながら薄情な人間だと思った。二人の子供が何歳になっているのかさえわからなかった。仕事を終えてラーメンを食べ、ビールを飲み、アパートに帰って午後三時頃まで眠り、それから外食をして帰ってくると万年床に横臥してひねもすテレビを観て、翌日仕事に行き、その日、その日をやり過ごしていた。家族に仕送りもしていなかったが、預金はゼロだった。そもそも預金通帳を持ったことがないのだ。

明日、恵子と会い、つぎの日から家族一緒に暮らすようになるとは思わないが、いつまでも別居しているわけにもいかないだろう。行方不明だった姜英吉の住居が判明した以上、家族を呼び寄せ、夫として、また父親としての責任を問われるのは必然だった。

過去から逃がれるために大阪を出奔したが、その後は慢然と生きていた。未来に何の希望もなかった。無為な日々を過ごしてきただけだった。

街の景観を眺めながら姜英吉はタクシーを運転していた。建物が雑然と並び、大勢の人々が歩いている。道路は相変らず渋滞しており、大気は排気ガスにまみれ、くすんでいる。これだけ汚染されている大気の中で人間が生きているのが不思議だった。生物学的にいえば、人間ほど強い生き物はいないのだろう。だが、集団自殺という事件が起こることを思うと、人間ほど弱い生き物もいない。自ら生命を絶つという生き物は人間以外いないだろう。

考えごとをしていた姜英吉はうっかり赤信号を無視するところだった。あわててブレーキを踏み、同時にバックミラーで後続車を確認した。急ブレーキを掛けたとき、後続車に追突される恐れがあったからだ。幸い後続車は車間距離をとっていたので接触事故にはいたらなかったが、後続車のドライバーは姜英吉のタクシーを睨んでいた。

青山で乗せた女性客を新宿の伊勢丹デパート前で降ろした姜英吉は、思い出したようにタクシーを靖国通り沿いに止めて、近くの質店に向った。そして質店に入った姜英吉ははめていたロレックスの腕時計を差し出した。ステンレスと十八金がコンビになっているロレックスは人気が高く、姜英吉はこれまで何度か質草にしていた。姜英吉は馴染客の一人なのである。ロレックスをちょっと調べた店員は十八万円を貸してくれた。十八万円を懐にした姜英吉は止めてあるタクシーに足早にもどった。まとまった金が入ると、なぜか落着くのである。

その日は仕事を早めに切り上げて、姜英吉は午前五時頃に帰庫した。ソファベッドで仮眠していた課長が寝呆け眼《まなこ》で日報を見ながら、

「早いじゃないか」

と言った。

帰庫しているのは姜英吉一人だった。

「ちょっと用があるので、少し休養しておこうと思って」

売上げを精算して一万四千円をもらった姜英吉は近くのラーメン店で食事をしてアパートに帰った。

午後一時に起床した。外は小雨が降っている。車が頻繁に往来している道路の積雪はなくなっていたが、路地や建物の陰には氷状の雪が残っていた。台所で洗面した姜英吉は柱に掛けてある小さな鏡をのぞいた。不精髭が伸びている。目尻に皺がより、目の色は濁っている。血色の悪い浅黒い顔はいかにも人相が悪かった。会社で入浴しておけばよかったと思ったが、入浴嫌いの姜英吉は四日入浴していなかった。

茶褐色のスエードのジャンパーを着て出掛けた。着たきり雀の姜英吉にとってこのジャンパーは仕事着であり、普段着だった。

バスで渋谷に出ると山手線に乗り換え、新大久保駅で降りた。康淳保の経営している焼肉店は大久保通りと職安通りの間の一方通行の狭い道路をいくつか曲った複雑な路地の一角にある。姜英吉は狭

い路地に入ったが間違えて引き返し、つぎの狭い路地に入って行くと、焼肉店「ソウル」という看板を見つけた。古い木造三階建ての二階が焼肉店だった。向いも木造二階建ての連れ込み旅館である。その薄汚ない旅館から一組の若い男女が手をつないで出てきた。

姜英吉は急な階段を昇って焼肉店のドアを開けた。

康淳保の妻の朴陽子が店に入ってきた姜英吉を見るなり、

「アイゴー、いままでどこにいたの」

と非難するような心配していたような声で言った。

背の高い康淳保は訪ねてきた姜英吉を笑顔で迎えた。

「久しぶりです」

姜英吉は朴陽子に挨拶した。

姜英吉の妻の高恵子が椅子に座っていた。

恵子は複雑な表情をしている。三年ぶりに会えた喜びと安堵感と、それとはうらはらに、これから先の不安感がにじみ出ていた。

姜英吉は恵子の前に座り、

「子供たちは元気か」

と訊いた。

「ええ、元気やけど、いつまでも、いまの生活は続けられへんわ」

声の響きが、どこか怨《うら》みがましく聞えた。

朴陽子がカルビ、ミノ、キムチ、その他の料理を運んできた。姜英吉は料理を肴にビールを飲み、妻の話を聞いていた。妻の恵子には語りつくせないほどの話があった。左肩にしこりができて手術をしたが失敗、大学病院で六時間におよぶ二度目の手術を受け、鎖骨を金属でつないでいるとのことだった。しかし、手術で神経を切ってしまい、それが痛むというのである。二ヶ月の入院中、二人の子供は姉の家に預けていた。退院後の妻は生活に困窮し、傷の痛みに耐えながら、サンダルのミシン掛けの仕事を続け、いつか家族が一緒に暮らせる日を待っていたのだった。

話を聞けば聞くほど、姜英吉の無責任さが問われるのだった。

「すまん」

姜英吉はひとこと詫びた。詫びたが、今後の生活について具体的な話はしなかった。というより、具体的な話ができないのだった。

「いつきたらええの」

生活が逼迫《ひっぱく》している恵子は訴えるように言った。

姜英吉は、もう少し待ってくれとは言えなかった。

恵子はすぐにでも大阪を引き払って東京へきたい様子だったが、姜英吉の部屋を訪れている康淳保は家族四人が暮らせる状態ではないと察して、

「一ヶ月ほど準備をした方がええと思う」

と助言した。

実際、明日から家族四人が暮らせる状態ではなかった。

大阪から東京へ移転することになれば、子供の通学手続きの問題もある。大阪では日本学校に通学させていたが、東京では日本学校に通学させるのか、民族学校に通学させるのか、選択しなければならない。生活費の問題もある。素寒貧《すかんぴん》の姜英吉は一ヶ月の間に多少の生活費を稼がねばならなかった。急に負担が大きくなった姜英吉は気が重かった。どうにかなるだろう、と楽観的に考えるしかなかった。考えすぎると身動きとれなくなる。

三時間ほど過ごし、店を出ることにした。恵子は、その足で大阪へ帰ることになっていた。家族が東京へくる日は一ヶ月後に決めた。店を出て新大久保駅に向う途中、姜英吉は昨日、腕時計を質草にして借りた十八万円のうち十五万円の入った封筒を恵子に手渡した。

駅で別れ際に、

「電話をする」

と姜英吉は言った。

「あなたも体に気をつけて」

恵子は寂しそうに言った。

改札口を入って去って行く恵子を見送った姜英吉は踵を返して新宿へと歩いて行った。

夜の帳《とば》りが降り、街には灯りがともっている。姜英吉の足は自然に新宿西口の行きつけのスナックに向っていた。

姜英吉は歩きながら、自分は薄情な人間だと思った。三年間、家族を見捨て、いまも家族を重荷に思っている。だが、この軛《くびき》から解き放たれる方法は、働いて家族を養うことしかないのだ。それを放棄すると、家族はたちまち不幸になる。

古い木造の建物の二階がスナック「樹林」である。店のドアを開けて入ると、カウンターの中でマスターが一人で仕込みをしていた。薄汚れた店内に客はいなかった。

店に入ってきた姜英吉に、

「いらっしゃい」

とマスターが挨拶した。

姜英吉が黙ってとまり木に座ると、マスターがビールとグラスを置いた。そのビールを独酌でグラスについで飲んだ。

「元気ないですね」

仕込みをしているマスターが姜英吉をちらと見て言った。

「大阪から女房がきたんや」

浮かぬ顔の姜英吉は溜息をついた。

「姜さんの居場所は知らないんでしょ」

マスターは姜英吉の事情を、うすうす知っていた。

「それがあの事件で、マスコミに報道されて、妻の従兄がおれの住所を調べて訪ねてきたんや。そして今日、従兄がやってる大久保の焼肉店で女房と会ったとこや」

「お子さんが二人いるんですよね」

「長男が九歳で、長女が七歳と思う。子供の年も覚えていない」

「三年間、雲隠れしてたんですから、そうなりますよ。ぼくは家族と一緒に暮らしてますけど、子供の年を知らないですよ」

「一緒に暮らしていて子供の年を知らないとはひどいな」

人のことを言えた義理ではないが姜英吉が非難すると、

「女房と口をきいてませんから、そうなるんです」

とマスターは言った。

一組の中年の男女が入ってきた。男はこの店の常連客で、姜英吉も知っていた。

「久しぶり」

と男が姜英吉に挨拶した。

「久しぶり。早いね」

姜英吉も挨拶して連れの女をちらと見た。赤のスーツを着た三十六、七になる女だった。美人とは言えないが、自意識の強そうな顔をしている。

二人は店の隅のテーブルに着いた。

マスターはウイスキーと氷と水を用意した。

仕込みの終ったマスターはカウンターの中に立って姜英吉の話し相手をしていた。これといった話題はなく、雑談をしていたが、三十分もするとテーブルにいた二人が腰を上げた。

「もう、お帰りですか」

とマスターが言った。

「ちょっと用があってね」

男は料金を精算し、女と店を出た。

「これからたぶん、ホテルにしけ込むんですよ」

二人が店を出たあとマスターが言った。

「こんな早い時間にホテルにしけ込むのか」

腕時計を見ると午後七時前だった。

「二人とも家庭がありますから、遅くまで外出してられないんですよ」

「二人は家庭を持ってるのか」

「そうです。男は狩野と言って、ぼくが役者をやってた頃の先輩で、いまも役者を続けてますけど、奥さんと子供が二人いるんですよ。女もある劇団の女優さんで旦那さんと子供が三人いる」

「それで不倫してるのか」

「そうです。もう二、三年つき合ってるんじゃないですか。不倫ですが、二人は真剣みたいですよ。近々、一緒になるとか言ってました」

「一緒になるってことは、お互いに女房と旦那と別れるのか」

「狩野さんは二人の子供を手放し、女も三人の子供を手放して一緒になるらしいです」

「そんなこと、相手が認めるとは思えないが……」

「二人はそれぞれの子供の養育費を仕送りするとか言ってましたね」

「へえー、凄いな。大恋愛なんだ。そこまで愛し合ってたら、文句の言いようがないな」

世の中にはすべてを捨てて一緒になりたいと切望している男女もいるのだと、姜英吉は感心した。しかし、妻を捨て、夫を捨て、子供を捨て、情熱のおもむくがままに一緒になった二人の愛が、果たして永遠に続くのだろうか。

四人の客が入ってきた。姜英吉と会話を交わすこともあるが、それ以上のつき合いはない。

宗方洋平が入ってきた。某大学の事務関係の職員である。この店の常連客で、ほとんど毎日のようにきている。姜英吉よりふた回り年上だが、精悍《せいかん》で知的な人物である。この店で姜英吉と気持が通じる唯一の存在だった。店に入ってきた宗方洋平は姜英吉の隣のとまり木に座った。顔の色艶《いろつや》がよく、肌に張りがある。

「プールで泳いできたよ」

宗方洋平はときどき千駄ヶ谷にある温水プールで泳いでいた。

「十メートルの飛び込み台から飛び込むと気持いいね」

海上や海底、港などに特殊な建造物を建築している「海洋特殊工業」の社長だが、暇さえあれば、水泳、スキー、野球、サッカーなど、いろんなスポーツに興じていた。スポーツが大好きで、その身体能力は三十代の姜英吉より優れていた。店にくる客からも一目置かれ、したわれていた。むろん姜英吉も宗方洋平を兄のようにしたっている。

宗方洋平がきたので、滅入っていた姜英吉は気持を持ち直して話し込んでいた。そして午後九時頃になると、宗方洋平が、

「ちょっと、そこへ寄ってみるか」

と姜英吉を誘った。

「わかりました。行きましょう」

宗方洋平から誘われた姜英吉は暗黙の了承で席を立った。

マスターも心得ていて、

「行くんですか……」

と言って見送るのだった。

姜英吉と宗方洋平が赴いた店は、「樹林」から目と鼻の先にあるクラブ「二十一世紀」だった。狭い道路を隔てて広い墓地があり、五十メートル間隔に街灯が点いているものの薄暗く、点滅している店の看板がいやに目につくのだった。

地下への階段を降りてドアを開けると生演奏の音楽が響き、クラブのマスターが歌っていた。元歌手だったマスターの歌は、それなりにうまかった。ジャズやロックを歌い、エルビス・プレスリーのような恰好をしている。薄暗い墓地の傍《そば》にある店だが、ホールでは大勢の客が踊っていた。クラブ「二十一世紀」は、いわば穴場のような店なのだ。

常連客の宗方洋平を迎えたマネージャーが、

「いらっしゃいませ。ちょっとお待ち下さい」

と言って混雑しているホールを横ぎって奥に行き、接客しているママを呼んできた。

「いらっしゃい。いま混んでるけど、ちょっと席をつくりますから」

ママは姜英吉と宗方洋平を誘導して奥に行き、客に詰めてもらって席をつくった。

「いつきても満員だね」

宗方洋平が言った。

「おかげさまで、なんとかやってます」

ママは謙遜して礼を述べ、ウェイターに飲み物を注文した。
二十六、七になるママはしなやかな肢体を持つ女優にでもなれそうな美人で、歌声もハスキーでセクシーであった。
ウエイターがビールを運んできた。ママからつがれたビールを二杯飲んだところで、二人はママに踊りを誘われた。宗方洋平がこの店にきた目的の一つは踊ることである。宗方洋平にとって踊りはスポーツの一つであった。二人は混雑しているホールに入って踊った。天井のミラーボールがゆっくり回転している。照明を落とした店の壁や客の表情にミラーボールの光が妖しげな陰影をつくっている。ステージで歌っているマスターの歌声と身ぶりに熱がこもっている。生演奏は二十分ほどで終り、店内が明るくなって客はそれぞれの席にもどった。

「踊ると気持いいね」

宗方洋平の顔が上気していた。

ママが女性従業員を紹介した。指名制のホステスではないが、客に飲み物をついだり、話し相手になったりしている。

姜英吉と宗方洋平の席にきた女性は、

「さゆりです。よろしくお願いします」

と挨拶した。

美しい女だった。

「わたしの友達なの。人手が足りなくて、昨日から手伝ってもらってるのよ」

とママが言った。

どこかで見たような女だった。姜英吉がそれとなく女の顔を見ていると、

「もしかして、姜さんじゃないでしょうか」

と女が言った。

「君は……」

姜英吉は驚いて口ごもった。

「こんなところでお会いするなんて、驚きました」

女も驚いている。

「あら、二人は知り合いなの。どういう知り合いかしら」

ママの顔が好奇心に満ちている。

「姜さんは妹の命を救ってくれた恩人なんです」

さゆりは立花美津子だった。

立花美津子から事情を聞いたママは、

「テレビで観たわ。美津子の妹の命を救ったタクシー運転手は姜さんだったのね。いま思い出した。

世間は広いようで狭いわね」

ママはいささか興奮していた。

「いや、おれは偶然、通りかかっただけなんだ」

姜英吉は事件を話題にされるのを避けたいと思った。しかし、偶然は重なるものである。目の前にいる立花美津子は、アパートに訪ねてきたときより、一段と美しく見えた。店内の照明や化粧で大きな瞳や肉づきのよい唇が妖しい色に光っている。

プレスリーの恰好をしたマスターがやってきて、

「いらっしゃい。今夜も楽しんで下さい。あとでママが歌いますので」

と言ってビールをひと口飲んで席を立つとき、ママに目くばせした。

「マスターはうるさくてしょうがないのよ。あっちの席へ行けとか、こっちの席へ行けとか、お客さんと落着いて話もできやしない。じゃあ、わたしはこれで……あとはさゆりさん頼むわ」

店をしきっているママはあちこちの席を移動していた。

「それで……」

と宗方洋平が口を開いた。

「妹さんは元気になったの」

集団自殺事件については宗方洋平も当然知っていた。

「ええ、退院はしたのですが、外出はいっさいしていません。家に閉じこもったきりです。外出が怖いと言ってます」

立花美津子は憂鬱そうに言った。

「マスコミがまだ見張ってるのかな」

と姜英吉が言った。

「まだ見張ってます。わたしも外出のたびにマスコミの人から声を掛けられます。この店にもマスコミの人がいるかもしれません」

そう言って立花美津子は店内を見回した。

姜英吉と宗方洋平も店内を見回したが、マスコミ関係者がいるようには思えなかった。

「マスコミ関係者がいれば、必ず君に声を掛けてくるよ。店にはいないと思うがね」

立花美津子の神経が過敏になっているのは確かだが、事件が発生してから時間がたっていてマスコミの関心も薄れていると宗方洋平は立花美津子を安心させるように言った。

「そうだといいんですが……」

立花美津子の瞳の不安な色は消えなかった。

三十分の休憩をはさんで生演奏がはじまった。ステージに立ったマスターがマイクを持って、

「それではみなさん、これから第二弾のショータイムです。第二弾は当店の歌姫、といっても年は多少喰っていますが、ママが歌います。かつてママは歌手になりたいと北海道から上京してきました。夢はあえなく消え去り、いまは新宿の場末のクラブで歌っています。しかし、わたしはママの歌を高く評価しています。世が世ならばスターになっていたかもしれませんが、残念ながらちょっと遅かった。そのちょっと遅かった歌を聴いてやって下さい」

マスターがママを紹介するときの決まり文句である。

客席から、「ママ、頑張って！」と女性客の黄色い声が飛ぶ。「ママ、愛してるよ！」と酔っぱらい男のだみ声も飛ぶ。照明の中のママの姿は妖艶で堂々としている。

ジャズとロックと演歌を歌い、客はホールで踊っている。宗方洋平が立花美津子を誘って踊っていた。姜英吉はテーブルに残って踊っている客たちを見ていた。

宗方洋平が踊り疲れて席にもどってきた。

ソファの背にもたれて、

「さゆりさんは踊りがうまいね」

と感心していた。

「そんなことありません。体を動かしてるだけです」

と照れていた。

ショータイムの最後はマスターがブルースを歌い、店内の照明が落とされた。

「踊りません？……」

と立花美津子が姜英吉を誘った。

姜英吉は立ち上がり、立花美津子の手を取って踊りはじめた。ゆっくりとステップを踏んでホールの中央へと出た。感情のこもったマスターの歌が雰囲気を盛り上げていく。姜英吉と立花美津子は少し距離をとって踊っていたが、いつしか二人は一体になっていた。立花美津子の化粧の匂いが姜英吉の鼻をつく。それは女の匂いであり、性的な匂いでもある。立花美津子の両腕が姜英吉の首に巻きついている。姜英吉は立花美津子のしなやかな肢体を強く抱きしめ、踊っているというより、ほとんど足踏状態になっていた。立花美津子は姜英吉の胸に顔をうずめている。姜英吉が彼女の腰を引き寄せると、彼女は体を少しそらせて顔を上げ陶然としていた。姜英吉が唇を近づけると、立花美津子は黙って受けた。姜英吉は唇を重ねて軽く吸った。彼女の柔らかい唇の感触がゼリーのようだった。

宗方洋平と踊っていたママが近づいてきて、唇の端に意味ありげな微笑を浮かべた。

4

ステージが終ると店内は明るくなり、閉店の時間を知らせる「蛍の光」の曲が流れた。

「本日はありがとうございました。またのご来店を心よりお待ちしております」

マスターの挨拶で客は席にもどって帰る仕度をはじめた。踊りながらキスをしていた姜英吉と立花美津子は現実に引きもどされ、ばつの悪そうな表情で体を離すと席にもどった。立花美津子は何ごともなかったかのように、

「それじゃ、わたしはこれで失礼します」

と言って席を立ち、そそくさと更衣室に行った。

送って行こうと思っていた姜英吉は肩透かしを喰って彼女の後ろ姿を見送っていた。

ママがやってきて、ソファに腰を下ろし脚を組むと煙草に火を点けて一服ふかし、

「姜さん駄目よ。美津子には旦那と子供がいるんだから」

と忠告するように言った。

「いたっていいじゃない。お互い大人なんだから。ママにはマスターがいるけど、おれはママを口説きたいと思ってる」

宗方洋平が姜英吉を援護するように言う。

「宗方さんはもてるから、わたし以外に女はいくらでもいるでしょ」

ママは軽く受け流してほほえんだ。

「おれはママが好きなんだ。マスターの承諾を得て、ママを口説こうと思ってる」

「あら、マスターが承諾するかしら。マスターが承諾すれば話は別だけど」

むろん冗談だが、妙に気を持たせる口調だった。

姜英吉の唇に、立花美津子の柔らかい唇の感触が残っている。姜英吉はドアに視線を転じて、ぞろぞろと店を出て行く客の中に立花美津子の影を探した。姜英吉の首に両腕を回し、体をぴったり寄せて踊っていた立花美津子の張りのある肉体から伝ってきた官能的な、しかし実体のない鵺《ぬえ》のようなものはいったい何だったのか？

姜英吉は宗方洋平と一緒にふたたびスナック「樹林」にもどった。

「お帰りなさい」

カウンターの中のマスターが一人ぽつんと立っていた。店には客がいなかった。

暇を持てあましているマスターは、

「どうでした」

と言った。

「『二十一世紀』は満員だったよ」

と宗方が言った。

「どうしてうちは暇なのかな」

マスターは肩を落としてうなだれた。

「女の子がいないから、客がこないんだよ」

三ヶ月ほど前までは女の子が手伝っていたが、それ以後、女の子はいなかった。女の子のいない店にマスターがぽつねんと客待ちしている姿はいかにも暗い。宗方は女の子を早く雇えと言うのだった。

「探してるんだけど、なかなかいないんですよ」

以前役者をやっていたマスターは、劇団関係者に頼んで女の子に手伝ってもらっていた。しかし芝居の公演やそのための稽古がはじまると女の子は店に出られなくなり、旅公演などをしている間に店を辞めてしまうのだった。それに安い日給が女の子の辞める理由の一つになっている。それなりの日給を支払いたいのだが、そうすると店は赤字になる。いずれにしても条件に見合う女の子はなかなか見つからないのである。

「ママの友達の美津子とかいう女とはいい雰囲気だったじゃないか」

宗方はにやにやしながら言った。

「その場だけのでき心ですよ」

照明を落とした薄暗い店のホールで抱き合ってブルースを踊っていると酒に酔っていることもあってつい欲情的になったのは事実である。踊っている他の男女も何組かキスしている光景が見られた。

「送って行けばよかったのに」

「先に帰ったんですよ」

姜英吉は残念そうに言った。

「照れくさかったのかな。明日また行ってみよう」

宗方は姜英吉をたきつけるように言った。

「明日は仕事です」

姜英吉は腕時計を見た。午前一時を過ぎていた。

「じゃあ、明後日《あさって》行こう」

宗方は妙に張りきっていた。

宗方は「二十一世紀」のママを口説きたいのかもしれない。

スナック「樹林」を出て青梅街道に出たとき、「タクシー代だ」と言って宗方は姜英吉に三万円を握らせた。

「すみません」

姜英吉はこれまでにもタクシー代として何度か宗方から三、四万円の小遣いをもらっている。姜英吉は走ってきたタクシーに乗り、アパートに帰った。そして服を脱ぎ、冷たい万年床にもぐって体を海老形に丸めて瞼を閉じたが、体の芯が欲情していた。立花美津子を抱きたいと思った。姜英吉は美津子の裸体を想像しながら自瀆した。すると車の中で自殺を図っている妹の立花美奈子の青白い顔が浮かんだ。死の淵を彷徨い、意識が朦朧としている立花美奈子の喉の奥から呻き声がもれてくる。死のうとしている人間が性の快感に目覚めて姜英吉にしがみついてくる。愛液が溢《あふ》れ、死の苦悶から解放されて生への渇望に変ってくるのだった。生ま温かい肉体の奥に息づいている得体の知れない生き物が姜英吉のペニスを呑み込んでいく。姜英吉は射精した。そしてしばらく放心状態になっていた姜英吉の脳裏に、意識が朦朧としている立花美奈子を犯したのは誰だろう？　という疑念がよぎった。本当に立花美奈子は何者かに犯されたのだろうか？　姜英吉は虚脱状態になって背筋《せすじ》に悪寒を覚えた。

翌日、目を覚ました姜英吉は窓をぼんやり見た。小雨が降っているようだった。部屋の中は一段と冷え込んでいる。姜英吉は暖い布団から抜け出せず、出勤しようか欠勤しようか迷っていた。昨夜、宗方からもらった小遣いが残っている。ひと出番休んでも喰いつなげるのだ。しかし、一ヶ月後に大阪から家族がやってくることを考えると憂鬱だった。それまでに多少の金を用意しておかねばならない。そう思うと休んではいられなかった。

電話が掛かってきた。姜英吉は猿臂《えんぴ》を伸ばして枕元の近くにある携帯を取って、

「もしもし……」

と言った。

「出勤するのか、しないのか、どっちだ。配車は一台しかないぞ」

会社の部長の声だった。

日歩合を切っている姜英吉には決まった配車がないのである。出番ごとに車がちがうのだ。そして姜英吉にあてがわれる車は廃車寸前の車だった。整備も悪く、磨耗したスリップしやすいタイヤで、ハンドルの遊びも大きく、事故の危険性が高い。会社はこうした車を姜英吉のようなアルバイトに近い不定期の運転手にあてがっていた。そのかわり出勤時間はある程度、自由だった。会社の規律に拘束されたくない姜英吉は、あえてこうした車に乗っているのだ。

寝床の中でぐずぐずしていた姜英吉は部長のひと声に、

「出勤します」

と答えた。

棚の置時計を見ると午前十一時だった。姜英吉は思いきって万年床から這い出し、服を着て、台所で歯を磨き、洗顔した。

傘をさして外に出た姜英吉は、雨の中を二四六号線まで歩き、バスに乗って三軒茶屋で下高井戸行きの電車に乗り換えるのが面倒臭くなり、タクシーを利用して会社に出勤した。

会社の前に横付けしたタクシーから降りて事務所に入ると、

「タクシーで出勤するとは贅沢《ぜいたく》だな」

と部長に言われた。

「雨が降ってるもんですから」

姜英吉は弁明した。

「おまえの乗務する車は昨夜、事故《じこ》ってな、いま修理してる。あと三、四十分で直るはずだ」

電話を掛けてきて出勤を急がせておきながら、姜英吉が乗る車は修理中だった。狡猾な部長の手口に腹を立てた姜英吉は休もうかと思ったが、せっかく出勤したので三、四十分待機することにした。

朝から出勤している運転手の中には手弁当を持参して昼食をとっている者がいる。彼らはすでに一万円前後を売上げているのだ。

車の修理の間、腹ごしらえをしておこうと姜英吉はいつものラーメン店に行った。カウンターで明け番の井口勉がラーメンと餃子を肴にビールを飲んでいた。

「これから出勤か」

隣に座った姜英吉に井口勉は睡眠不足の充血した目で言った。

「修理が終るまで三、四十分かかる」

姜英吉が言うと、

「会社はおんぼろタクシーをいつまでたっても廃車しようとしない。雨に濡れてる路面はスリップしやすいのによ、あのおんぼろタクシーのタイヤは坊主だ。客が手を挙げたのでブレーキを掛けて止まろうとしたときスリップし、ガードレールに衝突して危うく手を挙げていた客を轢《ひ》くところだったらしい。おれだったら、あんなおんぼろタクシーには絶対乗らないよ。会社は運転手の命なんかどうなろうと考えてねえんだ」

井口勉は喋り終えるとラーメンをずるずると吸い込み、咀嚼してビールを飲んだ。

ラーメンを食べて席を立った姜英吉に、

「気をつけろよ」

と井口勉は警告した。

四十分過ぎても修理は終らなかった。

「修理はいつ終るんです?」

姜英吉は部長に訊いた。

「もうすぐ終る。せっかく出勤したんだから、もう少し待ってくれ」

どうやらバンパーの修理だけではなさそうだった。

「日が暮れてしまうよ」

姜英吉はふてくされて言った。

「売上げは半分でいいから、とにかく走ってこい」

新聞を読みながら、部長は廃車寸前の事故車を運行させて少しでも売上げを上げようとする。

姜英吉は修理工場に行って修理工に、あとどのくらい時間がかかるのかを確かめた。

「そうだな、あと一時間はかかると思う」

そして修理工は車の下にもぐった。

「どこが事故ってるんだ」

「シャフトが折れてんだよ」

「シャフトが折れてる?」

シャフトが折れてるとはどういうことなのか、姜英吉にはぴんとこなかった。

「溶接すれば、一日は持つと思う」

「一日……」

ということは、二日は持たないということだ。一時的に間に合わせるための修理である。走行中に車がバウンドした場合、シャフトが折れないという保証はないのだ。

休むこともできたが、つぎの出番もたぶんこの事故車をあてがわれるだろう。アルバイト的な勤務をしている姜英吉に車の選択はできないのだった。おんぼろタクシーがくたばるか、運転手がくたばるか、どちらが先になるかは走行してみなければ誰にもわからない。姜英吉は修理が終るのを待って乗務することにした。

事故車の修理は三時間を要した。雨は本降りになっている。あたりは薄暗く、夜のようだった。姜英吉はワイパー、ブレーキ、エンジンの調子を確認して出庫した。

世田谷通りに出たとき、赤い傘をさした女が手を挙げた。立花美津子に似ていたので一瞬どきっとした。ドアを開けると女は傘をたたんで後部座席に乗り、どこかつんと澄ました顔で、

「青山三丁目まで行って下さい」

と言った。

「わかりました」

姜英吉はドアを閉めて発進した。

雨の日の道路は大渋滞している。ただでさえ渋滞しているのに、左車線の路肩には多くの車輌が駐車していて世田谷通りは一車線になっている。世田谷通り以外に抜け道はない。あとはひたすら忍耐強く一寸刻みで走行するしかないのだ。

バックミラーで後部座席を見ると、女は一寸刻みの渋滞に不機嫌面《づら》していた。どこかで見たような顔だった。十年前、アイドル歌手として活躍していた高岡君子だった。ここ数年、テレビに出演することもなく忘れられた存在だった。化粧をしていない顔は浅黒く、老けて見える。

車窓を少し開け、女は煙草に火を点けて、

「あとどのくらいで着くかしら」

といらだっていた。

車はやっと二四六号線に出たところだった。

「そうですね、二、三十分かかると思います」

「二十分くらいで行けません?」

女が急かせる。約束の時間に遅れるのだろう。

「そうですね……なんとか行ってみます」

姜英吉は乗客の要請に応えるべくかなり強引な割り込み運転をしたが、渋滞中の車輛はそう易々と割り込みを許さない。しかし、強引な運転のかいあって、二十分足らずで青山三丁目交差点の「ベルコモンズ」前に到着した。

女が料金を精算して出ようとしたとき、「ベルコモンズ」前で待っていた白髪の混じった五十歳過ぎの男が女を車の中へ押しもどして乗り込んできた。

「どうしたのよ?」

車の中に押しもどされた女は素頓狂な声を上げた。

「運転手さん、真っ直ぐ行ってくれ!」

男は自分でドアを閉め、姜英吉に指示した。

姜英吉は戸惑ったが、

「走ってくれ!」

と指示する男の声に従って、料金メーターを作動させて発進した。

「どこ行くのよ！」

女は抵抗するように言った。

「いままでどこ行ってたんだ。あいつの部屋か！」

男が女を追及している。

「馬鹿なこと言わないで。友達の部屋にいたのよ」

「友達の部屋……どの友達だ」

男はさらに追及する。女は黙った。車内に険悪な空気が漂い、姜英吉は走行をためらった。

「嘘をつくのはいい加減にしろ！　みんなわかってるんだ！」

男が女の頬を打擲《ちようちやく》した。ビシッ！　という音がして張りつめていた空気がはじけた。

「何すんのよ！　運転手さん、車を止めてちょうだい！」

悲鳴に近い声を発して女は反対側のドアを開けようとする。男は女の手を押さえ、髪を摑んで引きずろうとした。

「車の中で痴話喧嘩はやめてくれ！」

姜英吉は車を路肩につけて、仲裁に入った。

「うるさい！　おまえは黙ってろ！」

怒りと憎しみに歪《ゆが》んでいる男の顔が殺意を孕《はら》んでいた。

「うるさいとは何だ！　すぐ降りろ！」

男の暴言に姜英吉も怒り心頭に発してドアを開けた。そこへ走ってきた単車がドアに接触して転倒した。この事故で男と女はやっとわれに返り、男は千円札を助手席に投げ捨て、車から降りて雨の中を小走りに去った。そして女も男の後を追って行った。

迷惑をこうむったのは姜英吉である。接触事故はたいしたことはなく、転倒したライダーは単車を起こして姜英吉が車から降りてくるのを待っていた。

「申しわけない。乗客のカップルが痴話喧嘩をはじめたんで、つい降りてくれと言ってドアを開けたんだ」

姜英吉は運転免許証を見せて、

「病院で手当てを受けたり、バイクを修理した場合は、会社に電話してくれ」

と誠意のあるところを示めした。

ライダーはバイクのあちこちを点検し、どこか破損していないかを確かめ、憮然とした表情で、

「ドアを開けるときはバックミラーを確認してくれよ。頼むぜ」

と言った。
二十五、六のライダーは文句を言いながら運転免許証にある姜英吉の名前とタクシー会社の名前と電話番号をメモしてヘルメットをかぶり直し、エンジンを掛けて去って行った。
出鼻をくじかれた姜英吉は仕事を続ける気になれず、絵画館のある銀杏並木の通りの路肩に車を止めて煙草をふかしながらぼんやり考えた。あの二人は夫婦だろうか？　男は五十過ぎで女は三十前後である。愛人関係かもしれない。男の激しい嫉妬心には驚かされた。この先、あの二人はどうなるのか。

姜英吉は運転席のシートを後ろに倒して仰向けになり、瞼を閉じた。立花美津子の肢体が瞼の裏に焼きついている。今夜にでも美津子に会いたいと思った。

一時間ほど休憩した姜英吉はまた営業をはじめた。雨はいっこうに止みそうにない。ラジオのニュースでは葉山で土砂崩れが発生して走行していた車が埋まっていると報道していた。

出庫の遅れをとりもどす方法は、これ以上、休憩しないことであった。午後八時に夕食をとった姜英吉は休憩をとらずに走り続けていたが、乗客を荻窪まで送り届けて新宿へもどる途中、新宿警察前を通り過ぎようとしたときハンドルを左に切ってスナック「樹林」の前にきてしまった。そしてタクシーを墓地の塀沿いに駐車してスナック「樹林」に入った。

カウンターには宗方洋平他四人の客が飲んでいた。仕事をしているはずの姜英吉が店に入ってきたので、

「仕事じゃなかったんですか?」

とマスターが言った。

「仕事中だよ」

姜英吉はそう言って宗方の隣のとまり木に座った。

「仕事中に飲んでもいいんですか」

ほろ酔い機嫌の青井幸夫がにやけた顔で言う。

「今日は仕事をやる気がしない。どしゃ降りの雨で客もいないし……」

言い訳けじみた姜英吉の言葉の裏を察した宗方洋平が、

「それじゃ、『二十一世紀』に行ってみようか」

と誘うのだった。

姜英吉はマスターからつがれたビールを飲み干すと黙って先に店を出た。

後から出てきた宗方洋平が、

「彼女に会いたいんだろう。今夜は口説けよ」

とにんまりした。

「二十一世紀」の地下への階段を降りてドアを開けると、生演奏の音楽とママのハスキーな歌声が店全体にひろがり、大勢の客が踊っていた。姜英吉と宗方洋平はマネージャーに奥のテーブルに案内されてソファに座った。

マネージャーが、

「しばらくお待ち下さい」

と言って下がった。

姜英吉は美津子が接客にくるものと期待していたが、美津子はホールで他の客とジルバを踊っていた。軽快なリズムに乗ってママのハスキーな歌声がはずんでいる。美津子は踊りの相手に誘導されてぐるぐる回っている。唇を半開きにして白い歯を見せて美津子の体が快楽の渦に巻き込まれていくようだった。相手に引き寄せられ、突き放され、ぐるぐる回りながら快楽の渦の底へ落ちていったかと思うとまた浮上してくる。相手の男に翻弄されながら美津子の表情はしだいにエクスタシーへと昇りつめていくようだった。

音楽が終り店内が明るくなった。ウエイターがようやく注文したビールを運んできた。

「いらっしゃい」

歌い終ったママがテーブルに挨拶にきた。

「三曲も歌ったのよ。疲れちゃった」

ママは少し息をはずませていた。

それからママは他のテーブルへ挨拶に行った。

美津子が席に着いた。踊っていたせいか顔がほてり、目が興奮気味だった。姜英吉がビールをグラスにつぐと、美津子はいっきに飲み干し、

「おいしい！」

と言った。

「今夜は一段ときれいだよ」

宗方洋平がお世辞を言うと、

「ありがとう」

と美津子は妖しげな瞳でほほえんだ。酩酊している感じだった。

「昨夜は送って行こうと思ったけど、君ははやばやと帰っていた。今夜は送らせてくれ」

姜英吉は美津子の意思を確かめるように言った。

「いいわ、送ってもらうわ」

口実をつくって拒否するのかと思ったが、彼女はすんなり受け入れた。そして宗方洋平がついだビ

ールをまたいっきに飲み干し、

「ちょっと向うの席に行ってきます」

と言って移動した。

「酔ってるみたいだな」

美津子の後ろ姿を見て宗方洋平が言った。

「酔ってる女は苦手だ。何かあったのかな」

移動した席で美津子はまた飲んでいる。

マスターがテーブルにきて十分ほど喋り腰を上げると、入れ替ってママがきた。マスターとママと他のホステスが入れ替り立ち替りやってきたが、美津子はこなかった。

閉店前の最後の演奏がはじまった。マスターが甘い声でブルースを歌う。店内の照明が落とされ、男女が抱き合ってゆっくりと踊っている。美津子も他の客と抱き合って踊っていた。姜英吉と宗方洋平は最後まで踊る機会がなかった。踊っている相手の男の首に両腕を回してしなだれている美津子を姜英吉はじっと眺めた。美津子は相手の男とキスするのだろうか……。嫉妬にも似た気持で見守っていたが、演奏は終り、照明が明るくなった。姜英吉はなぜかほっとした。

客が帰りだした。またしても美津子の姿が見えない。やはり先に帰ったのかと諦《あきら》めていたとき、

「お待ちどおさま」

と美津子が目の前に現れた。

店を出ようとしたとき、ちらとママの視線に出会ったが、姜英吉は素知らぬふりをした。

熱気に満ちていた店内から外に出るとまだ雨が降っていた。

「それじゃ……」

店の前で別れるとき、宗方洋平はウインクして、『うまくやれよ』という合図を送ってスナック「樹林」に戻っていった。

姜英吉は傘をさし、美津子の肩を抱きかかえるようにしながら、墓場の塀沿いに駐車していたタクシーにきてドアを開けた。

「これ、タクシーじゃない」

美津子が驚いていた。

「そうだよ。君を迎えにきたんだ」

姜英吉は冗談を言って美津子を助手席に乗せた。

そしてエンジンを掛け、発進しながら、

「家はどこだっけ」

と訊いた。

「三鷹」

「わかった」

姜英吉はアクセルを踏み込んだ。

青梅街道を走行し、環状七号線を過ぎた杉並車庫前で雨の中を検問していた。まさか雨の降る午前一時過ぎに検問しているとは思わなかったが、タクシーは検問されなかった。

「どきっとした。酒酔い運転で捕まるかと思った」

美津子の声がうわずっていた。

「タクシーは営業車だから検問されないんだ」

してやったりとばかりに姜英吉はエンジンをふかした。

三鷹駅に近づいてくると、美津子は雨にけむる外の風景に目をこらし、

「そこを左折して」

と言った。

姜英吉はハンドルを切って左折した。

「そこを右……」

ハンドルを右に切って少し走行すると、

「ここよ、わたしのアパート」

と言ったので、姜英吉がブレーキを踏んで停車したとたん、ゲーッと声を出して美津子は吐いた。

吐瀉物《としゃぶつ》が床に飛び散り、車内に悪臭がこもった。

美津子はドアを開け、路上に続けざま嘔吐した。

姜英吉はあわてて運転席から外に出て助手席の美津子を降ろした。

美津子の唇から唾液がたれている。

「大丈夫か……」

と訊くと美津子は黙って頷いた。

ほんの数秒だが、どしゃ降りの雨で二人の衣服はずぶ濡れになった。

姜英吉は美津子の腕を取ってアパートの中に駆け込んだ。

美津子はよろめきながら奥の部屋の前でバッグから鍵を取り出してドアを開けた。そして台所のシンクに吐こうとしたが何も出てこなかった。

姜英吉はグラスに水道水を入れて美津子に手渡した。彼女は手渡された水で二、三回嗽《うがい》をした。

そして姜英吉の胸にもたれて顔を上げ、

「キスしてちょうだい」

と言った。

嘔吐した唇が欲情している。

姜英吉は彼女の腰を強く抱き寄せキスした。舌を口の奥深くねじ込み、彼女も舌を姜英吉の口の中へ入れてくる。姜英吉は美津子の乳房をまさぐり、スカートをまくし上げて股間に手を滑り込ませた。

美津子が体重をかけてゆっくりと後ろへ倒れていく。彼女の重みに引きずられて姜英吉も重なるように倒れると衣服を脱いだ。美津子も自分から衣服を脱ぎ、全裸になった。眩《まぶ》しいほどの白い裸身を晒《さら》し、彼女は大きく息づきながら脚を開いた。二人は激しく唇をむさぼり合い、からみ合った。姜英吉の舌がナメクジのように彼女の全身を這っている。

美津子は体をくねらせながら、

「早くきて……」

と呻いた。

姜英吉は美津子の体の中へゆっくりと入った。彼女の体の深部からこみ上げてくる甘美な声が唇からもれてくる。それから愛液が溢れてきた。甘美な声はいつしかすすり泣くような声に変っている。両脚を姜英吉の肩に乗せ、首を後ろに曲げて、嘔吐した唇を大きく開けて喘《あえ》いでいる。

「入ってくるのよ。あなたがわたしの中に入ってくるのよ」

いまにも死にそうな声を上げながら、彼女はうわごとのように言った。そしてまるで悪夢にでもうなされているような断末魔の叫び声を上げた。

しばらく二人は重なってじっとしていた。美津子の体が小刻みに震えている。姜英吉が離れようとすると、

「じっとしてて……」

と彼女は姜英吉に爪を立ててしがみついた。

「いつまでもこうしていたいの、わたしから離れないで……」

姜英吉は美津子の執念のようなものを感じた。

5

会社に帰庫したのは午前六時頃である。途中で仕事を放棄していたので売上げはいつもの半分にも満たなかった。

「何してたんだ」

部長は渋い顔で姜英吉を睨んだ。

「体調がよくないんだ」

姜英吉が白らばっくれると、

「飲んでたんだろう。酒の臭いがする」

と部長は見透かすように言った。

「帰りに、そこのラーメン屋でビールを一杯飲んだ」

姜英吉が弁明すると、部長はそれ以上追及せずに日歩合を計算した。

雨はまだ降り続いている。仕方なく雨が上がるまで仮眠所でひと眠りして帰ろうと思った。仮眠所は修理工場の二階にある。姜英吉が階段を上がって仮眠所に入ると、四人の運転手が花札賭博をしていた。四人は昨日の朝から一睡もせずに花札賭博をしている。賭け金はかなり大きくなっているにちがいない。以前、賭博の金の貸し借りで喧嘩になったことがあるが、そのうちひと悶着起こるのではないかと姜英吉は思った。賭けごとの好きな運転手は花札賭博にとどまらず、競輪、競艇、競馬にも手を出し、明けても暮れても賭けごとをしている。

姜英吉は服を着たまま敷きっぱなしの布団にもぐり込んだ。すえた臭いがする。一年以上、部屋の掃除をしたこともなければ、布団を上げたこともないのだ。その布団にはいろんな匂いがしみ込んでいた。

姜英吉は瞼を閉じて眠りについた。だが、花札賭博をしている声で眠れなかった。

そのとき、金原という運転手が、

「カンさん、ちょっと金を貸してくれないか」

と言ってきた。

「金を……。いくらだ」

「一万円」

負けがこんでいる金原は追い詰められた顔をしている。

姜英吉の懐には二万円程度しかない。一万円を貸すとかなり苦しい状態になるが、金原の切羽詰まった表情を見ると貸さないわけにはいかなかった。

姜英吉が一万円を手渡すと、

「明日、必ず返す」

と言って、金原はまた賭博に熱中しだした。

目を覚ますと、仮眠所は静かだった。

花札賭博をしていた四人は布団をかぶって寝ていた。姜英吉はゆっくり起き上がり腕時計を見た。午後二時だった。姜英吉はぼんやり窓の外を眺めた。雨はまだ降っている。『よく降る雨だ』と思いながら、姜英吉は仮眠所を出て事務所で傘を借りようかと思ったが、部長と顔を合わせるのがいやで通りまで走って行き、タクシーに乗ってアパートに帰った。そしてまた万年床にもぐり込んだ。

冷えている体の芯が欲情している。嘔吐をした美津子の唇から垂れている唾液を吸い、口の中に舌を入れ、その舌で美津子の性器を舐めるとたまらず美津子は腰を浮かせて呻き声を上げた。『早くきて……早く……』姜英吉が美津子の体の奥深く入っていくと、美津子は発情した猫のように喉を鳴らし、爪を立ててしがみついた。美津子は部屋にいるだろうか。美津子には夫と子供がいると「二十一世紀」のママは言っていたが、部屋には夫も子供もいなかった。美津子は夫と別れ、子供を実家に預けているのかもしれない。ママの言葉は牽制するためだったのではないのか。美津子のみだらな肢体からたちのぼる危険な香りを思うだけで情欲を覚えるのだった。

姜英吉はがばっと起きて、歯を磨き洗顔して、傘をさし雨の降る街に出た。そして渋谷に行きサラ金の店に入った。目線の高さにまでガラスでしきられたカウンターには四人の女子店員が並んでいた。店長も女性だった。みんな普通の若い女子店員だったが、カウンターの前に立った姜英吉を厳しい視線で点検していた。

一人の女子店員が、

「いらっしゃいませ」

とほほえみかけた。

店内には三人の男の客がいた。いずれも審査を待っているのだ。

「お金を借りたいんだけど」

姜英吉は女子店員に言った。

「おいくらですか」

「二十万円」

「健康保険証と戸籍謄本が必要です」

姜英吉は国民健康保険証と外国人登録証と運転免許証を提示した。

それらを受け取った女子店員は、

「しばらくお待ち下さい」

と言って席を離れ、奥の別室に入って確認作業をしていた。その間、姜英吉は椅子に座って待った。客は視線が合うのを避けていた。姜英吉は待っている間、何か後ろめたい、屈辱的な感じがした。待っている客の表情にも姜英吉と同じような感情がこもっていた。

窓口から一人の客が呼ばれ、三十万円が手渡された。客はほっとした表情で、そそくさと店を出た。二人目の客が呼ばれ、三人目の客が呼ばれて、姜英吉は一人になった。女子店員たちは無言で仕事をしている。奇妙な緊張感が漂っていた。そして店に新たな客が入ってきたとき、姜英吉が呼ばれた。

期待して女子店員のところに行くと、

「外国人登録原票記載事項証明書が一枚必要です」

と言われた。

店の時計を見ると午後四時だった。これから区役所へ赴いて外国人登録原票記載事項証明書を発行してもらっても間に合わない。姜英吉は諦めて、明日、出直すことにした。

店を出て雨の降る街をうろついていたが、行くあてのない姜英吉はデパートに入って各階を見て回り、居酒屋で時間を潰して、午後六時を待ってスナック「樹林」に行った。

マスターが昨夜のグラスや皿を洗っていた。

「早いですね」

そう言ってマスターは、カウンターのとまり木に座った姜英吉の前にビールとグラスを出した。

姜英吉は独酌でビールを飲み、

「マスター、お金を貸してくれないか」

と言った。

「お金ですか？　昨日も暇だったし、つり銭くらいしかないですよ」

マスターは困った顔をした。

「明日、返す。二万円貸してくれ」

マスターに金がないのはわかっていたが、姜英吉は強引に頼んだ。姜英吉の強引さには断れない雰囲気があった。

マスターはしぶしぶポケットから二万円を出して、

「全財産ですよ。明日、必ず返して下さいよ。でなかったら開店できないですから」

と気の弱そうな声で言った。

「必ず返す」

姜英吉は約束して二万円を受け取った。

「今夜も『二十一世紀』に行くんですか。宗方さんから聞きました。姜は美津子という女にぞっこんなんだって。いい女らしいですね」

洗い物をしながら喋っているマスターの言葉には、どこか歯ぎれの悪い感じがした。

「宗方さんは他に何か言ってたか」

と姜英吉は訊いた。

「いいえ、別に」

洗い物を終えたマスターは煙草をふかしながら窓の外を眺め、

「雨、止んでくれないかなあ」

と怨めしそうに言った。

二日前から降り続けている雨にたたられて、店は閑古鳥が鳴いていた。

「雨で客足が早くなって、夜はタクシーも暇だよ」

他に客のいない店でマスターと姜英吉は時間を持てあましていた。

姜英吉は宗方がくるのを待っていた。宗方と一緒に「二十一世紀」に行きたいと思っていたのだが、宗方がくるはずの時間帯が過ぎても宗方は現れなかった。

「こないなあ……」

マスターはまるで待ちぼうけを喰ったようにしきりにドアに視線を託していた。宗方がくると店の中は明るくなって活気づき、実際、客もくるのである。

十一時が近づいていた。「二十一世紀」の閉店時間は午前一時だ。これ以上待てない姜英吉は、宗方を待つのを諦め、一人で「二十一世紀」へ行くことにした。客は一人もこない。姜英吉が席を立ちかけると、

「ぼくも『二十一世紀』に行ってもいいですか」

とマスターが訊く。

「店を閉めるのか?」

「ええ、今夜は諦めます。この雨では客もこないですよ」

マスターは諦観して、エプロンを取り、さっさとあと片付けをした。そして店の灯りを消し、姜英吉と一緒に雨の中を五十メートルほど離れた「二十一世紀」に向った。

墓場の暗闇の側《そば》にある「二十一世紀」の派手な看板が点滅している。そこだけが別世界のように輝いていた。

二人は地下への階段を降りてドアを開けた。通りには人影がまったく見当らないのに、「二十一世紀」の店内は混雑していた。生演奏とマスターの歌声が響き、大勢の客が踊っている。

「凄いですね。うちの店は閑古鳥が鳴いているのに、ここはこんなに混んでるとは、どうなってんだろう」

「樹林」のマスターは自分の店とのあまりの落差に落ち込んだ。「二十一世紀」は新宿のはずれにあ

る店だが、連日、盛況だった。

二人はマネージャーに案内されて奥のテーブルに着いた。照明を落とした薄暗い店内に慣れるまで、二人はしばらくホールで踊っている大勢の客を見ていた。

ウェイターがビールを運んできた。姜英吉はビールを飲みながら美津子の姿を探した。そして大勢の客に混じってママと踊っている宗方の姿が目に留まった。

「宗方さんが踊ってるよ」

姜英吉がマスターに言った。

「えっ、どこですか……」

マスターは目を凝らして姜英吉が指差す方向を見て、ママとジルバを踊っている宗方を認めた。

「うちの店に寄ってくれればいいのに」

マスターは不満をもらした。

宗方はママと得意そうに踊っている。巧みなステップだった。

生演奏と歌が終り、店内の照明が明るくなった。宗方はママと一緒に席にもどってきた。宗方のテーブルは姜英吉の席から三テーブル離れていた。

「宗方さん！」

と姜英吉が声を掛けた。

その声に宗方が振り向き、

「なんだ、きてたのか」

と驚いていた。

「うちの店にもきて下さいよ」

マスターが泣きごとを言った。

「寄ろうと思ったんだけど、時間が遅かったから、直接ここへきたんだ」

宗方が言い訳けすると、

「宗方さんとは十時に、店でデートすることになってたのよ」

とママがかばうように言った。

そしてママは気をきかせ、隣のテーブルの客に移動してもらい、そのテーブルに姜英吉とマスターが移った。ママは二人にビールをつぎ、

「それでは、あとで……」

と言って他の席に移った。

「今夜の客は姜さん一人ですよ。だから早めに店を閉めて、ここへきたんです。美津子って女を拝見しようと思って」

マスターが好奇心をつのらせて言った。

「あそこにいるよ」

宗方はホールの向う側のテーブルにいる美津子を指差した。

宗方の指差すテーブルに姜英吉とマスターが同時に視線を転じた。客と向き合っている美津子の背中が見えた。

「この席に呼べないんですか」

とマスターが言った。

「呼べないことはないが、相手の客は、彼女の旦那らしいよ」

遠目にも背筋をしゃんと伸ばしている美津子の後ろ姿は官能的だった。

「旦那……」

疑心暗鬼になっている姜英吉を宗方は愉快そうに見ていた。

「旦那とは別居中だって。彼女は子供を実家に預けて、旦那の家を飛び出したらしい。旦那の暴力に耐えられなかったという話だが、旦那は復縁を迫ってる」

宗方の話に姜英吉は複雑な心境だった。何か予期せぬ出来事が起こりそうな気がした。美津子の夫が表情を曇らせて話している。美津子の背中が夫の話をかたくなに拒んでいるようだった。姜英吉は遠目で様子を見ているしかなかったが、この後、どうなるのか気がかりだった。

宗方はママを呼び、美津子を自分たちの席に呼んでほしいと頼んだ。

「今夜は駄目よ。開店時間からずっと話し込んでるのよ。美津子が席を離れると暴れるかもしれない」

ママは顔をこわばらせた。

「そのときは警察を呼べばいいじゃないか」

と宗方が言った。

「警察沙汰になったら、他のお客さまに迷惑がかかるでしょ」

そう言ってママは姜英吉をちらと見た。ママは姜英吉と美津子の関係を知っているようだった。ママは宗方の要請を拒んで席を立った。

「変なときにきてしまいましたね」

複雑な状況にマスターは居ごこちが悪そうだった。

美津子が席を立ってお手洗いに行く途中、姜英吉に気付き、顔色を変えた。美津子の後ろ姿を夫が猜疑心《さいぎ》の強い目で追っていた。

姜英吉は落着かなかった。帰るべきか、閉店時間まで残って美津子と夫の成りゆきを見守っているべきか迷った。しかし、最後まで見守っていたところで、姜英吉の出る幕はないだろうと思った。険悪な関係の夫婦の間に第三者が割って入るのは誰しもはばかられる。ましてや美津子と関係のある姜英吉が口出しできるわけがない。かといって、このまま素知らぬふりをして帰ると、苦境に陥っている美津子を見捨てることになるのではないのか。姜英吉は黙ってビールを飲み続けた。

美津子がお手洗いからもどると、生演奏とママの歌がはじまった。最後の演奏である。客がホールで踊り出す。ママのハスキーな歌声が響く。宗方がホステスを呼んで踊りに誘った。宗方は六十歳とは思えぬ柔軟なステップで踊っている。大勢の客で美津子の席は見えなかったが、いつの間にか美津子は夫と踊っていた。はじめは少し距離をとっていたが、ママがブルースを歌い、灯りが消えると、美津子は夫の首に両腕を回し、キスをしていた。それを見た姜英吉は、

「先に帰る」

と言い残してさっと席を立った。

店を出た姜英吉は傘をさし、雨の降りしきる暗闇に包まれた墓地に沿って歩きながら、嫉妬と情欲の入り混じった噴怒のような感情を抑えることができなかった。「二十一世紀」に引き返し、夫の前で美津子を奪いたいと思った。姜英吉は空しい気がした。美津子にとっておれは一時的な慰みにすぎなかったのだ。貪欲《どんよく》なまでに性をむさぼる美津子の体の奥にひそんでいる何かが姜英吉を虜《とりこ》にしていた。アパートに帰った姜英吉は、寒々とした部屋の万年床にもぐり込み、悶々と一夜を過ごした。

携帯電話のベルが鳴った。眠りについたのはつい一時間ほど前だと思っていたが、部長の声だったので正午頃だと思った。

「出勤するのか？　車輛は一台しかない」

いつもの台詞である。

「出ます」

姜英吉はひとこと返事をして、また眠りの底に沈んでいった。頭の中が早送りのフィルムのように過去と現在の入り乱れた映像に掻きみだされている。意識と無意識が葛藤しているのだ。

また携帯電話が鳴った。携帯電話を耳にあてると、

「もう二時だぞ。出るのか出ないのか、どっちだ」

と部長の怒鳴り声が聞えた。

一回目の電話のとき、休むと断っておけばよかったと姜英吉は後悔しながら、

「いますぐ出ます」

と言ったが、体は金縛り状態になっていた。

しばらく天井を仰ぎ、呼吸を整え、起き上がった。

久しぶりに空は晴れていた。姜英吉は窓を開けて空気を入れ替え、トイレに行き、洗顔した。それからミニバイクに乗って会社に出勤した。

姜英吉が乗るタクシーはこの前と同じ事故車だった。本当はアルバイトの運転手がいたのだが、事故車は乗りたくないと言って帰ってしまったのだ。それで部長は姜英吉に電話を掛けてきたのだった。

いつもなら必ず文句を言うはずの部長は黙って日報を差し出し、

「事故るなよ。昨日も佐々木の野郎が事故って脚の骨を折って入院してる」

と言った。

タクシー運転手にとって事故はつきものだが、最近、たて続けに事故が発生しているので、陸運局から注意される恐れがあった。指導を受けると、何台か営業停止処分を受け、売上げに大きく影響する。部長はそれを恐れているのだ。

誰も乗ろうとしない廃車寸前のポンコツ車をあてがっておいて、「事故るなよ」とはないだろうと思いながら姜英吉は日報を受け取り、車庫を出た。

車庫を出た姜英吉は区役所に向った。そして外国人登録原票記載事項証明書を二通発行してもらい、その足で渋谷のサラ金の店に直行した。店に入ると、女子店員たちがいっせいに姜英吉を見た。昨日の今日だが、四人の客がいて、居ごこちの悪さは同じであった。姜英吉は受付に国民健康保険証、外国人登録証、運転免許証、そして区役所で発行してもらった外国人登録原票記載事項証明書を提出した。昨日と同じ女子店員が提出された四つの身分証明書を見て奥に行き、コンピューターで照会して

いたが、カウンターにもどってきて急に笑顔で、

「それでは二十万円をお貸しいたしますので、お名前が呼ばれるまで、しばらくお待ち下さい」

と言った。

姜英吉は椅子に座って待った。しかし、なかなか名前が呼ばれない。別室でさらに調査されてキャンセルされるのではないかと思った。路上駐車しているタクシーも気になる。五十歳くらいの男の客が入ってきた。姜英吉は目線を足元に落とした。入ってきた客はカウンターで女子店員から説明を受けている。

名前が呼ばれた。姜英吉は誰か自分の名前を知っている者がいるのではないかと内心どきっとして素早く窓口に行った。

「二十万円です。お確かめ下さい。月々、二万四千円の返済額となります。姜様には五十万円までご融資できますので、これからは『むじん機』でいつでもどこでもご融資を受けられます」

はじめての客なのに、今後五十万円までは街の『むじん機』で面倒臭い手続きもせずに融資を受けられるとは何かしら心強い気がした。そして月々二万四千円の返済額は、それほど負担になる金額ではないように思われた。

二十万円の札束は手ごたえがあった。姜英吉は急いで路上駐車しているタクシーにもどった。

懐に二十万円があると思うと心が豊かになり、街の景観も明るく映った。美津子を誘い、食事をして、ちょっとしたプレゼントもできるだろう。姜英吉はアクセルを踏んでダッシュした。

長雨に洗われた街の風景はさわやかだった。仕事は順調で、夕方までに羽田空港を往復し、さらに

町田まで行って帰る途中、新宿までの客を乗せ、売上げを計算してみると、三万円を超えていた。この調子でいくと六万円台になると思った。

七時に夕食をとった姜英吉は十二社《じゅうにそう》あたりに駐車して仮眠をとった。運転席を倒し、瞼を閉じると美津子の姿が浮かんだ。美津子の携帯に電話を掛けてみようかと迷った。いま頃美津子は夫と一緒に仲むつまじくしているのだろうか。姜英吉は美津子の夫の顔を覚えていなかった。店内の薄暗い照明で夫の顔がよく見えなかったからだ。しかし、美津子と踊っている姿は、背の高い体格のいい男に見えた。美津子は今夜も店に出勤しているだろうか。夫は今夜も「二十一世紀」にくるだろうか。かりに美津子と会っても無視されるような気がした。姜英吉に抱かれている美津子と夫に抱かれている美津子は別人のように思えた。

姜英吉の抑えがたい欲望がしだいにかま首をもたげてきた。美津子に会って確かめてみたい。夫とよりをもどしたのか、姜英吉との関係は終りなのか。ふかぶかと息づく髭《ひげ》だらけの唇から溢れてくる愛液の奥に何があるのかもう一度、確かめてみたい。体をよじって狂おしいまでの歓喜の声を上げて昇りつめていきながらしがみついてくる美津子の張りのある白い肌のみだらな肢体を抱きたいと思った。

車窓を軽くノックする音がする。姜英吉が目を開けて見るとミニパトで巡回している女のお巡りだった。

「なんですか?」

と姜英吉は訊いた。

「ここは駐車禁止です」

対向車線には数台の車が駐車している。

姜英吉はむっとなって、

「仮眠くらいさせてくれよ」

と言った。

「車庫で仮眠して下さい」

感情のない無表情な女のお巡りは、まるでロボットのようだった。

理不尽にもほどがあると、姜英吉は怒りを覚え、

「車庫は世田谷なんだ。いちいち車庫まで帰ってられないよ」

と抵抗したが、とりあってくれなかった。

姜英吉はその場から車を発進させたが、いっきに仕事の意欲を失くした。しかし、お巡りに駐車を注意されたのは仕事の意欲を失くす自分に対する口実になった。十二社からスナック「樹林」と「二十一世紀」まではすぐである。姜英吉は無意識にスナック「樹林」と「二十一世紀」に近い十二社の路上で仮眠をしていたのだ。

車を発進させたものの、「樹林」へ行こうかどうしようか迷っていた。今夜はたぶん宗方がきているだろう。宗方がくれば「二十一世紀」へ行くことになる。だが、姜英吉はためらわれた。もう少し時間を置いて、様子を見た方がいいのではないか。揺れる気持の整理がつかないまま、姜英吉はいつしか墓場の塀沿いにタクシーを止めていた。二十メートルほど先に「二十一世紀」の派手な看板が点

滅している。姜英吉は、その看板をじっと見つめた。

懐には二十万円ある。その二十万円がサラ金から借りた金であることは姜英吉の意識から消えていた。

姜英吉はタクシーから降りてスナック「樹林」に行き、ドアを開けた。やはりカウンターのとまり木に宗方が座っていた。その他、三人の客がテーブルに着いている。

ドアを開けて入ってきた姜英吉に、

「待ってたよ」

と宗方が言った。

宗方の隣に座った姜英吉の前にマスターがビールとグラスを置いた。

そのグラスに宗方がビールをつぎながら、

「昨日はいつの間にかいなくなってしまったな」

と言った。

「あれ以上、いたくなかった」

姜英吉はビールを飲み、煙草に火を点けた。

「君の気持もわかるけど、あの二人は別居していても、いまのところは夫婦なんだ。子供もいるし、できれば別れたくないんだろう」

「よりがもどったのかな」

「どうかな。よりがもどるくらいなら、別居したりしないはずだ」

「しかし、二人は愛し合ってるように見えたけど」

「君も彼女と愛し合ってるように見えた。美津子は気紛れな女なんだ。諦めた方がいいよ」

宗方は忠告するように言う。

「彼女は今夜、店に出勤してるかな」

姜英吉は未練がましく言った。

「行くつもりか」

宗方は姜英吉の意思を測りかねた。

「確かめたいんだ」

「何を……?」

「彼女の気持を」

「確かめてどうする。君には妻子がいるはずだ。彼女にも夫と子供がいる。考え直した方がいい」

宗方はいまになって、姜英吉の思いを引き止めようとしたが、姜英吉は美津子の気持を確かめずにはいられなかった。

「今夜も旦那がきてるかもしれない」

と宗方が言った。

「こうしよう。まずおれが行って、様子を見る。旦那がいなければ電話を入れる」

姜英吉は宗方の提案を受け入れた。

6

宗方は腰を上げて「二十一世紀」の様子を見に行った。その間に、姜英吉は昨日マスターから借りた二万円を返済した。

「助かりました。返してくれなかったら、どうしようかと思ってました」

マスターの顔がほころんだ。

十分ほどたって宗方から電話が掛かってきた。

電話を取ったマスターが、

「はい、はい……そうですか、わかりました」

と答えて電話を切った。

「美津子さんはいるけど、旦那はいないそうです」

マスターが言うと、姜英吉は黙って席を立ち、店を出た。

美津子に会いたいのだが、なぜか気が重かった。美津子の夫はなぜきていないのか。後で店に現れるのではないのか。「二十一世紀」の点滅している看板が毒々しく映った。低い塀に囲まれている墓地の暗闇の中の無数の墓石がうずくまっている人間のように見えた。そこだけが深い静寂に包まれている。姜英吉は吸い込まれるように地下への階段を降りた。

いつもならドアを開けると生演奏の音楽が聞えるのに、今夜は静かだった。客もまばらで、ソファに座っている宗方の姿がすぐ目に留まった。宗方のテーブルの前にママが座っている。

「いらっしゃい」

ママは艶然とほほえみ、姜英吉の意を汲んで、美津子を呼ぶと席を交替した。

テーブルについた美津子はひかえめな態度で、

「いらっしゃい」

と挨拶して宗方に水割を作り、姜英吉にビールをついだ。

「今夜はすいてるね」

宗方は会話をつなぐために言った。

「なぜか水曜日は暇なんです」

会話はとぎれがちだった。姜英吉は何かを訊きたいのだが、もどかしげにビールを飲んだ。

「飲んでもいいですか」

美津子が訊くと、

「どうぞ」

と宗方がすすめた。

美津子は自分で水割を作り、ひと口飲んだ。

ゆっくり回転している天井のミラーボールの光が壁面に反射して美津子の表情に妖しい影を投げか

けている。美津子の大きな黒い瞳が反射光を受けて夜行性動物のようにきらっと光るのだった。

「今夜は旦那はいないね」

宗方は姜英吉が訊きたいことをずけずけと訊くのだった。

「ええ、もうこの店には、こないと思います」

「こない？　どうして……」

宗方は執拗に訊く。

「店には、こないで下さいと頼みました」

昨夜は仲むつまじく踊りながらキスまでしていたのに、店にはこないでほしいと頼んだのは、そのあと何かあったのだろうか。姜英吉は、美津子と夫の間に何があったのかを知りたかった。しかし、美津子の能面のような表情が、姜英吉の質問を拒んでいるようだった。

ショーがはじまった。ステージに立ったマスターが挨拶をし、生演奏をバックに歌いだした。すると宗方が別の席にいるママを誘って踊るのだった。

姜英吉をかたくなに拒んでいるように見えた美津子が急に、

「踊りましょ」

と誘った。

姜英吉は美津子の手を取り、腰を抱き寄せ、リズムをワンテンポ遅らせて体をぴったりつけた。美津子の体温が伝わってくる。姜英吉は美津子の耳に息がかかるほど口を近づけて、

「店が終ったら、送って行く」

と囁《ささや》いた。

意外にも美津子はこっくり頷いた。それは二人だけの秘密の合図のようだった。

ライブが終ると美津子は別の席に移った。

五曲も踊って席にもどってきた宗方は、独酌でグラスにビールをついでいっきに飲み干し、渇いた喉をうるおすと、

「彼女を送って行くのか」

と訊いた。

「送って行きます」

姜英吉が言うと、

「気をつけろよ。彼女には旦那がいるから。別居中とか言うけど、旦那は彼女の帰りを待ってるかもしれない。鉢合わせすると面倒なことになる」

と宗方は忠告した。

だが、姜英吉は聞く耳を持たなかった。

店の営業が終盤に近づいていた。姜英吉は美津子と一回踊っただけだが、宗方は最後まで踊っていた。美津子は他の席へ行ったきり、姜英吉の席にはもどってこなかったのだ。あちこちの席に移って接客している美津子を姜英吉はいらいらしながら見ているだけだった。

閉店時間がきて店内が明るくなると、美津子は更衣室に行った。

「さて帰るとするか」

踊りまくっていた宗方は少し上気していた。

そして宗方は店の前で、

「じゃあ。おれは『樹林』でもう一杯飲んで帰る」

と言って姜英吉と別れた。

姜英吉は駐車しているタクシーの運転席で店から出てくる美津子を待ったが、なかなか出てこない。待ちぼうけを喰らわせて、先に帰ったのだろうか。店の出入口は一ヶ所しかない。姜英吉は地下からの出入口をまばたきもせずにじっと見つめた。

間もなくジーパンに黒のセーターの上からコートをはおった姿の美津子が出てきた。姜英吉はエンジンを掛け、ライトを点けて美津子に近づいた。近づいたタクシーに気付いた美津子が振り向いたので、姜英吉は助手席のドアを開けた。美津子が吸い込まれるように助手席に乗った。姜英吉はアクセルをふかし、狭い道を巧みな運転で走行し、青梅街道に出た。

そして赤信号待ちをしたとき、

「夫から電話が掛かってきたの」

と美津子が言った。

「電話……。部屋で待ってるのか」

姜英吉は猜疑心をつのらせて訊いた。口実ではないかと思ったのだ。

「ええ、部屋の前で待ってると言ってた」

ということは、アパートまで送れないということである。

「別居してるんじゃないのか」

愚問だった。姜英吉に美津子の別居生活をとやかく言える資格はないのである。

「一年前から別居してるわ。でも、ときどきくるの」

「受け入れてるのか」

「部屋に入れないと、ドアの前で大声でわめくのよ。夜中に大声でわめかれると、近所迷惑でしょ」

美津子は憮然としている。姜英吉にそんなことを言われる筋合いはないといった顔をしている。

「別居しても意味がないよな」

姜英吉はまるで美津子の責任を追及しているようだった。

「じゃあ、どうすればいいの」

信号が青に変ったので姜英吉は車を発進させたが、中野坂下を左折して、十二社あたりで路肩に止めた。

「帰らない方がいい。今夜はホテルに泊ろう」

姜英吉は美津子を帰したくなかった。

「駄目よ、帰らなくちゃ。何をされるかわからない」

美津子はくぐもった声で怯《おび》えた。

「暴力を振るわれるのか」

美津子は黙っている。黙っているのは暴力を振るわれているということなのか。事態は姜英吉が思っている以上に深刻なのかもしれない。

夫に虐待されている美津子が哀れで、いとおしく思えて、姜英吉は美津子を抱き寄せキスした。二人は唇と舌が痺れるほどにキスを続けた。

それから美津子は顔を上げ、

「ここでタクシーを拾って帰るわ」

と言って車を降りた。

「もう会えないのか?」

姜英吉は未練がましく訊いた。

「わからない」

美津子は走ってきたタクシーに乗車して去って行った。あとにとり残された姜英吉は宗方の言葉を思い出していた。

仕事を放棄している姜英吉は車庫に帰る気になれず、結局また「樹林」にもどった。

店内には宗方と常連客の一人、高木有造がいた。高木有造は「樹林」の近くのアパートの四畳半の部屋に住んでいて、そこで校正の仕事をしているが、この五年間、妻子のいる茨城には帰っていない。実質的に別居生活を続けているが、仕送りはしていた。それが高木の自慢だった。「樹林」の常連客にはなぜか別居している者が多いのである。宗方もじつは十年前から別居しているのだった。別居している男たちが、夜になると「樹林」に集まってきて飲んでいるのだ。

「振られたのか」

とまり木に座った姜英吉に宗方はビールをつぎながら言った。

「振られたわけではないけど……」

姜英吉はビールを飲みながら言葉を濁した。

「旦那が待ってるんだろう」

宗方はまるで千里眼のように何もかもお見透《みとお》しだった。

「旦那が待っているかどうかはわからない」

美津子の言葉がどこまで本当なのか、姜英吉は疑っていたのである。

「ということは、やっぱり振られたんじゃないか」

いずれにしても姜英吉の欲望は満たされなかったのだ。姜英吉は美津子の気持を測りかねていた。

「羨《うらや》ましいよな。女がいるなんて。おれなんか、この五年間、女に触ったことがない」

カウンターにうつ伏せになって居眠りしていた高木が顔を上げて言った。狸寝入りをしながら他人の会話に聞き耳をたてていたのだ。

「家に帰ればいいじゃないか。女房がいるんだから」

宗方が言うと、

「冗談じゃない。家に帰ると、何しに帰ってきたの、と言われるよ。おれは子供のために仕送りしてるんだ。女房が浮気しようと何しようと、おれの知ったことじゃない」

高木は女房をくそみそにこき下ろした。

「だったら別れりゃあ、いいじゃない。どうして別れないんだ」

当然の疑問だが、

「宗方さんはどうして別れないんですか？」

と、逆に高木から長年別居している宗方の不自然な生活を訊かれて、

「面倒臭いんだよ」

と宗方は苦笑した。

「あー、いやだ、いやだ。ぼくも家庭内別居みたいな状態ですよ。女房とは二年以上やってないです」

二人の会話に便乗してマスターも家庭内別居状態を吐露した。

「情けない話だ。みんな別居してるとは。男をやめたくなったよ」

宗方は自嘲的に言ってビールを飲んだ。

姜英吉は一ヶ月後に大阪から上京してくる家族のことを考えると憂鬱になるのだった。経済的なこともあるが、美津子への思いを断ち切れないからであった。いま頃美津子は夫に暴力を振るわれ、抱かれているのではないか。それとも美津子は喜悦の声を上げて体を震わせているのだろうか。美津子のアパートの狭い冷たい板の間のキッチンで狂おしいまでに抱き合った生まなましい感触が蘇ってくる。

「さて、帰るとするか」

宗方の声に姜英吉はわれに返った。腕時計を見ると午前二時を過ぎていた。高木は歩いて五分のところに住んでいるが、マスターと宗方はタクシーを利用しなければならない。

途中から仕事をさぼっている姜英吉の売上げはノルマの半分にも達していない。このまま帰庫する

と部長に怒鳴られるのはわかりきっていた。それに帰庫時間が早すぎる。

「マスターと宗方さんは、ぼくが送って行くよ」

と姜英吉が言った。

「どうせタクシーに乗るんだから、ちょうどいいや」

八王子に住んでいる宗方はいつもタクシーを利用していた。それなりの収入があるからいいものの、毎月のタクシー代はかなりになるはずだった。

「仕事をさぼっているので売上げを上げないといけないから、今夜はぼくが持つよ」

姜英吉は「樹林」にきたときから、そうしようと思っていた。マスターは川口に住んでいる。

「マスターを送っておれんとこまで行くと三万円は出るぞ」

宗方が心配そうに言う。

「それくらいならなんとかなります」

姜英吉の懐にはサラ金から借りた二十万円がある。その二十万円の中から三万円を投入しようと考えていた。売上げの五五パーセントはもどってくるのだ。

姜英吉はマスターを送り、引き返すような形で環六を走行して初台から高速道路を利用して宗方を八王子まで送り届けて車庫にもどってきた。メーター料金は三万四千円を超え、売上げは六万円に達していた。

久しぶりの高売上げに、

「頑張ったな」

と部長が相好《そうごう》を崩した。

「最後に一発、長距離の客がついたので……」

姜英吉は澄ました顔で言った。

「根気よく流していると（走行していると）いい客がつくんだ」

と部長は訓辞をたれるのだった。

夜が明けている。帰宅したのは午前六時頃だった。アパートの部屋に帰ったとき、通路の奥まった自転車置き場に誰かがうずくまっていた。姜英吉が一瞬、泥棒かと思ってどきっとして立ち止まると、うずくまっていた人間がゆっくり立ち上がった。美津子だった。寒さで震えながら体をこごめていたのだ。

「どうしたんだ?」

姜英吉は驚き、顔を引きつらせて怯えている美津子の手を取った。手は凍《い》てついていた。

「いつからいるんだ」

と姜英吉は訊いた。

「二時間ほど前から」

「二時間も前からいるのか。おれに電話すればよかったのに」

「電話しようと思ったんだけど、仕事の邪魔をしてはいけないと思って……」

「おれは仕事をさぼってたんだ。だから仕事の邪魔にはならない」

「二十一世紀」にきていたので、仕事をさぼっているのはわかっていたが、送るというのを断っている美津子は電話を掛けるのがためらわれたのだ。

姜英吉はドアの鍵を開けて美津子を部屋に入れて灯りを点けた。玄関には新聞が積まれ、台所にはビールの空き缶や雑誌が散乱している。万年床の周りにも下着類が脱ぎ捨ててあった。姜英吉は下着類を押入れにしまい込み、石油ストーブを点火して、

「散らかってるけど、そのへんに座ってくれ」

と言った。

美津子はコートを脱ぎ、バッグを置いて畳の上に座った。

冷蔵庫を開けてみると缶ビールが二本入っていた。姜英吉は缶ビールを二本取り出し、一本を美津子に差し出した。美津子は黙って受け取ったが栓を開けなかった。姜英吉は蛍光灯の光を避けるように少しうつむき加減にしている美津子が気になって頬にかかっている髪を手でよけた。すると美津子は顔をそむけるのだった。姜英吉が強引に髪をよけて見ると、頬のあたりに紫色の痣《あざ》がひろがっていた。

「殴られたのか」

姜英吉が訊くと、美津子は頷いた。よく見ると美津子の唇の端にも血がにじんでいる。美津子の目から悔し涙がこぼれた。夫がなぜ暴力を振るうのかわからないが、許せないと姜英吉は思った。だが、夫婦喧嘩に割って入れる立場ではない。それどころか姜英吉は美津子と不倫関係にあるのだ。

「なぜ殴られるんや」

やぼな質問だが、姜英吉は訊いた。

「お金を出せと言われるの。拒むと殴られるの」

美津子の話によると、夫はギャンブル狂で会社の金を使い込み、それが原因で馘《くび》になり、それ以来、職を転々としながら二年前から働かなくなった。そこで美津子が子供を託児所に預けて働き出したが、収入はすべてギャンブルに使われ、拒否すると暴力を振るわれた。そのうえ夫は酒に溺れ、アル中に近い状態になって病院に二回入院したが、退院するたびに中毒症状が深まり、暴力をエスカレートさせていった。やむなく美津子は子供を実家の母親に預けて仕事と住所を変えたが見つかり、そのたびに逃げ出して仕事と住所を変えていたのだった。だが、夫は、茨城にいる美津子の実家の母親のところへ行き、金を無心していた。半年前、家庭裁判所に離婚調停を申請したのだが、調停は遅々として進展せず、いまにいたっている。警察にも届け出たが、警察からは民事に介入できないと言われた。

話を聞けば聞くほど、夫の理不尽な行為に姜英吉は腹が立った。しかし、いかんともしがたいのである。姜英吉にできることは、行き場のない美津子を自分の部屋にかくまうことであった。

「当分、この部屋にいて身の振り方を考えよう」

姜英吉が言った。

「ありがとう」

美津子は缶ビールの栓を抜き、ひと口飲んだ。

それから美津子は自分から服を脱ぎ、汚ない万年床に入った。姜英吉も服を脱いで万年床に入り、美津子を抱きしめた。

「あなたの体は暖《あ》ったかい」

と美津子が言った。

「おれの体は便利にできてるんや。夏は冷めたく、冬は暖ったかいんや」

そう言うと姜英吉は美津子のパンティを下ろした。

パンティを下ろされた美津子はスリップを脱いで全裸になった。姜英吉も裸になり、ふたたび美津子を抱きすくめた。

二人は夕方まで眠っていた。窓の外は薄暗くなっている。

「いま何時かしら」

美津子が姜英吉の腕の中で訊いた。

姜英吉は腕時計を見て、

「五時だ。腹が減ったな。何か食べに出ようか」

と言った。

「うん、暖ったかい物が食べたい」

美津子が甘えるように言う。

「わかった。すき焼きを食べよう」

「すき焼き……食べたあーい」

美津子ははしゃぐように言って跳ね起きた。美津子の白い体が眩しかった。

二人は服を着て、一つの歯ブラシで歯を磨き、洗顔して外に出るとタクシーに乗った。

渋谷に着くまで美津子はバッグから手鏡を出して髪をすき、化粧をしていた。渋谷駅前は人でごったがえしている。ほとんどが若者である。すき焼きの店がどこにあるのかわからない二人はしばらく街を散策した。歩道には人が溢れ、ぶつかり合うほどだった。三十分ほど散策していた二人はすき焼き店を見つけることができず、焼肉店に入った。二人は従業員に案内されてテーブルに着いたが、店は満席に近い状態だった。

二人はとりあえずビールを注文してからメニューを見た。そしてカルビ、ハラミ、ミノ、タン塩、ナムル、キムチ、センマイ刺身などを注文した。

「七時には出勤しなくちゃ」

美津子は時間を気にしている。

「日曜日も出勤するのか。旦那が待ち伏せしてるかもしれない」

できれば出勤させたくない姜英吉は懸念した。

「店にはこないと思う。お金もないし、あなたの部屋にしばらくいるにしても、一度部屋にもどって下着や着替えを取ってこなくちゃ」

それはそうだが、部屋にもどるのは危険だった。夫に捕まると監禁される恐れがあると姜英吉は思った。

「いまは動かない方がいいと思う」

姜英吉は身の安全を第一に考えるべきだと勧告したが、本心は美津子を放したくないのだった。

「いつまでもあなたの世話になっていられないわ。わたしには子供がいるし、あなたにも……」

と言いかけて口をつぐんだ。

あなたにも家族がいるでしょ、と言いたかったのだろう。

料理が運ばれてきた。二人は肉を焼き、ほおばった。

「おいしい！」

美津子の笑顔が幸福そうに見えたが、髪で隠されている暴力の痕の痣が姜英吉の目にちらついていた。

「今夜は仕事を休んで、ゆっくりしよう」

姜英吉は美津子を仕事に行かせたくなかった。仕事に行くと姜英吉のもとへ帰ってこないような気がした。

「わかったわ。ママに電話する」

美津子は携帯でママに電話を掛け、休みたいと頼んだ。

「ええ、ええ……それは……そうですけど……」

電話を掛けながら、ときどき姜英吉の顔をうかがっている。ママとの電話が長びいている。姜英吉は自分との関係が話題になっているのではないかと疑った。

五分ほど話をして、

「わかりました」

と美津子は電話を切った。ママの一方的な通話だった。

「休めないのか」

姜英吉は美津子の返事を先取りするように訊いた。

「ええ、女の子が二人も休んでるんですって。わたしが休むと三人になって、店が困るって」

「おれのことを訊かれたのか」

「別に……」

だが、美津子の表情が微妙に曇っている。

美津子の食べる速度が速くなった。出勤時間を気にしているのだ。

「食事が終ったら、このまま美容院に寄って出勤するわ」

食事のあとスナックでゆっくり時間を過ごそうと楽しみにしていた期待がはずれて姜英吉は肩を落とした。

「ごめんね、ゆっくりしようと思ってたのに」

美津子は姜英吉の期待に応えられないことを謝った。

「店が終ったら、おれの部屋にもどってくるのか」

姜英吉は美津子の気持を確かめた。

「わからない」

美津子の生ま返事に姜英吉はいらだった。

美津子はいつも「わからない」と言う。それは姜英吉と美津子との関係性をあらわしていた。悪くない料理だったが、味けない食事になった。

店を出ると美津子は姜英吉の手を握り、

「じゃあ行くわ」

とあたかも名ごりおしそうな仕草で姜英吉を見て、だが走行してきたタクシーにそそくさと乗って行った。姜英吉の胸には空しさだけが残った。

姜英吉は渋谷の桜丘町《さくらがおかちょう》にある一軒のこぢんまりしたバーに入った。もちろんはじめての店である。店には四十過ぎのママとバーテンダーと二人の客がいた。

「いらっしゃい」

カウンターの中にいるママは、はじめての客である姜英吉の容姿をそれとなく観察して、

「お飲み物は……」

と訊いた。

「ビール」

姜英吉はぶっきら棒にビールを注文した。

ママはビールの栓を抜き、姜英吉のグラスについだ。そしてママは二人の客のところへ移った。不機嫌面している姜英吉を敬遠したのかもしれない。カウンターの隅のとまり木に座っている姜英吉は独酌でビールを飲んでいた。不愛想な店だったが、いまの姜英吉には店の者にかまってもらうより放っておいてもらう方がよかった。

「わからない」ということはもどってこないということだろうか。それとも、もどってくるかもしれないということだろうか。夫の暴力に怯えながら、美津子はどうしてアパートに帰るのか？　別居しているものの、やはり夫とよりをもどしたいのか。実家の母親のところへ行き、金を無心している夫とよりをもどしたいとも思えなかった。つき合ってまだ日の浅い姜英吉にも家族がいる。お互いに家

族のいる者同士が同棲をすると、問題はさらに複雑になる。そのことを美津子は忌避しているのかもしれないのだった。

姜英吉はロックを注文した。そしてふた口でロックを飲み干し、また注文した。ピッチがかなり速い。アルコールが臓腑にしみ込み、思考が乱れてきた。美津子が謎のように思えてくる。美津子の肉体の魔窟にひそんでいる得体の知れない情念のようなものが姜英吉にとりついている気がするのだった。暗い深い迷宮の奥をさまよい、出口が見つからないのだ。

どのくらいの時間がたったのか、姜英吉は店のバーテンにゆり起こされていた。

「お客さん、お客さん、閉店時間です。起きて下さい」

その声が遠くから聞える。

姜英吉はうっすらと目を開けて、バーテンの顔を確認しようとしたが、漠然としていた。

「お客さん、閉店時間です」

今度はバーテンの声が耳の奥で大きく響いた。

カウンターにうつ伏せになっていた姜英吉は頭をもたげて店内を見回した。店がぐるぐる回転している。吐きそうだった。

「一万三千円です」

バーテンは飲み代を請求した。

姜英吉はポケットから札を出して支払った。そしてよろめきながら外へ出たが、自分がどこにいるのかわからなかった。

7

目が覚めた。意識がぼんやりしている。姜英吉は服を着たまま床の中にいた。いつ部屋にもどって就寝したのか、まったく覚えていなかった。腕時計を見ると正午過ぎだった。喉がからからに渇き、水を飲もうと床から抜け出し、這うようにして台所に行ってみると美津子がいた。

姜英吉に気付いた美津子が、

「大丈夫……?」

と言った。

「水をくれないか。喉がからからなんだ」

姜英吉は消耗しきった表情をしていた。髪はバサバサで不精髭が伸び、体全体から酒の臭いが漂っている。

美津子はグラスに水道水を入れて渡した。その水をいっきに飲んだ姜英吉は、

「もう一杯」

と水を要求した。

そして二杯目の水を飲んだ姜英吉は少し生気をとりもどして、

「鍵もないのに、どうして部屋に入れたんだ」

と訊いた。

「あなたがドアを開けてくれたのよ」

「おれが？」

「そうよ。ドアを開けてくれたあと、そのまま布団に横になって眠ってしまった。凄い鼾《いびき》をかいてた。わたしは電気コタツで寝たわ」

「全然、覚えてない。昨日、君と別れたあと、どこかのバーで飲んで勘定を払ったところまでは覚えているが、そのあとはまったく覚えてない」

美津子は台所でハムエッグを作っていた。

「近くのスーパーで卵とハムと牛乳とインスタントコーヒーとバターを買ってきたわ。歯を磨けば。臭ってる」

浮浪者のような姜英吉を睨んで言った。

「もう少し寝かせてくれ」

姜英吉は万年床にもぐり込みながら、

「昨夜は家に帰らなかったのか」

と訊いた。

「ええ……」

美津子は出来上がったハムエッグと牛乳とインスタントコーヒーを電気コタツのテーブルの上に置

き、

「食べますか」

と訊いた。

「いらない。食べられそうにない」

姜英吉が断ると美津子は一人で牛乳を飲み、ハムエッグを食べはじめた。

姜英吉の携帯に電話が掛かってきた。

携帯電話を耳にあてると、

「出るのか、出ないのか、どっちだ」

会社の部長だった。

「風邪気味で、今日は休みます」

姜英吉は風邪を口実に欠勤することにした。

「だったら、もっと早く会社に連絡しろ。一台が休車になるだろう。明日は出るのか?」

部長は姜英吉の風邪を信じていないらしかった。

「出ます」

姜英吉は部長の誘導尋問に引っかかった。

その一部始終を聞いていた美津子は、牛乳を飲み、ハムエッグを食べ終ると、

「わたしは、これから実家に帰ります」

と言った。

「今日は帰ってこないのか」

なぜ急に実家に帰るのか、姜英吉は不審に思った。

「子供と一ヶ月以上会ってないので様子を見に帰ります」

美津子の子供が何歳になるのか、まだ訊いていなかった。

「子供は何歳になる」

と姜英吉が訊いた。

「三歳です」

「男の子か、女の子か」

「女の子です」

姜英吉には九歳の長男と七歳の長女がいる。事情はちがうが、家族が離ればなれに暮らしているという点では同じだった。

姜英吉はポケットから金を取り出し、

「これで子供に何か買ってやれ」

と二万円を渡した。

美津子は遠慮せずに、

「ありがとう」

と二万円を受け取った。

美津子が部屋を出たあと、姜英吉は爆睡した。そして夜中に目を覚ました。あたりは真っ暗だった。

姜英吉はしばらく暗闇を凝視していたが、おもむろに寝床から這い出し、灯りを点けて腕時計を見た。午前三時だった。姜英吉は部屋を出てミニバイクでコンビニに赴き、缶ビール十本とハンバーグ弁当を買って帰ってきた。それから電気コタツに入り、テレビを観ながら弁当を食べ、缶ビールを飲み続けた。頭の中に粗大ゴミが詰まっているようだった。完全な思考停止状態に陥っているが、目と口だけは動いていた。小刻みに震えながら恍惚とした表情で昇りつめていく美津子の肢体が白熱光のように姜英吉の頭の中でフラッシュバックした。美津子は本当に子供に会うため実家に帰ったのだろうか。姜英吉はとっさに美津子の携帯に電話したが通じなかった。なぜ通じないのか？　姜英吉はとめどなく缶ビールを飲み続けている。すでに六本飲んでいた。この調子では出勤することはできないと漠然と考えながら飲み続けている。酔いが回って意識が沈澱していくのがわかる。テレビの女子アナウンサーが「お早うございます」と言う声がはっきり聞えた。姜英吉は十本目のビールの口を開け、無理矢理口の中に流し込んだ。この時点で姜英吉は仕事を諦めた。姜英吉にとって時間は止まっているのも同然であった。

茨城の実家に帰った美津子は三日が過ぎても連絡してこなかった。携帯電話も不通のままである。クラブ「二十一世紀」にも出勤していない。姜英吉は仕事中、美津子のアパートの部屋の窓を外から眺めたが、灯りが点いていなかった。美津子の夫らしき男とも出会わなかった。美津子はどこで何をしているのか。実家にとどまっているのだろうか。美津子とは所詮、行きずりの関係にすぎなかったのだ、と思いはじめていたとき、宗方から電話が掛かってきた。

「ちょっと話がある。今夜『樹林』で会わないか」

姜英吉は四日ほど「樹林」に顔を出していなかった。

「わかりました。六時に行きます」

ちょうど明け番だったので六時に行くことにした。

新宿駅西口から「樹林」へ向う途中に暗い墓場があり、狭い道を挟んで、その向かいに「二十一世紀」の看板が点滅していた。姜英吉は「二十一世紀」の地下への階段をちょっとのぞいた。店の中に美津子がいるような気がしたのだ。

「樹林」への階段を上がって店のドアを開けるとカウンターのとまり木に宗方が一人で座っていた。

姜英吉は宗方の隣に座った。

「元気なさそうだな」

姜英吉の顔色を見て宗方が言った。

「飲み疲れですよ」

「そんなに飲み歩いてるのか」

「部屋で飲んでます」

「部屋で？　部屋で飲みすぎるのは精神衛生上よくない。彼女がいないからだろう」

宗方は何もかも知っているかのように言った。

「どうして知ってるんですか」

「『二十一世紀』のママから聞いたよ。彼女は実家に帰ってるんだって？」

「帰ってるかどうかわかんないですよ」

「体調を崩して寝込んでるらしいよ」

「本当ですか……?」

体調を崩していても携帯電話には出られるはずだ、と姜英吉は思った。しかし美津子が体調を崩して実家で寝込んでいるのだとすればアパートの部屋に帰っていないのもわかる。

姜英吉はマスターからつがれたビールを飲み、

「それで、話って何ですか?」

と宗方に訊いた。

「彼女の旦那は韓国人らしいよ」

宗方は意表を突くように言った。

「えっ、韓国人……本当ですか」

姜英吉は日本生れの日本育ちで在日コリアンだが、国籍は「韓国」である。

「ママが言ってた。旦那は六年前、二十五歳で東京のW大学に留学して、間もなく大学のコンパで彼女と知り合い、一年後に結婚したと言ってる。ところが子供が生れると旦那は別の女とつき合いだし、夫婦喧嘩が絶えなかったらしい。旦那は働かずに彼女に金を無心していたので、とうとう別居したってわけだ」

韓国からきたニューカマーと、日本で生れ、日本育ちの在日コリアン二世とでは歴史的な背景やちかってきた意識がちがうし、何より生理的な感情の発露がちがう。姜英吉は何かいやな気分になった。美津子の周囲には日本人の男性が多くいるはずなのに、なぜよりによって韓国人とつき合うのか、それが不思議だった。それはたぶん美津子が在日コリアンだからではないのか。美津子が在日コリアンだとすると、三世になるだろう。むろん美津子が在日三世かどうかは姜英吉の勝手な推測である。

二人の女性が入ってきた。以前、この店に勤めていた絵理と朋子だった。朋子とマスターはできていた。マスターは別れたと言っているが、宗方に言わせるといまでもつき合ってるとのことだった。

「お久しぶりです、宗方さん」

朋子が挨拶すると、

「久しぶりだね。いま何してるの?」

と宗方が訊いた。

「原宿のアパレル関係の会社でアルバイトしてます」

「結婚したって聞いたけど……」

宗方の意地悪い問いかけに、

「してませんよ。結婚してたら、アルバイトなんかしてませんよ。誰かいい人紹介して下さいよ」

と朋子はカウンターの中で煙草をふかしているマスターをちらと見た。

「男はごまんといるじゃないか。よりどりみどりだよ」

「でも妻子持ちはこりごり。奥さんと別れる、別れると言っておきながら、いつまでたっても別れないんだから」

朋子の言葉は、明らかにマスターに対する当てつけだった。マスターは自嘲していた。

「男はやりたいだけよ。結婚しても同《お》んなじ。タダでセックスができるとくらいにしか思ってないんだから。あたしの友達も何人か結婚してるけど、みんな後悔してる。子供なんか産むんじゃなかったと言ってる。結局、束縛されるのは女なのよ。子供が成長するまで十年、二十年かかるのよ。子育てをして、女の人生は終りよ」
二十五、六歳の人生観とは思えない絵理の過激な言葉に、
「じゃあ、絵理は結婚しないのか」

と宗方が訊いた。

「しないつもり」

と絵理が答えた。

「セックスもしないのか」

「したいと思うこともあるけど、相手がいないのよ、気に入った」

「矛盾してるよ、好きな男となら結婚したいんだろう」

宗方に矛盾を突かれて、

「う－ん、わかんない」

と絵理は曖昧《あいまい》になった。

二人の会話を遮るように、

「ねえ、宗方さん、『二十一世紀』に連れて行ってよ。一度、行ってみたいと思ってたんだけど、『二十一世紀』は高いでしょ。だから行きたくても行けないのよ」

と朋子がせがんだ。

「よし、連れて行ってやる。姜も行くか」

ふさぎ込んでいる姜英吉を宗方は誘った。

四人が席を立つと、店には客が一人もいなくなった。

「樹林」を出た四人は墓場の前にある「二十一世紀」に向った。「二十一世紀」の看板が点滅している。

「どうして墓場の前に店をつくったのかしら。墓場って気持悪いじゃない」

暗い墓場を気味悪がりながら絵理が言った。

「死と快楽は背中合わせなんだ。その証拠に『二十一世紀』はいつも満席だよ」

そう言って宗方は絵理の肩を抱き寄せキスをした。絵理は拒まなかった。むしろ受け入れている感じだった。

地下への階段を降りてドアを開けると、マネージャーが「いらっしゃいませ」と迎え、四人をテーブルに案内した。これからショーがはじまるところだった。

ステージに立ったマスターが調子に乗った声で、

「今宵もようこそ『二十一世紀』へいらっしゃいました。アメリカと日本はいま、イラクで戦争をしてますが、『二十一世紀』はパラダイスです。今夜も大いに楽しんで下さい。それではレッツゴー！」

と腕をかかげて演奏の指揮をとり、歌いだした。

マスターの歌は一九六〇年代後半のベトナム戦争当時に流行《はや》ったポップスだった。さっそく宗方は絵理を誘ってホールで踊りだした。姜英吉はあまり乗り気ではなかったが、朋子に誘われて踊った。

　姜英吉と踊っていた朋子が、

「わたしさ、明日、郷《くに》に帰るの」

　と言った。

「郷に……どうして?」

　姜英吉が訊くと、

「郷に帰って結婚するの」

　と言う。

「結婚?　本当に?」

「ええ、このへんが潮どきかなと思って」

　朋子は「樹林」のマスターとの関係を清算するつもりなのだ。

　宗方はジルバを踊っていた。巧みなステップで絵理をぐるぐる回している。回転している絵理は声をたてて笑っていた。

　ショーが終ってテーブルにもどってきた絵理はビールを飲み、

「宗方さんが、あたしをぐるぐる回すんだもの、目が回っちゃった」

　と疲れたように宗方の胸にしなだれた。

　テーブルにやってきたママが宗方にビールをつぎながら、

「若い娘を誘惑しちゃ駄目よ、わたしってものがいるんだから」

と冗談とも警告ともとれるように言って唇の端に微笑を浮かべた。

「人生は一回限りだ。一過性なんだ。大いに楽しまなきゃ」

六十歳になる宗方は精悍な顔をほころばせた。

最後のショータイムがきた。店の灯りが薄暗くなり、ママがブルースを歌っている。宗方と絵理はホールの真ん中で抱き合い、キスをしている。姜英吉は踊る気になれなかった。

気分が盛り上がらない朋子は、

「わたしは先に帰ります。宗方さんによろしくね」

と断って店を出た。

たぶん「樹林」に行くのだろう。明日、郷へ帰ると言っていたが、最後に「樹林」のマスターの気持を確かめたいのかもしれない。しかし、確かめたところでせんないことである。

閉店時間がきて、店内の照明が明るくなり、みんなが帰りだした。宗方が目くばせして、

「『樹林』には寄らないから」

と姜英吉に小声で言った。

そして外に出た宗方と絵理は走ってきたタクシーに乗ってどこかへ行った。

姜英吉は部屋に帰っても冷めたい万年床で寝るだけである。飲み足りない姜英吉は帰る気になれず「樹林」に立ち寄った。

店に入ると、カウンターの中にマスターがしょんぼり立って水割を飲んでいた。客は一人もいない。

「朋子はきてなかったのか」

と姜英吉は訊いた。

「きましたが、いま帰りました」

元気のない溜息まじりのような声だった。

「朋子は明日、郷へ帰るとか言ってたけど、彼女の郷はどこなんだ」

「北海道の旭川です」

「旭川か……遠いなあ」

北海道の旭川から上京してきた頃は、さぞかし希望に胸をふくらませていただろう。その希望が打ち砕かれて帰って行くのだ。

「参りましたよ、泣きつかれて」

マスターは姜英吉にビールをつぎながらうなだれた。

「マスターは結婚するとか言ってたんだろう」

姜英吉はまるでマスターの責任を追及するように言った。

「どうしようもないです。女房とは別れられないですよ。ぼくは女房の実家に住んでますし、その実家を担保に金を借りてますから。それに子供が二人いるし」

抜きさしならない状態ではある。

「宗方さんはどうしたんですか?」

いつもなら「樹林」にくるはずの宗方がこないのでマスターは不審がった。

「絵理とタクシーに乗ってどこかへ行ったよ。絵理を送って行ったのかもしれない」

「二人はホテルにしけ込んでますよ。二人は前からできてたんです」

「できてた……」

六十歳の初老の男と二十五歳の若い娘ができているとは驚きであった。「二十一世紀」で二人が踊りながらキスしていたのがうなずける。

「某大学の新聞部に勤めていたDさんを知ってるでしょ。いつもカウンターに顔を伏せて眠ってる男ですよ。絵理はDさんの彼女だったけど、いつの間にかDさんと別れて、宗方さんとできたんです」

マスターの説明に姜英吉は、

「ふむー」

と頷きながら宗方の旺盛な精力に感心した。というのも以前、「樹林」に出入りしていた中年女性ともつき合っていたからだ。

「姜さんだけにはじめて話すんですけど、店をたたもうかと思って」

マスターは深刻な表情で言った。口元にちょび髭をはやしている痩せた気の弱そうな顔に苦悩をにじませている。

「やめる？　店をやめてどうする？　他にやることがあるのか」

実際問題として他にやることがあるとは思えなかった。

「赤字続きなんです。営業を続ければ続けるほど借金が増えるんです。やってられないですよ」

マスターから告白されるまでもなく、店が赤字続きなのはおおよその見当がつく。一日に数人の客しかこない店が黒字であるはずがないのだ。しかし、店を手放せば二度と店を持つことはできないだろう。手に職のないマスターはたちどころに困窮するのは明らかだった。

「続けた方がいいんじゃないか。続けて店に客を呼ぶ方策を考えるんだよ。店をやめると一円の日銭も入らないし、たちまち干上がってしまう」

姜英吉の忠告にマスターはうなだれ、溜息をついた。うなだれて溜息をつくのはマスターの性癖だった。その仕草がいかにも貧乏くさいのである。

「朋子がもう一度、店を手伝ってもいいと言うんですよ。店を手伝って盛り上げてみせると言うんです」

客あしらいのうまい陽気な朋子が手伝っていた頃の店は繁盛していた。だが、朋子が辞めてから店に活気がなくなったのは確かである。

「彼女は明日、北海道に帰ると言ってたけど」

「明日の午前中に返事することになってます」

「彼女はよりをもどしたいんじゃないのか」

「朋子との関係は女房も知っていて、それで別れたんです。もし朋子に店を手伝わせていることが女房にわかると大変ですよ」

「しかし、彼女が手伝うことで店の赤字が解消されるんだったら、考える必要はある。彼女とよりをもどせとは言わないが」

姜英吉は含みを残して、朋子に手伝ってもらうことを勧めた。

「どうしていいのか、わかんないんですよ」

マスターはまた溜息をついた。

「樹林」を出たあと、姜英吉は、余計な助言をするのではなかったと後悔した。朋子が店にもどれば、マスターとよりをもどすのは明らかだった。美津子と不倫関係にある姜英吉が、マスターと朋子の関係についてとやかく言える立場ではないのである。

翌日、姜英吉は部長から電話が掛かってくる前に出勤した。

「珍しいな。昼前に出てくるのは」

いつも昼過ぎに出勤してくる姜英吉が昼前に出勤してきたので、部長は新しい車を与えてくれた。

「新車だ。気をつけて運転してくれ。島岡が乗車する予定だったが、メーターの取りつけに時間がかかって間に合わなかった」

メーターの取りつけには運輸局の許可が必要であり、その認可が遅れたのである。午前七時に出勤してくる島岡運転手の乗務に間に合わなかったのだ。かといって一日休車にしておくのはもったいないと姜英吉に乗務させることにしたのだろう。部長から日報を受け取った姜英吉は運転席に乗った。何もかも真新しいタクシーは新車の匂いがする。エンジンを掛けると、力強い音がした。これまで乗っていた廃車寸前の車とはダッシュ力が段ちがいだった。ダッシュ力の弱い廃車寸前の車に乗務していたときは客を他のタクシーにたびたび奪われていたが、この新車なら客を奪われることはないだろうと思った。

車庫を出て間もなく客が乗ってきた。渋谷、赤坂、大手町、銀座、そして新宿へともどってくる。タクシー運転手は車庫を基点にしており、姜英吉は渋谷、新宿をテリトリーにしている。乗客は虎ノ門、新橋、銀座、大手町に多くいるが、渋滞が激しく、姜英吉はそれらの地域を避けていた。

夕方、携帯電話が鳴った。美津子かもしれないと思って電話をオンにすると大阪から掛けてきた妻だった。

「もしもし、わたしです」

声のトーンが高い。電話を掛けてくる妻の声は、いつも何か切羽詰まったような声だった。その声が姜英吉をいらだたせるのだ。

姜英吉は車を路肩に止めて、

「どうした……？」

と訊いた。

「お金を送ってほしいの。子供の学費もとどこおってるし、米代もないの。あなたから十五万円もろたけど、十五万円で一ヶ月生活できるわけないでしょ。ミシン掛けの仕事は暇で、今月は収入がほとんどないのよ」

妻の恵子はケミカルシューズのミシン掛けをしているが、その収入はわずかだった。

「最近、左肩が痛くて、診察してもろたら、腫瘍ができていて、手術するようになるかもしれへんと言われたわ。どうしたらええの」

妻は泣き声になっている。

妻の生活は近所にいる母親と兄姉に支えられているのだった。しかし、それにも限界がある。妻の身内が家族を顧みない姜英吉をこころよく思っていないのは当然だった。

「わかった。十万円送る」

妻との会話をこれ以上続けたくない姜英吉は、サラ金から借りた二十万円の中から残っている金を送ることにした。

「いつ送ってくれるの?」

「明日送る」

そう言って姜英吉は電話を切った。家族の重圧をひしひしと感じた。

上京してくる家族のために、せめて一ヶ月の生活費を確保しておく必要があったが、日歩合を切っている状態では一ヶ月の生活費はおろか、二、三日の生活費もおぼつかない。

姜英吉は運転席に背中をあずけて煙草をふかしながら排気ガスが充満している空をぼんやり見上げた。空は晴れているのか曇っているのかよくわからない。

フロントガラスに水滴が落ちて跳ねた。雨だった。『雨か……夜は暇になるな』と姜英吉は思った。夕方から雨が降ると客は帰宅を急ぎ、繁華街は暇になるのである。忙しいのはいっときだけなのだ。その間に稼がねばならない。姜英吉はふかしていた煙草を灰皿に押しつけて消し、車を発進させた。

雨が降りだすと車の渋滞はいっそう激しくなる。朝は都心に向う車で渋滞が激しくなり、夕方は都心から抜け出そうとする車で渋滞が激しくなる。そして雨は渋滞に拍車をかけるのだった。

外堀通りは市ヶ谷から水道橋まで身動きとれない渋滞である。

「参ったな。白山《はくさん》まであと何分かかるかね」

五十歳前後の男の乗客がしきりに時間を気にしている。

「そうですね、三十分はかかると思います」

姜英吉が答えると、

「地下鉄に乗ればよかった」

と後悔している。

背後から乗客に愚痴られると運転しにくい。運転手も焦っているのだ。いっそのこと降りてほしいと思った。

雨はどしゃ降りになってきた。ラジオの天気予報では曇りのはずだったが、各地に波浪注意報や河川の氾濫や土砂崩れ警報が出ていた。姜英吉の推定通り、三十分後に東洋大学の正門に着いた。

午後十時頃、雨はいったん小降りになったが、新宿の繁華街に人はあまりいなかった。あとは忍耐強く乗客を待つしかない。横断歩道の手前で待機していると青信号を渡ってきた男が乗ってきて、

「川越まで行ってくれ」

と言った。

「高速を使いますか」

と訊くと、

「いや、池袋から川越街道を走ってくれ」

と言う。

高速道路を使うとメーター料金がかさむのである。一般道路を走ると時間がかかり、売上げが落ちる。しかし、乗客の指示に従って走らねばならない。大山あたりで、またどしゃ降りになってきた。

夜の雨の道路は気をつけねばならない。ワイパーを強にして雨の滴《しずく》を払拭しても前方がよく見えないからだ。姜英吉はヘッドライトの先に目を凝らし、闇と雨と物影に注意しながら、しかし、早く乗客を目的地に送り届けて、もう一度新宿にもどって売上げを伸ばそうと考えてスピードを上げていた。

川越市内に着いたので、

「川越ですが……」

と乗客に訊くと、

「もう少し走ってくれ」

と言う。

それから二十分ほど走ったところで乗客は降りた。メーター料金は一万三千円を超えていた。

姜英吉はほっとひと息つき、車をUターンさせて東京をめざしたが、途中、道を見失った。それもそのはずで、道路に水が溢れ、車を阻んでいた。それでも姜英吉は勘をたよりに車を走らせた。だが、車は水嵩《みずかさ》の高いところにはまり、エンジンが停まってしまったのである。何度スイッチを入れてもエンジンは掛からなかった。水はエンジンの部位にまで達しているのだった。そして水は床に浸水してきたのである。危険を感じた姜英吉はドアを開けて車を離れた。どしゃ降りの雨の中を水嵩の低い方向に歩き出したとき、姜英吉は車が流されていくのを見た。

8

車からの脱出が遅れていたら、姜英吉は車と一緒に流されるところだった。五十メートルほど流された車は何かに詰まり止まったが、車体の半分が水につかった。あたりは真っ暗闇である。姜英吉は勘をたよりに浅瀬に向って歩き、やっと水嵩の少ない道路に出た。そして携帯電話で会社に連絡した。電話口に出たのは江坂係長だった。仮眠していたらしく、欠伸《あくび》をしながら、

「どうした……」

と言った。

「いま川越ですが、車が水に流されました」

と姜英吉が答えた。

「なんだって、車が水に流された?」

寝耳に水の江坂係長は驚いている。

「雨で冠水した道路の水嵩が増えて、急に流れが速くなり、流されました」

「おまえは大丈夫か」

「流される前に車から脱出しました」

「おまえは今日、新車に乗務しただろう」

「そうです」

「どうすんだよ。新車が台なしじゃないか。江坂係長の口調がしだいに姜英吉の責任を問うようなものになっている。

「あたりは真っ暗で、どうしようもなかったんです。危うくぼくも車と一緒に流されるところでした」

姜英吉が状況を説明すると、

「車を見張ってろ！」

と江坂係長は命令口調に言って電話を切った。

係長の命令とはいえ、ひと晩中雨に打たれて車を見張っているわけにはいかない。ずぶ濡れになっている姜英吉の体は冷えきっている。しかし雨宿りをしようにもあたりに民家は見当らなかった。考えた末、姜英吉は警察に連絡して事情を説明した。

「どこにいるのです。番地はわかりますか」

と係官が訊く。

「番地はわかりません。あたりは真っ暗で何も見えないのです」

姜英吉は自分がいる場所を特定できなかった。

「何か見えますか」

「いいえ、何も見えません」

姜英吉は体をこごめて暗闇を透かすように見た。どうやら停電しているらしかった。

「停電しているようです」

姜英吉が言った。

「停電？　ちょっと待って下さい。調べてみます」

係官は別の警官に停電している場所を調べさせていたが、

「わかりました。その近くに小さな川が流れていると思います。その川が氾濫したと思われます。動かないで下さい」

と注意された。

そう言えば小さな橋を渡ったような気がする。

係官に動かないで下さいと言われて、姜英吉は雨に打たれながら、その場に立ちすくんでいた。そして十五分後にパトカーがやってきた。水におおわれた暗闇の中を徐行しながら近づいてくる。姜英吉は携帯電話の灯りをかざして自分の位置を示した。姜英吉の立っている足元にも水がひたひたと押し寄せていた。

パトカーから降りてきた警官が、ずぶ濡れになっている姜英吉に懐中電灯を照らして、

「大丈夫か」

と訊いた。

「大丈夫です」

と答えたが、豪雨に打たれていた姜英吉は寒さでぶるぶる震えていた。

「車はどこにある」

警官が訊いた。

「あそこです」

姜英吉は水没しているタクシーを指差した。タクシーの天井の灯りはまだ点いていた。

水没しているタクシーを見た警官は、

「この暗がりでは、車を引き揚げるのは難しいな」

との判断を示めした。

「とにかく署まで行こう」

姜英吉は警官にうながされてパトカーに乗り、署まで同行した。

署内には二、三人の警官しかいなかった。土砂崩れや床上浸水で警官たちは出払っているのだった。

姜英吉は警官が貸してくれたタオルで頭や顔や上半身を拭き毛布にくるまって事情聴取に応じた。

調書を取っていた係官が、

「君が電話を掛けてくる少し前、あの附近で女が流されて水死したんだ。君は運がよかった」

と言った。

そうかもしれない。増水と流れの速さから考えて、車からの脱出が二、三分遅れていれば車内に閉じ込められた可能性はあった。

事情聴取が終った姜英吉は会社に電話を入れて警察署に保護されていることを伝えた。それから姜英吉は署内の片隅の椅子に座って会社の人間を待った。

二時間後に渋い表情の部長がやってきた。係官に挨拶して二、三言葉を交わし、

「行くぞ」

とぶっきら棒に姜英吉をうながした。

姜英吉は毛布を椅子に置き、部長のあとをついて行った。

「車が水没した場所に案内しろ」

部長は不機嫌な声で車を運転しながら言った。

雨の勢いはいっこうに衰えない。しばらく走ると水が道路に溢れていた。

「これ以上先に行くと深みにはまりますよ」

姜英吉は注意を喚起した。危険を感じたのか、部長は車を止めて、豪雨の暗闇をじっと見つめ、

「新車をおまえに運転させるんじゃなかった。水害が保険の対象になるかどうかわからない。もし対象外だったら大きな損失だ」

あたかも姜英吉の不注意による事故であるかのように言った。

「見ての通り、あたりは真っ暗でしょ。客を降ろして帰ろうとしたとき、急に水嵩が増してどこが道路だかわからなくなってたんですよ。警察の話では、この附近に小さな川があって、その川が氾濫したのではないかと言ってました」

姜英吉が説明すると、

「おまえはプロだろう。プロだったら、こういう事態は避けられたはずだ。おれは社長にどう説明すればいいんだ」

と部長は自分の立場を心配していた。車を放棄した姜英吉を責めているのだった。

「ぼくは危うく車に閉じ込められ、水死するところだったんですよ。この附近で女が流されて水死したと警察が言ってました。車と人の命とどっちが大事なんです」

自分の保身しか考えていない部長に姜英吉は怒りを覚えた。女が流されて水死したという話に部長は黙っていた。

姜英吉は帰宅して下着を着替えて床に入ったが、午前五時に会社からの電話で起こされた。水没した車の引き揚げ作業に立ち会えという。どしゃ降りの雨は止んでいたが空は灰色の雲におおわれていた。会社に赴いた姜英吉は社長室に呼ばれて事故の状況を説明させられた。

「客を降ろしたあとでよかった」

社長は乗客を気遣っていた。部長が神妙な顔をしている。それから部長の車に乗り、牽引車と一緒にK警察署に向った。

現場はまだ水が溜まっていてタクシーは三分の一ほど水につかっていた。とりあえず牽引車でタクシーを水のない場所へ移動し、修理工が車内やエンジンや電気系統を調べた。車内もエンジン部も泥だらけになっている。

「解体するしかないですね」

修理工は残念そうに言った。

腕組みをしている部長は「うむー」と唸《うな》った。

タクシーを会社に牽引してきて再点検したところ、車体とタイヤは使えるが、その他のものは使えないとのことだった。

「しょうがねえよ。命が助かっただけでも運がよかったんだ。おれはよ、前の会社にいた頃、雨の日に新宿から葉山まで行ったんだ。そして客を降ろした帰り道、土砂崩れにあって車はぺしゃんこ、おれはかろうじて一命をとりとめたけど、脚の骨を折って二ヶ月入院したよ。ところが部長がよ、おまえの不注意で事故にあったんだとぬかすから、大喧嘩になって会社を辞めちまったよ」

ラーメン店で餃子を肴にビールを飲んでいる井口勉が言った。

「当分空車がないから乗務できないと言われた」

姜英吉は部長から、新車が配車されるまで自宅待機するよう言われたのだ。

「車はオシャカになったけどよ、保険が出るから気にすることねえよ」

磊落《らいらく》な井口勉は落ち込んでいる姜英吉を励ますように言った。

自宅で待機していろと部長から言われたが、いつまで待機していればいいのかはっきりしない。いっそのこと別の会社に移った方がいいのではないかと考えた。人手不足のタクシー業界は、経験のある運転手をいつでも募集していた。応募すれば翌日からでも乗務できるだろう。だが、通勤距離を考えると、アパートからミニバイクで十分程度のいまの会社が楽であった。姜英吉は待機することにした。

退屈だった。昼過ぎに起床して洗顔もせずに新聞を読み、近くの中華店で肉野菜炒め定食をとって帰りに酒店で缶ビールを六本買った。そして部屋に帰ってきた姜英吉はテレビのスイッチを入れて座椅子にもたれ、それっきり動こうとしなかった。別にテレビを観たいわけではなく、テレビの映像と音声で退屈な時間をやり過ごせるからであった。風呂も四日以上入っていない。いや、五日か六日かもしれない。頭髪と体が脂でねっとりしている。そのねっとりしている感触は心の襞《ひだ》にへばりついて三十六年の時間をかけて身体の奥からしみ出してくる汚穢《おわい》のようだった。姜英吉は腕を鼻に近づけて匂いをかいでみたが、自分の匂いをかぐことはできなかった。以前、美津子から『あなたは匂うの』と言われたことがある。それは口臭なのか体臭なのか、それとも堕落と頽廃にまみれている匂いなのか、いずれにしても本人にはわからない匂いがたち込めているのだろう。

美津子に電話を掛けたいと思ったが、我慢していた。電話をしつこく掛けると美津子はいやがるのだった。むしろ電話を掛けずに無視していると美津子から電話を掛けてきたり、ひょっこり部屋に訪ねてきたりするのだ。気紛れな女だが、ある意味では相手の心の奥を探っているような微妙な心理が働いていた。

午後三時、姜英吉は重い腰を上げて、洗面器に石鹸とタオルを入れて近くの銭湯に出掛けた。久しぶりの入浴でさっぱりした姜英吉はいったん帰宅して、今度は理髪店に行き、散髪のあと、その足で「樹林」に赴いた。

店のドアを開けて入るとカウンターの中にマスターと朋子がいた。いつもはマスター一人が浮かぬ顔でぽつねんと立って洗い物や仕込みをしていてどこか暗い雰囲気だったが、今夜のマスターは上機嫌だった。北海道に帰ると言っていた朋子がはにかみながら「いらっしゃい」と姜英吉を迎えた。どうやら二人はよりをもどしたらしい。

さもありなん、となぜか納得してとまり木に座った姜英吉に、

「今夜から朋子に手伝ってもらうことになりました」

とマスターがあらたまった口調で言った。

「よかったじゃない。マスター一人じゃ店の中が暗いからね。これで客がもどってくるんじゃない」

だが、マスターの妻に発覚すればひと悶着起こるのは避けられないだろうと姜英吉は思った。そして姜英吉にとっても他人ごとではないのだった。

ドアが開いて宗方が絵理と一緒に入ってきた。血色のいい宗方がにやけた顔をしている。とまり木に座った絵理は満ち足りた表情で宗方にべったり寄りそっている。

「朋子が今夜から店を手伝ってくれることになりました」

マスターは宗方に言った。

「そう、よかったね」

宗方はそっけない返事をして、絵理からつがれたビールを飲んだ。

「このバッグ、宗方さんに買ってもらったの」

絵理がヴィトンのバッグを見せびらかした。

「いいわね、羨しい」

朋子はねたましげな目でヴィトンのバッグを見た。

「絵理はまだ若いからさ、いろんな物を欲しがるんだ。無理ないけどね」

愛くるしい顔に似合わず、むっちりした体つきの絵理に宗方は入れ揚げている様子だった。宗方が

きてから三十分もすると、客がつぎつぎに入ってきて、店は満席になった。朋子が店を手伝うことになった効果が出たのか、たまたま客入りがよかったのか、店は久しぶりに活況を呈していた。朋子はもっぱら客に酒をつぎ、話し相手になっていたが、マスターは客の注文に追われていた。

二時間ほど過ぎた頃、宗方が隣に座っている姜英吉に体を寄せて、

「今夜から『二十一世紀』に美津子と妹が勤めるらしいぞ」

と耳打ちした。

「えっ、美津子と妹が？　美津子は実家に帰ってますよ」

実家に帰ってなんの連絡もなかった美津子が今夜から「二十一世紀」に復帰するという。しかも美津子の妹と一緒に。姜英吉は宗方の言葉を疑って、

「本当ですか……」

と言った。

「『二十一世紀』のママから電話があって、そう言ってた」

「ママから？」

「そうだ」

宗方に言えば間接的に姜英吉に伝わるのはわかっているのだった。姜英吉は翻弄されているような気がした。しかし、姜英吉は美津子に会いたいと思った。そして自殺未遂をして世間から隠れるように生活していた美津子の妹がなぜ「二十一世紀」に勤めるのか興味をいだいた。

「行ってみるか」

宗方が姜英吉を誘った。

「そうですね」

姜英吉は少しためらった。

奇妙な感覚に陥ったのである。

「この間のように、おれが先に行って美津子と妹がいるかどうか確かめてから電話する」

「わかりました」

宗方のいつもの提案に姜英吉は諒解《りようかい》した。諒解したというより本心は行きたかったのだ。宗方はそれを見抜いていたのだ。

宗方が腰を上げると、絵理も席を立ち、ヴィトンのバッグを肩に下げて、

「じゃあ、また……」

と朋子に手を振って店を出た。

「絵理はおねだりが上手だから」

絵理が店を出ると朋子は陰口を叩くのだった。

「絵理は若いけど床上手らしいよ。オヤジ殺しなんだ」

常連客の高木有造がやっかむように言った。

「そうなんですか」

洗い物をしていたマスターが手を休めて高木を振り返った。

「絵理は男の出入りが激しいんだ。そうだろう、朋子」

高木が意地悪く言った。

「知らないわ、そんなこと」

マスターと不倫関係にある朋子は不快な表情をした。

宗方から電話が掛かってきた。

受話器を取ったマスターが「わかりました」と答えて姜英吉と替った。

マスターと電話を替った姜英吉は、

「はい、え、え、わかりました」

と返事をして電話を切ると、

「ちょっと行ってくる」

と断って店を出た。

「二十一世紀」のドアを開けると、聴きなれない歌声が響いていた。若い白人男性がステージに立って大声を張り上げている。側に立ってリズムをとっているマスターが苦笑いを浮かべていた。客が少ないこともあってか、ホールでは誰も踊っていなかった。白人男性は大袈裟な身振りをしながら歌っている。

「カモン！　カモン！」

と手招きして踊るように客を誘っている。白人男性はかなり酔っている感じだった。

宗方が絵理とジルバを踊りだした。

「カモン！　カモン！」

白人男性は他の客を誘ったが宗方と絵理以外の客は誰も踊ろうとしなかった。

宗方の席に案内された姜英吉は美津子を探した。美津子は隅のテーブルについていた。その横に美津子の妹らしき女も座っていた。

姜英吉の席にきたママが、

「うるさくてしようがないのよ。イラクから休暇で横須賀に帰ってきたんだって。S商事の社員でうちの常連客が、六本木で飲んでいるとき意気投合したアメリカ兵を四人店に連れてきたのよ」

と顔をしかめて迷惑がっていた。

それからママは、

「美津子の妹が今日から働いてるのよ。呼びましょうか」

と言って立ち上がり、美津子の席に行って指示すると、美津子と妹の美奈子が姜英吉の席にきた。美津子は姜英吉の横に座り、美奈子は正面に座った。ほっそりとした美奈子は病みあがりのような弱々しい声で、

「その節は、ありがとうございました」

と頭を下げた。

ほの暗い照明の中の美奈子の顔は、まるで死者のように白かった。

美奈子がぎこちない手つきで姜英吉のグラスにビールをついだ。そのビールをひと口飲んで、

「体調はどうですか」

と姜英吉は訊いた。

「ちょっと貧血気味ですけど、大丈夫です」

と美奈子は答えた。

「働きたいと言うので、ママと相談して、この店で働かせることにしたの。しばらくの間、わたしと妹は一緒に暮らそうと思って」

美津子が美奈子はまだ一人で働くのは無理だと言うのだった。

マイクを口に当てて大声を張り上げているだけの歌が終ると、今度は黒人のアメリカ兵がステージに上がり、白人のアメリカ兵からマイクを奪ってマスターに歌わせろと迫った。マスターは仕方なく歌わせることにした。ラップだった。

「大統領の命令で、おれはイラクで何人も殺した。イラクのくそ野郎どもを犬のように撃ち殺した。快感だぜ。セックスより快感だぜ。おれはすべての物をぶっ壊してやる。野郎どものケツに銃を突っ込んで、ぶっ放してやる。女どものブッシュに銃を突っ込んで、ぶっ放してやる。セックスより快感だぜ。アメリカは世界一強い国だ。文句ある奴は出てこい。ぶっ殺してやる」

黒人のアメリカ兵は卑語を使ってえんえんとラップを続ける。英語を多少知っているマスターとママは眉をひそめてラップが終るのを待つしかなかった。

踊っていた宗方が席にもどってきて、

「とんでもない奴だ。オマンコに銃を突っ込んでぶっ放してやるとか、ケツに銃を突っ込んでぶっ放してやるとか、イラクで実際にやってたんじゃないのか」

と憮然としていた。

テーブルにいた三人のアメリカ兵と、彼らを店に連れてきた商社マンがホールで狂ったように踊っていた。そして宗方と姜英吉のテーブルに目をつけた一人のアメリカ兵がいきなり美奈子の腕を引っ張って無理矢理踊ると、あとの二人のアメリカ兵も美津子と絵理の腕を引っ張って踊りだした。

「やめてよ！　あたしはホステスじゃないんだから！」

心死に抵抗する絵理をアメリカ兵は力ずくで抱きしめてキスした。見かねた宗方が力ずくで抱きしめられている絵理をアメリカ兵から引き離そうとしたが突き飛ばされた。姜英吉も傍観していられなくなり、宗方に加勢した。つぎの瞬間、姜英吉は顎にアメリカ兵の強烈なパンチを受けてよろよろと二、三歩後ろによろけて倒れた。めまいがして店内がゆらゆらと揺れた。立ち上がったが、ふたたびよろけて倒れそうになった。まわりの客は何かのショーを観ているように傍観しているだけだった。仲裁に割って入ったマスターが美津子と踊っていたアメリカ兵に殴られて倒れた。ママが「キャーッ」と悲鳴を上げ、

「早く警察を呼びなさい！　早く！　早く！」

と従業員に指示した。あわてふためいている従業員の一人がドアの近くにある音響効果調整室に入って電話をした。バンドは演奏を止めたが、黒人のアメリカ兵はラップを続けていた。宗方が絵理を力ずくで抱きしめてキスした大柄な白人のアメリカ兵にしがみついていたが、アメリカ兵は宗方の背中を両の拳で叩いていた。宗方はたまらず床に崩れ落ちた。まわりの客はまだ傍観している。誰も争いを止めようとはしない。宗方、マスター、姜英吉は三人の兵士の敵ではなかった。さんざん打ちのめされ、顔面血だらけになって床に倒れている三人を見下ろしてせせら笑いながら、警官が駆けつけ

てくる前に、四人のアメリカ兵は店から逃げ出した。四人のアメリカ兵を「二十一世紀」に連れてきたS商事会社の社員もいつの間にか消えていた。

マスターは押し倒されて足首を捻挫したらしく、ママに支えられながらボックスに座った。

「救急車を呼びますか」

とママはマスターに訊いた。

「いや、呼ばなくていい」

ことを大きくしたくないマスターは救急車を断った。

唇と鼻から血を流し、歪んだ顔が腫れている宗方と姜英吉も救急車を断った。マスターの気持に配慮したのである。

美津子と絵理がオシボリを持ってきた。

絵理はオシボリで血のついた宗方の顔を拭きながら、

「ごめんね、あたしのために……」

とボックスにへたり込んでいる宗方の頭を抱きかかえて涙声で言った。

「いい運動になったよ」

宗方は絵理の乳房の谷間に顔を埋《うず》めて強がりを言った。

美津子と美奈子はショックを受けて、どうしていいのかわからず座っていた。

従業員が氷を入れたポリ袋を持ってきた。それを姜英吉と宗方は腫れあがった頬と瞼にあてがって冷やしていた。

「痛みますか」

と美津子が訊いた。

「少し痛む」

口の中を切っている姜英吉は傷口を舌で舐めながら言った。

二人の警官がやってきた。四人のアメリカ兵が逃げてから五分以上たっている。目と鼻の先に警察署があるというのにあまりにも遅すぎる。そのことに宗方は腹を立てていた。

ホールの真ん中で乱闘していたので店内はほとんど荒れていなかった。毀損《きそん》被害がなかったのを見た二人の警官は、まるで何ごともなかったかのように、

「何があったのですか？」

とママに訊いた。

「あの三人を見ればわかるでしょ。四人のアメリカ兵に殴られたのよ。女の子も強姦されそうになったわ」

ママはソファでポリ袋に入れた氷を腫れあがった顔にあてがっている三人を指差した。

アメリカ兵と言われたとたん二人の警官の顔色が変った。

「アメリカ兵はどこにいるんです？」

一人の警官が間抜けな質問をした。

「横須賀に逃げてったわよ。イラクから休暇でもどって横須賀基地にいると言ってた」

もし本当だとすれば警察の手に負えない。政治問題になるのは必定である。

「とりあえず病院に行って手当てを受け、医師の診断書を持って署にきて下さい。捜査はそれからです」

もう一人の警官が慎重な口調で言った。

「すぐ捜査してくれないんですか。奴らは横須賀基地に逃げたんですよ。いまならまだ間に合います。横須賀駅や基地を張り込めば、奴らを逮捕できるはずです」

ママは抗議するように言ったが、二人の警官は、署にもどって検討しなければ、いまここで即答はできないと言うのだった。

「捜査できないと言うんですか。それが警察の言うことですか。警察は誰の味方なんです。市民の味方じゃないんですか」

警官の優柔不断な態度にママは喰ってかかった。

それまでソファで黙ってママと警官の押し問答を聞いていた宗方が、瞼を冷やしていた氷袋と鼻を押さえていたオシボリをはずした。腫れあがった瞼は目をふさぎ、オシボリをはずした鼻からどろっとした血が流れた。

「これを見てくれ。奴らに殴られたんだ。絵理は無理矢理キスされて強姦されそうになった。おれたちの前でだ。黙って見ていられるわけないだろう。おれは止めに入ったんだ。そしたらいきなり殴られ蹴られ暴行を受けた。奴らはイラクの前線から帰還した兵士だ。ラップでイラク人を何人もぶっ殺したと豪語していた。殺人はセックスよりも快感だと言ってた。奴らは凶悪な犯罪者だ。野獣と同じだ。逮捕しないとまた同じことが起こる」

暴行を受けた三人の無残な顔が何よりの証拠だったが、

「とにかく医師の診断書を署に提出して下さい。それからです」

警官はその一点張りである。

「もういいよ。相手がアメリカ兵だから、警察はびびってるんだ。お荷物を背負いたくないんだ。何が市民の味方だ。聞いてあきれる」

宗方は吐き捨てるように言ってソファにもどった。
四、五人の客が残っていた。だが、客は誰も証言しようとせず、冷めたい視線で黙って成りゆきを見守っていた。二人の警官は客から聞き取り調査もせずに去って行った。
「最悪ね。このまま黙ってるつもり？」

納得のいかないママは、ソファで体を海老形にして腹部を手でカバーしているマスターに言った。

「おなかが痛い。今夜は店を閉めて、明日考えよう」

マスターは気力を失くし、弱気になっている。

客とバンドマンたちが帰りだした。いきり立っていたママも急に諦め顔になって従業員たちに閉店するよう指示した。

店を出た宗方は、

「災難だったな」

と言って足を引きずりながら絵理と青梅街道の方へ歩いて行った。

低い塀に囲まれた墓場の墓石が月の光を浴びて黒く光っている。墓場の中をじっと見つめていた美

奈子が、

「大勢の人が死んでるのね。死んでしまえばみな同じだわ。誰も覚えていない」

と寂しそうに言った。

「大丈夫？　送って行きましょうか」

美津子が姜英吉のけがを気遣って言った。

「大丈夫、一人で帰れる」

姜英吉はオシボリで顔の半分を隠し、走ってきた空車に乗った。

9

アパートの部屋に帰った姜英吉は台所の柱に掛けてある小さな鏡をのぞいた。瞼と頬が腫れ、黒紫色に変色している。姜英吉は口を大きく開けて口中を確かめた。口中を切っていたが歯茎は大丈夫だった。姜英吉は何度も嗽をして口中の血を洗浄した。

それにしてもホールでマスター、宗方、姜英吉がアメリカ兵から暴行を受けているのに、客は誰一人止めようとせずに傍観していたことに姜英吉はあらためてぞっとした。あの無関心さには底知れぬ虚無を感じる。世界が崩壊しても自分以外のことには無関心でいられるのだろうか。四人のアメリカ兵の嗜虐的な行為は、いまのアメリカを象徴している。四人のアメリカ兵もアメリカ以外の国に対して無関心なのだ。無知と無関心は恐ろしい結果を生む。今回、けがだけで済んだのは幸いだったと思った。

姜英吉は冷蔵庫から缶ビールを取り出し、テレビを点けて万年床の上に胡座をかいた。ビールを飲むと口中の傷がひりひりした。四人のアメリカ兵はふたたびイラクへ行くだろう。そして戦死するかもしれない。四人のアメリカ兵の乱行は死に対する恐怖から逃がれるためのパフォーマンスなのだ。

テレビのお笑い番組から爆笑が起こる。だが、姜英吉は笑えなかった。なぜ笑っているのか不思議だった。

この顔では出勤できないのではないか。顔の打撲傷が治るまでには四、五日かかるだろう。姜英吉はポケットから金を出して数えてみた。八万二千円しか残っていない。五万四千円の家賃を支払えば、かなり厳しい状態になる。明日、渋谷のむじん機で、三十万円借りよう。たぶんうまくいくはずだ。

翌日の午後一時頃、チャイムが鳴った。テレビが点けっ放しになっている。酔い潰れて服も脱がずに、そのまま眠ってしまったのだ。目を覚ました姜英吉はけだるい体を起こして、誰だろう？　と思った。姜英吉の部屋に訪れる人間はほとんどいない。たぶん美津子だろうと思いながらドアを開けると、やはり、美津子と美奈子が立っていた。美津子は紺のコートを着ており、美奈子はベージュのコートを着ている。二人とも手入れの行き届いた長い髪が異様に黒かった。

「どうぞ」

姜英吉は二人を部屋に上げ、万年床を二つにたたんで座る場所をつくった。

座布団はなかったので二人は畳の上に正座した。

「ウーロン茶でも買ってこようか」

なんの持てなしもできない姜英吉はとりつくろうように言った。

「いいえ、いいです」

美津子が遠慮した。

それから姜英吉の痛々しい顔を見て、

「具合はどうですか？」

と訊いた。

「大丈夫、四、五日もすれば治る」

姜英吉は二人を安心させるように言った。

「病院で治療を受けた方がいいと思うんですけど」

美奈子が心配そうに言った。

「薬局で赤チンでも買って塗っとけば治るよ。たいした傷じゃない」

姜英吉は笑顔をつくろうとしたが引きつった。

「『二十一世紀』は足首を捻挫したマスターが復帰するまで二日間休業するそうです」

「二十一世紀」が何日休業しようが姜英吉には関係ないのだが、美津子が何か大事な報告でもするように言った。

「警察からは何も言ってこないのか」

警察はなんらかの対応をすべきなのに、何も連絡してこないことに姜英吉は不満をいだいていた。

「何も言ってきません」

美奈子は口惜しそうに言った。

「泣き寝入りか」

姜英吉は諦め顔で言った。

美津子が部屋に散乱しているビールの空き缶や新聞を片付けだすと、美奈子も一緒に片付けるのだった。

姜英吉は座ったまま二人の若い美しい女が部屋のゴミを片付けている様子を黙って見ていた。それは奇妙な光景だった。

ゴミを片付けると美津子は、

「あなたは先に帰ってちょうだい」

と妹の美奈子に言った。

美奈子は姉の美津子と姜英吉をちらと見て、

「それでは先に失礼します」

とお辞儀をしてコートを着ると部屋を出た。

「先に帰らせていいのか」

いささか唐突で不自然だったので姜英吉は訊いた。

「ええ、美奈子は知ってますから」

二人の関係を知っているからといって妹を先に帰すのはあからさますぎるのではないかと思ったが、美奈子が帰ると姜英吉はとたんに欲情して美津子を抱きすくめた。

「歯を磨いてちょうだい」

美津子は顔をそむけて言った。

姜英吉がおずおずと台所で歯を磨いている間、美津子はたたんであった布団を敷き直し、服を脱いで裸になって横になり、姜英吉を待った。

美津子の白い裸体が眩しく映った。姜英吉は服を脱ぎ、裸になって美津子を抱いた。美津子の柔らかいすべすべした体が姜英吉に抱かれてうねっている。

キスをすると美津子は姜英吉の口の中に舌を入れて傷口を舐めた。

「血の味がしょっぱい」

と言って美津子はくすくす笑った。

姜英吉は美津子の全身に舌を這わせた。

「もう駄目、早くきて……」

美津子は呻き声をもらした。

姜英吉が美津子の中へゆっくりと入っていく。美津子は体をそり、大きく息をして姜英吉の物を深く呑み込んだ。

チャイムが鳴った。からみ合っていた二人が動きを止めて耳を澄ました。

「すみません、美奈子です」

どうして美奈子はもどってきたのか。美津子はあわてて服を着ると玄関に出てドアを開けた。意地の悪そうな表情で美奈子が立っている。

「どうしてもどってきたの！」

美津子が怒りにも似た声で言った。

「バッグを忘れたの」

美奈子は額にうっすらと汗をかいて上気している姉をねたましげに見た。玄関からは敷いてある布団が半分ほど見える。姜英吉は裸の上半身が見えるようにわざと体を乗り出した。美津子は部屋の片隅にあるバッグを持って玄関で待っている美奈子に手渡した。

そしてもどってきた美津子を抱こうとした姜英吉を、

「その気になれない」

と言って拒否した。

「どうして？　中途半端でやめるのか。おれにせんずりかけというのか」

「美奈子は子供の頃からわたしの物をなんでも欲しがるのよ」

「なんでも欲しがる？　ということは、おれを欲しがってるのか？」

一見、仲良く見えた姉妹の間に意外な確執があることに姜英吉は驚いた。

「バッグをわざと忘れていったんだわ」

バッグをわざと忘れていき、二人の行為を邪魔するためにもどってきたと美津子は思い込んでいた。

「バッグを忘れることだってある。わざと忘れたとは思えない」

姜英吉は美津子の邪推を否定した。

「あなたはわざと布団から上半身をのぞかせて美奈子を挑発したでしょ」

美津子は続いて姜英吉を非難した。

「挑発？　ちょっとのぞいただけだ。挑発なんかしていない。おまえはどうかしている」

姜英吉はあきれて仰臥した。しかし、姜英吉の中で美奈子の欲望を刺激しようとする邪心が働いたのは否定できなかった。美津子の鋭い直感は姜英吉の邪心を見抜いていたのだ。

「帰ります」

美津子はコートを着てバッグを持つと、

「妹がきても、部屋には入れないで」

と言って出て行った。

その声には嫉妬と憎しみのようなものがこもっていた。姉と妹の間にわだかまっている何かが暗い情念の奥から噴き出してくるようだった。車の中で自殺未遂をしたとき、美奈子は誰かに犯されたと言っていたが、それは美奈子の妄想なのか？　美奈子は子供の頃からわたしの物をなんでも欲しがるという美津子の思い込みも妄想なのか？　姜英吉の下腹部に欲望が残っている。姜英吉は勃起しているペニスを握って自瀆した。美奈子の細い冷めたい体がおおいかぶさってくるようだった。

三日もすると口中の傷も治り、顔の腫れも引いてきた。まだ少し痣のように黒ずんでいるが、気になるほどのことはなかった。姜英吉は渋谷に出掛け、三十万円の借入れを申し込むと、すんなり三十万円の現金が出てきた。姜英吉は盗みでもするように三十万円の現金を摑んで懐にしまい、むじん機をあとにして近くの居酒屋に入った。胸がどきどきしている。冷ややっこを肴にビールを一本飲んだ姜英吉は思い立ったように携帯電話で大阪に電話して、これから十万円を振り込む旨を伝えた。妻は喜んでいた。そして「いつ東京に行けるの？」と訊かれた。

「もう少し待ってくれ。生活費を貯めるまで、もう少し時間がかかる」

姜英吉はいい逃がれをした。

「もう少し時間がかかるて、いつやの？　今月の末くらい？」

妻の恵子は疑心暗鬼になっている。

「いや、もう少し時間がかかる」

「いつやの？　子供の学校のこともあるし、はよなんとかしてほしいわ」

恵子の声がしだいに厳しくなっている。

「これから十万円送るさかい、それで当分しのいでくれ。電話切るで」

長話になると、妻と口論になるのはわかっていたので姜英吉は一方的に電話を切った。それから居酒屋を出て銀行から妻の口座に十万円を振り込んだ。

日が暮れていた。街の雑踏にもまれながら姜英吉は逡巡していた。気まずい思いで別れた美津子と三日会っていない。「二十一世紀」はすでに開店しているはずであった。「二十一世紀」に行けば、美奈子と会えるかもしれない。美津子と美奈子がどういう反応を示めすのか確かめてみたかった。

姜英吉は山手線に乗った。勤め帰りの会社員で電車は身動きできないほどの超満員である。新宿駅に着くと大勢の乗客が吐き出され、姜英吉も背後から押されるようにして降りた。西口改札を出て地下通路を通って「ハルク」の脇に出た姜英吉は青梅街道を渡って新宿警察方面に百メートルほど歩き、ビルとビルの間の細い路地を抜けて墓地に出た。その墓地の側の道を歩いて行くと点滅している「二十一世紀」の看板が見えた。とりあえず「樹林」で一、二時間過ごしてから「二十一世紀」へ行くことにした。いつものパターンである。このパターンは数年来変わらない。

「樹林」に入ると客は一人もいなかった。朋子が「いらっしゃい」と言った。久しぶりに会ったような気がする。

仕込みをしていたマスターが、

「けがの具合はどうですか?」

と訊いた。

「だいぶよくなった」

姜英吉は指で腫れていた顔をさすった。顔をのぞき込むようにしていたマスターが、

「頬のあたりが、まだ少し黒ずんでますね」

と言った。

「痛くないですか」

朋子が訊く。

「皮膚が張っている感じがする」

姜英吉は朋子からつがれたビールを飲んだ。

「昨日、『二十一世紀』のママがきて警察は何もしてくれないと怒っていました。マスターは松葉杖をついてステージに立ってるそうです」

「宗方さんはきてるの?」

と姜英吉は訊いた。

「事件があってからきてません。絵理もきてないわ。携帯に電話を入れたんだけど、二回とも留守電だった。どうしてるのかしら」

事件のあと、宗方と絵理はすぐタクシーに乗って去った。

今夜あたり宗方はきそうな気がするが、いつも宗方と一緒に「二十一世紀」へ出入りしている姜英

吉にとって一人で「二十一世紀」に行くのははばかられた。

どうしよう……と考えている姜英吉に、

「あとで『二十一世紀』に行くでしょ。宗方さんがこないときは、ぼくがつき合いますよ」

とマスターは気をきかせて言った。

「そうだな、宗方さんがこないときはつき合ってくれ」

姜英吉は照れながら頼んだが、マスターもたまには「二十一世紀」に行ってみたかったのだ。

客が三、四人増え、二時間もすると席が塞《ふさ》がってきた。だが、宗方は現れそうにない。マスターと朋子は忙しそうに客の注文に応じている。この調子ではマスターの手が空《あ》きそうにない。

三時間が過ぎた頃、姜英吉は腰を上げて、

「先に行ってる」

とマスターに言った。

「あとで電話します」

注文に追われているマスターはドアを開けて出て行く姜英吉に言った。

外に出た姜英吉は夜空を見上げた。星屑が豆電球のように煌《きらめ》いている。姜英吉はゆっくりと歩き、「二十一世紀」の前にきた。そして地下へと階段を降りようとしたとき、どこからともなく女のすすり泣く声が聞えた。空耳かと思って立ち止まり、あたりを見渡すと、女のすすり泣く声は墓場の方から聞えてくるのだった。姜英吉は踵を返して墓場の塀に近づき背伸びして中をのぞいた。背伸びをすると低い墓場の塀がちょうど目線の位置にくる。月明かりの中の墓場は蒼白く、まるで海底のようだった。耳をそばだて、静まり返っている墓場の中から聞えてくる女のすすり泣く声の方向を目線でたどると、おい茂った樹木の下の墓石の前に一人の女がしゃがみ込んで泣いていた。白いセーターが夜目にもくっきりと浮かんで見える。幽霊のようだった。姜英吉はぞっとした。人の気配を感じたのか、女は泣き止み、立ち上がると足音も立てずにすーとどこかへ消えて行った。姜英吉はまばたきして女の姿を探したが、どこにも見当らなかった。幽霊を見たのだろうか？　それとも目の錯覚なのか。幻聴だったのか。姜英吉は薄気味悪くなって、そそくさと「二十一世紀」の地下への階段を降りてドアを開けた。

ライブの最中だった。ステージで松葉杖をついたマスターが歌っている。何か滑稽な姿だった。客席は三分の一くらいしか埋まっていない。マネージャーに案内されて席に着いた姜英吉は、薄暗い照明の中のどこかのテーブルにいるはずの美津子と美奈子の姿を探していると、ホールを隔てた前の席に白いセーターを着た女がいたのでどきっとした。美奈子だった。

ママがテーブルにやってきて、

「宗方さんと一緒じゃないんですか」

と訊いた。

「宗方さんとは事件のあと会っていない。『樹林』にもきてないし、ここへきたら会えると思ったんだが」

姜英吉は宗方に会えると思って「二十一世紀」にきたと弁明するように言った。

そして、

「美奈子はさっきから店にいたの？」

とママに訊いた。

「さっきからずっと店にいるわよ。美津子は休んでるけど」

「美津子は休んでる？　どうして？」

「体の調子が悪いんだって」

勝手休みをする美津子に不満らしく、

「あの子は急に休むから困るのよ」

と言った。

それからママは美奈子を呼んだ。

「いらっしゃいませ」

どこか遠慮がちに挨拶して、美奈子は姜英吉の横に座った。

美奈子は白いセーターにグレーのスカートをはいている。墓場で見た白いセーターの女とそっくりだった。

「店にくる前、墓場の大きな樹の下の墓石の前で白いセーターを着た女がしゃがみ込んですすり泣いているのを見た。君にそっくりだった」

姜英吉は一瞬かい間見たモノクロのような墓場の様子を話した。

「えーっ、墓場で女の人が泣いてたんですか。夜ですよ。怖くて夜の墓場に一人で入れませんよ」

美奈子は体をこわばらせた。

「あの墓場には、ときどき幽霊が出るそうよ。この前も、お客さんが墓場の中に黒い人影を見たと言ってた。あの墓場には東京大空襲で亡くなった人のお墓がいくつかあるそうよ。その霊が彷徨ってるんじゃないかって、そのお客さんは言ってた」

ママはまことしやかに喋るのだった。

「いやだー、帰り墓の側を通るのが怖い」

美奈子はいつしか姜英吉の手を握っていた。その手を姜英吉も握り返した。姉の美津子より少し痩せた手だった。互いの手の掌に熱がこもり、汗がにじみ、心臓の鼓動が伝ってくるようだった。

握りしめている二人の手をちらと見たママが、

「姜さん、踊りましょ」

と姜英吉を誘った。

踊りに誘われた姜英吉は握っていた美奈子の手を離してママと踊った。ゆっくりと足踏みでもするように踊っている二人を見ていた美奈子がマネージャーに呼ばれて別のテーブルに移った。

「美奈子を誘惑しちゃ駄目よ。美奈子はまだ、心の傷が癒《いえ》てないのだから」

とママは釘をさした。

心の傷とは自殺未遂のことだろう。

「誘惑するつもりはない。今日は美津子に会いにきたけど、休んでいるとは知らなかった」

ライブが終った。松葉杖をついたマスターが、

「ありがとうございます。先日、わたしは足首を捻挫しまして松葉杖をついていますが、これしきの

けがで休むわけにはいきません。わたしにとってこの店とこのステージとお客さまは命です。わたしはこれからもステージを続けますので、よろしくお願いします」

と最後は涙声になっていた。

客席から拍手が起こり、「頑張れ！」という掛け声が上がった。

松葉杖をついてステージから降りてきたマスターは、疲れた様子で近くのボックスに座った。

時刻は十時四十分だった。いつもは閉店時間までいて美津子を送っていたが、今夜は閉店時間前に帰ることにした。

ドアまでママと美奈子が見送りにきた。美奈子が姜英吉をじっと見つめている。何かを言いたそうな目だった。

「二十一世紀」を出た姜英吉は、きたときと同じように背伸びして墓場をのぞいた。墓石はうずくまり、黙して語らぬ人間のようだった。姜英吉は墓場を囲んでいる塀をぐるっと一周した。墓場の入口は、ときどきタクシーを止めている場所の前の鉄扉だけである。鉄扉には大きな錠前が掛かっている。塀を乗り越えようと思えば乗り越えられるが、大きな樹木の下の墓石の前ですすり泣いていた白いセーターを着た女が、塀を軽々と乗り越えたとは思えなかった。白いセーターの女は幻だったのか。美奈子が白いセーターを着ていたのは偶然だろうか。目の錯覚かもしれないと思い、姜英吉は電車で帰宅した。

二日後の午前十一時頃、会社から電話が掛かってきた。

「出勤できるのか」

部長の太い声が出勤を確かめる。

乗務できるということは新車が配車されたということである。

「出ます」

姜英吉はひとこと返事してすぐ部屋を出た。

空は晴れていたが強い風が吹いている。どこからともなくビニールの白い傘が飛んできて姜英吉の足元で舞い、ふたたび風に吹かれて道路をころがって行った。風は口笛のような音を上げ、電線が揺れている。姜英吉はタクシーで会社に赴いた。

事務所に入ると、課長がカウンターの上に日報を出した。

正面の机の前に座っていた部長が、

「ちょっと会長室へこい」

と言って二階へ上がった。

会長室に入ると七十歳を過ぎた白髪の会長がソファに座っていた。部長は会長の前で直立不動の姿勢になって、

「姜君です」

と言った。

姜英吉も部長にならって直立不動の姿勢になった。

「君は韓国人か」

意外な質問に戸惑いながら、

「そうです」

と答えた。

「事務の仕事をやらないか。部長が君を推挙してくれた」

姜英吉は内心驚きながら部長をちらと見た。部長は神妙な顔をしている。

少し考えた姜英吉は、

「ありがたいお話ですが、ぼくは事務には向いていないと思います」

事務の仕事はそれなりに煩雑で気苦労も多く、運転手の収入より三割程度低いのである。そして何よりも時間に拘束されるのがいやだった。

「そうか、いやなら仕方ない。運転に気をつけるように」

会長はあっさり諦めた。

会長室を出た部長は姜英吉を外へ連れ出し、

「どうして断った。いつまでも運転手をやってるつもりか。ここだけの話だが」

と声を落として、

「おれも在日だ。同じ在日だから面倒見てやろうと思ったのに断るとは、あきれた奴だ。好きなようにしろ」

と見放すように言って事務所に引き返した。

部長が同じ在日コリアンだったとは驚きであった。部長は光山善見と名乗っていたので、在日とはまったく知らなかった。タクシー会社には在日コリアンが結構働いているのである。この会社にも在日コリアンが何人かいるかもしれないが、本名を名乗っているのは姜英吉一人だった。

乗務した車はやはり廃車寸前の車である。ハンドルの遊びが二十度くらいある。ブレーキを踏むと左側が強く、調整してもらうことにした。

「もう、そろそろ廃車した方がいいんだけどな。社長があと半年は使えると言うんだ。事故が起こっても、おれは責任持てねえよ」

滝沢修理工はブレーキオイルを抜き、ネジを調整しながら言った。

「せめてタイヤくらい新しいのに替えてくれ」

と姜英吉が頼んだ。

「浸水した車のタイヤがある。後輪のタイヤを二本替えとくよ。あまりスピードを出さないことだ」

滝沢修理工は注意した。

しかし、忙しい時間帯に遠距離の客を乗せて高速道路を走ると、どうしてもスピードを出してしまう。歩合制の賃金システムは時間との競合になるからだ。

ブレーキを調整してもらった車に乗って姜英吉は出庫した。ハンドルを握るとタクシー運転手としての本能に目覚める。渋谷、新宿、虎ノ門あたりを流しながら、ときには江東区や多摩方面に持って行かれることもあるが、つねに漁場を求めて渋谷、新宿方面をめざす。

夕方近く、五反田で乗せた客を三鷹で降ろし、富士通りを走っていて、ふと美津子のアパートを思い出した。これまで一度だけ美津子をアパートに送ったことがある。そのときは夜だったので、あたりの光景がちがって見えたが、そこはタクシー運転手というプロの勘をたよりに当りをつけて美津子のアパートの近くまできたとき、路地から出てきた男女が姜英吉の目の前を通り過ぎた。男にしなだれかかるように歩いている女は美津子だった。淡いピンク色のワンピースを着ている美津子はいかにも甘えているふうに見えた。美津子はタクシーにまったく気付いていなかった。男に夢中になっているからだろう。三十二、三になる男は美津子の細い腰に腕を回していた。そして指先で美津子の長い髪を撫でていた。タクシーの中で姜英吉は、遠のいていく二人の後ろ姿をいつまでも見ていた。美津子は体調を崩してふせっているのではなかったのか。美津子がしなだれている男は誰だろう。別居している夫なのか、「二十一世紀」で一度ちらと見ているが、定かではない。これから二人はどこへ行くのか。姜英吉は二人を尾行したい気持にかられた。嫉妬がむらむらと湧き起こった。何か裏切られたような気持だった。アパートの部屋には妹の美奈子がいるはずである。姉妹は一緒に暮らしていると聞かされていた。妹の美奈子はアパートの部屋にいるのか、いないのか。姜英吉は確かめずにはいられなかった。

姜英吉はまず美津子の携帯に電話を掛けた。留守電だった。電源を切っているのだ。姜英吉は続いて二人が暮らすアパートの部屋に電話を掛けた。美奈子が電話に出た。

「もしもし、姜だけど……」

姜英吉は美奈子の心理的な動きを見逃がすまいとした。

「えっ、姜さん?」

姜英吉の突然の電話に美奈子は動揺している様子だった。

「美津子さんはいる?」

姜英吉は間髪《かんはつ》を入れず訊いた。

「姉さんですか、さっき病院に行きました」

「病院？　いま午後六時だ。こんな時間に病院が開いてるのか」

姜英吉は疑問を呈した。

「病院は午後七時まで開いてます」

動揺していた美奈子は落着きをとりもどし、平静を装った。

「ちょっと心配で電話したんだ。美津子さんが帰ったら電話してくれ」

電話を切った姜英吉は夕闇の中に溶け込んでしまった美津子と男の残映を追った。美奈子は明らかに嘘をついていると思った。

10

美奈子は姉の美津子をかばっているのだろう。それにしても立花姉妹の生活は謎に包まれている。二人は一緒に暮らしているというが、部屋に出入りしている男との関係はどうなっているのか？

姜英吉は車を路肩に止めて煙草をふかし、冷静になろうとした。あらぬ想像をめぐらせて運転していると事故を起こしかねない。考えごとをしていて信号無視をしたり、追突しそうになったことがある。この際、速断は禁物だった。そう考えながら、一方で、今夜、「二十一世紀」に行ってみようと思うのだった。しかし、出勤時間は午後六時のはずだが、美奈子はまだ部屋にいる。

姜英吉の疑心暗鬼はつのるばかりであった。美津子の男関係を探る方法を考えあぐねながら、自分が滑稽に思えてきた。美津子の男関係を知ってどうするのか。考えてみれば、自分も美津子の男関係の一人ではないのか。知らなければやり過ごせるが、知ってしまうとやり過ごせなくなるだろう。相手を追い詰めれば自分を追い詰めることになり、自分を追い詰めれば相手を追い詰めることになる。その結果、事態はいっそう複雑になって破局を迎える他ないのだ。だが、美津子を誰にも渡したくなかった。男と腕を組んで姜英吉の目の前を通り過ぎて行った美津子は溌剌《はつらつ》としていた。あんなに溌剌としている美津子を見るのははじめてだった。

姜英吉は仕事を続ける意欲を失くしていた。いつもそうだ。何かを口実に姜英吉はすぐに仕事を放棄する癖がある。いったんは美津子と男との関係を知ってどうするのかと思いながら、どうしても美津子と男との関係を知りたかった。

姜英吉は「二十一世紀」に向った。そしてタクシーを墓場の塀に沿って止めた。「二十一世紀」の派手なネオンが点滅している。地下への階段は地獄の入口のようにぱっくりと開いている。「二十一世紀」の店が盛り上がってくるのは十時頃からである。それまでスナック「樹林」で時間を潰すことにした。

ドアを開けて店に入るとカウンターに宗方がしょんぼり座っていた。カウンターの中にいた朋子が「いらっしゃい」と挨拶した。するとマスターがカウンターの中から出てきて、

「ちょっと……」

と姜英吉をドアの外に呼び出し、

「ツケが溜まってるんですけど、少しなんとかなりませんか。仕入れ代にも困ってるんです」

と泣きを入れてきた。

「わかった」

姜英吉はポケットから金を出して五万円を手渡した。

「すみません、無理言って」

五万円を受け取ったマスターの表情が和らいだ。

いつもなら絵理と一緒のはずが一人でカウンターに座っている覇気のない宗方の姿に姜英吉は不自

然さを感じた。

朋子からつがれたビールを飲みながら、

「元気ないですね」

と姜英吉は訊いた。

すると朋子が、

「絵理が……」

と言いかけて言葉を濁した。

その言葉尻を受け継ぐように宗方は自分から、

「とんずらしたんだ」

と言った。

「とんずら?」

なんのことだかわからない姜英吉は怪訝《けげん》な顔をした。

「絵理がさ、宗方さんの預金から三百万円盗んで逃げたんだって」

宗方の顔色をうかがいながら朋子が噂話でもするように言った。

「えっ、三百万円……」

三百万円は大金である。

「それで警察に被害届けを出したんですか」

姜英吉は宗方の複雑な心境を顧みずに訊いた。

「被害届けなんか出さないよ。出してどうすんだ。一緒に寝ている間に若い女に三百万円盗まれたって訴えるのか。もの笑いの種になるだけだ。それに絵理は千五百万円の中から三百万円を下ろしただけだ。これは訴えないでくれ、手切れ金だと思ってくれという意味だと思う。火遊びの代償だよ。この年になって、女の怖さを思い知らされた」

宗方はかなりのダメージを受けている感じだった。

「だからといって女遊びをやめるつもりはない。もっといい女を口説いて楽しい思いをしなきゃ、生きてる甲斐がない」

ダメージを受けているが、逆に変な闘志にかられていた。

「羨しいわ。宗方さんにはお金があるから。わたしにはなんにもない」

朋子は皮肉たっぷりに言ってマスターをちらと見た。

煙草をふかしていたマスターは煙を目で追った。

「『二十一世紀』に行ってみるか」

宗方は姜英吉を誘った。

「樹林」以外に「二十一世紀」しか行く当てのない宗方は姜英吉を誘うのだった。姜英吉は望むところであった。しかし時間が早すぎると思った。美津子と美奈子が出勤しているかどうかわからない時間に行くのは得策ではないのだ。

「九時に行きましょう」

と姜英吉が言った。

九時までには一時間以上ある。いまから行くと午前一時の閉店時間まで長すぎるのだ。閉店後、姜英吉は美津子を誘うつもりでいることを宗方は察した。

常連客の一人、青井幸夫が入ってきた。少し肥満気味の青井は疲れた冴えない顔をしている。とまり木に座るなり、

「部長をぶっ殺してやる」

と呻いた。

「朝の九時から、ついさっきまで八時間以上、外回りさせられたんだ。死にそうだよ」

まるで子供のように泣きべそをかいている。

「みんなそれくらいの時間、働いてんだよ。生きていくためには、しょうがないだろう」

宗方が父親のように言った。

「こんないやな思いをしてまで生きたくないよ。おれは部長にいびられどおしなんだ。みんながいやがることを、おれにやらせようとするんだ。女子社員じゃあるまいし、お茶くみまでさせられて、言葉使いがなってないとか、礼の仕方がよくないとか、みんなの前でおれを笑いものにしやがる」

朋子からグラスにつがれたビールを飲み、

「餓死してもいいから、仕事なんかしたくないよ」

と悲愴な声で言った。

だが、誰もとりあおうとはしない。青井の愚痴は聞きあきているからだ。

姜英吉はしきりに時間を気にして腕時計を見ている。九時まで待ちきれなくなっている姜英吉の様

子に、

「『二十一世紀』に行くか」

と宗方がうながした。

姜英吉は席を立ち、先にドアを開けて店を出た。

風が吹いている。超高層ビルの谷間にいったん吹き降ろした風がふたたび吹き上がっているのだ。

姜英吉は夜空に聳《そび》える超高層ビルを見上げた。

「今夜は冷えるな」

宗方がコートの襟《えり》を立て、体をまるめた。

「三百万円はいつ引き出されたんですか」

姜英吉が訊くと、

「二日前、銀行から電話があった。銀行も不審に思ったらしい。絵理は元彼と一緒に逃げたと思う。まだ若いからしょうがないよ。そのうち元彼と別れてもどってくるんじゃないか」

と宗方は呑《の》ん気なことを言う。

「どうしてもどってくると思うんですか」

預金から三百万円を盗んだ絵理がもどってくるとは思えなかった。

「元彼は十九歳だ。うまくいくはずがない。十九歳のガキは絵理に金を無心するようになり、三百万円はすぐに使い果たす。金がなくなると喧嘩がはじまる。そして暴力を振るうようになる。以前も暴力を振るわれて別れたんだ」

「それなのに、どうして元彼のところにもどるんですかね」

「さあ、どうしてだか、おれにもわからん」

「もし彼女がもどってきたら、受け入れるんですか」

「そのときになってみないと、わからんよ」

宗方は曖昧に答えたが、もし絵理がもどってきた場合、彼女を受け入れるつもりのようだった。

二人は地下の「二十一世紀」への階段を降りた。

ステージでマスターが歌っている。松葉杖は使っていなかった。ホールでは数組の男女が踊っている。姜英吉と宗方はマネージャーに案内されて席に着いた。席に着いた姜英吉は目を凝らして薄暗い店内を見回し、美津子と美奈子の姿を探した。美奈子が客と踊っていた。しかし、美津子の姿は見当なかった。

ママが挨拶にやってきた。栗色に染めている長い髪をカールしている。白い肌と彫りの深い顔立ちは外国人の女性のようだった。ママの声がかすれている。

「昨日から風邪を引いてるのよ」

普段も低音だが、かすれている声は男のようだった。

「疲れてるんだ。少し休養した方がいいよ」

宗方が言った。

「休みたいんだけど、マスターが休ませてくれないのよ」

ママはステージで歌っているマスターを憎らしそうに見た。

マスターとママは夫婦ではない。マスターには妻子がいる。だが、マスターとママは夫婦同然だった。公然の秘密だが、マスターとママはあくまで他人を装っていた。水商売の世界では、たとえ夫婦であっても他人を装うのが原則なのである。それは客とホステスの間でも同じである。

ホステスのミドリが宗方の横についた。すると宗方はさっそくミドリを踊りに誘った。マスターはブルースを歌っているのに宗方はリズムをワンテンポ遅らせてゆっくりとジルバを踊っている。曲が変ると今度はマンボを踊り、まるではしゃいでいるようだった。絵理の件から気をまぎらせているのだろう。

「美津子は休んでるの?」

姜英吉はママからそれとなく美津子の情報を引き出そうとした。

「そうなの。風邪が長引いてるんだって。わたしも風邪を引いてるけど、今年の風邪はしつこいらしいわよ」

どうやらママは風邪を引いているという美津子の自己報告を信じているらしい。

突然ママが眉を寄せ、険しい表情になって声をひそめ、

「わたし、店を辞めるかもしれない」

と言った。

姜英吉は驚いて、

「どうして?」

と訊いた。

「二日前、店が終ってわたしは先に帰ったんだけど、毛皮のマフラーを忘れて店にもどったのよ。そしたら店の奥のソファに誰かがいる気配がしたので、そっと近づいて見ると、マスターと女性客が素っ裸になってセックスしてたの。マスターは捻挫した足首に包帯を巻いたままよ。相手の女性は金持の人妻で、若い男とよく飲みにきていた。何やってんのよ！　と叫んだら、二人は驚いて服を着ようとしたので、わたしはさっさと帰ったけど、許せない」

客にもらしてはならない秘密である。だが、ママは我慢ならなかったのだろう。感情の抑制がきかなくなってつい秘密をもらしたことを後悔したのか、

「誰にも言わないでね」

と念を押して席を立った。

誰かに話すつもりはないが、美津子と不倫関係にある姜英吉は、ママにとがめられている気がした。美奈子がテーブルにきた。正面に座った美奈子のか細い体と憂いを含んだ大きな瞳が清楚な色気をかもしている。抱きしめれば消えてしまいそうな感じである。その弱々しさが、抱きしめたいと思わせるのだ。

美奈子は黙って姜英吉のグラスにビールをついだ。

「夕方、おれは客を三鷹まで乗せて行ったんだが、その帰り、君たちのアパートの近くを通りかかった。できれば風邪で寝込んでいる美津子の具合を知りたいと思ったんだが、おれの車の前を、寝込んでいるはずの美津子が男にしなだれながら浮き浮きしている様子でどこかへ出掛けて行くのを見た。美津子はおれの車にまったく気付かなかった。それで君たちの部屋に電話を入れたんだ。美津子は本

当に風邪で寝込んでいるのか」

姜英吉の質問に美奈子は黙っていた。

それから水割を作ってひと口飲むと、

「あの男は姉さんの夫です」

と言った。

「夫？　旦那とは別れたんじゃないのか」

「別れてません。別居してるだけです」

「旦那の暴力に耐えかねて別居していると聞いたが。たびたび部屋にきて金をせびったり、暴力を振るうそうじゃないか」

「それは事実だけど、彼は泊っていくときもあるわ」

「泊っていく？　君がいるのに」

「ええ、わたしの寝ている横でセックスしてるわ」

美奈子の話に姜英吉は啞然として、

「それで君は平気なのか」

と訊いた。

「仕方ないでしょ。二人は夫婦ですから」

「それはそうだけど、なにも君の横でセックスすることはないと思う」

「姉はわたしに見せつけているのよ」

憂いを含んだ美奈子の瞳の奥に殺意のような光が閃《ひらめ》いた。

「美津子は君を憎んでるのか。それとも君が美津子を憎んでるのか」

姜英吉は知らず知らずのうちに姉妹間の深い溝にはまっていく気がした。

「わからない。わたしには何もわからない」

外見は仲の良い姉妹に見えたが、二人の間に、これほど大きな乖離《かいり》があるとは思わなかった。

夫の暴力に怯えて別居している美津子が夫にしなだれて楽しそうに散策している姿は、別の美津子を見ている感じだった。

美奈子が姜英吉をじっと見つめている。薄暗い照明の中の美奈子の黒い瞳が妖しく輝いていた。姜英吉は思わずどきっとして視線をそらせた。

「姜さんは姉さんを愛してるんですか」

不意に訊かれて姜英吉は返答に窮した。

「わからない」

姜英吉は奇妙な感覚に陥った。今夜、美奈子を抱くことになるだろうと思ったのだ。

「踊りましょ」

美奈子は姜英吉をダンスに誘った。

二人はホールに出て踊った。抱くと消えてしまいそうなか細い体から張りのある肉感的な手ごたえが伝ってきた。美奈子は両腕を姜英吉の首に回して体をぴったり寄せ、

「今夜はわたしをどこかに連れてってちょうだい。部屋には帰りたくない」

と呟いた。

姜英吉が強く抱きしめると、美奈子はうなじを後ろへそらし、唇をうっすらと開けた。姜英吉は唇を重ねた。互いの舌がからみ合い、めくるめいた。ジルバを踊っている宗方が笑っている。しかし、欲情した二人は他人の視線など気にならなかった。姜英吉は真空の中にいるようだった。美奈子を抱いているのか、美津子を抱いているのか。店の奥のソファに美津子が座ってこちらを見てるような気がして姜英吉はわれに返った。

「どうしたの?」

美奈子が訊いた。

「美津子がどこかで見ているような気がした」

姜英吉は美津子の姿を探すように店の中を見回した。

「姉さんは、あいつと一緒よ」

美奈子は嫌悪と嫉妬の入り混じった声で言った。

席にもどると踊り疲れた宗方が先に座っていた。

そしてにやにやしながら、

「快楽は人間に与えられた特権だよ」

と言って横にいるミドリの膝に手をすべらせた。

終らない夜が続いている。「二十一世紀」の客は快楽を求めてやってくるのだ。果てしない夜の底で人間の欲望は膨張していく。それは理性が麻痺していく歯止めのきかない欲望である。姜英吉の胸の奥にうごめく得体の知れない欲望の塊が、しだいにせり上がってくるのだった。

閉店の時間が近づいていた。灯りが落とされ、店内に「蛍の光」が響いた。あちこちの席で抱擁し、ダンスをしている男女が一つに重なってキスをしている。姜英吉も美奈子を抱きすくめてキスをすると胸元に手を入れて乳房をまさぐった。そしていきなり店内が明るくなった。抱き合っていた男女は照れながら急に席を立つのだった。

宗方はミドリの胸元に一万円のチップを差し込み、

「おれは『樹林』に行ってる」

と姜英吉に言って先に店を出た。

「表で待ってる」

姜英吉は美奈子の意思を確かめるように言った。

表に出ると数人の男がホステスを待っていた。姜英吉はタクシーの中で店から出てくる美奈子を待った。やがて普段着に着替えた美奈子が店から出てきた。姜英吉が車のライトを点滅させて合図を送ると、美奈子は車にきて、

「ごめんなさい。今夜は帰る」

と言った。

「どうして……」

期待していた姜英吉は移り気な美奈子に失望した。

「姉さんから電話があったの。姜さんが店にきていなかったかって訊かれた」

姜英吉は店の隅から二人の様子を美津子に見られていたような気がしたことを思い出した。もちろん美津子は店にはいなかったが、美津子の鋭い直感に美奈子は動揺していた。

「それでどう答えたんだ」

「きていなかったって答えたわ」

だが、調べれば、姜英吉が「二十一世紀」にきていたことは判明するだろう。おそらく店の従業員に確認しているにちがいない。


翌日の午後二時頃、チャイムが鳴った。

チャイムの音に美津子か美奈子が訪ねてきたのではないかと思って跳ね起きた。服を着たまま電気コタツに寝ていたので、すぐ玄関に出てドアを開けると、入口を塞ぐような形で一人の大男が立っていた。妻の従兄の康淳保だった。

「寝てたのか」

と言って康淳保は玄関に入ってきた。

思わぬ来客に姜英吉は忘れていた厳しい現実に引きもどされた。姜英吉の部屋を訪ねてきた康淳保の意図はわかっていた。部屋に通すと姜英吉は万年床を半分に折りたたんだ。

胡座を組んで座った康淳保は煙草に火を点けてふかし、部屋の中を見回した。

そしておもむろに、

「女がいるのか」

と言った。

「いいえ、いないです」

姜英吉は内心どきっとして言葉がもつれそうになった。

「昨日、とも子から電話があった」

とも子とは妻の一番上の姉である。その姉が持っているもう一軒の家に妻と子供が住んでいるのだ。

「恵子が鎖骨の裏側に腫瘍ができて入院した。早急に治療費を送ってほしいと言ってる。わしに金があれば送ってやってもいいが、わしも金がない」

大久保で焼肉店を経営している康淳保は、一方でプロのマージャン師だったが、つねに借金をかかえていた。

康淳保の鋭い目と嗅覚が女の痕跡を探っている。姜英吉は女の存在を否定したが、康淳保はあまり信用していないようだった。

「いくら送金すればいいんですか」

毎晩飲み歩いている姜英吉の懐にはわずかな金しか残っていない。思わぬ妻の入院に姜英吉はどう対処すればいいのかわからなかった。

「とりあえず三十万、送金してほしいと言ってる」

姜英吉にとって三十万円は大金である。しかもとりあえずということは今後も治療費と生活費を送金しなければならないのだ。

少し考えていた姜英吉は、その場をとりつくろうために、

「わかりました。二、三日中に送金します」

と言った。

「おまえも大変だろうが、家族が頼れるのはおまえしかいない。いつまでも兄姉の世話になっているわけにもいかない。子供の学校のこともあるし、一日も早く家族が一緒に暮らせるように頑張ってくれ」

康淳保からそう言われると返す言葉がなかった。

姜英吉に対していろいろ言いたいことがあると思われるが、どちらかというと口数の少ない康淳保は、

「またくる」

と言って席を立った。

康淳保を玄関まで見送った姜英吉は、「またくる」と言って去った康淳保の意味ありげな言葉を反芻した。康淳保は何かを、女の匂いや抜け落ちた髪の毛や痕跡に気付いたのだろうか。姜英吉は半分にたたんだ布団を元にもどし、薄汚ないシーツの中に長い髪の毛を二本見つけた。美津子の髪の毛と思われた。大胆な姿態でからみ、呻き声を上げる美津子を思い出した。美津子と美奈子はいまどうしているのか。美津子の夫が部屋に上がり込んで美奈子の隣でセックスしているのか。美奈子が二人の行為を黙って耐えているとは思えなかった。

事件は三日後に起きた。姜英吉はいつものように出勤し、いつものように乗務していた。タクシー運転手のテリトリーは車庫の場所によってほぼ決まる。会社が世田谷にある姜英吉のテリトリーは渋谷、新宿だった。もちろん上野方面や多摩方面や、さらに遠距離の乗客もいるが、必ず渋谷、新宿にもどってくる。そこが漁場なのである。

午後八時に新宿富久町《とみひさちょう》にある行きつけの洋食店で夕食をとり、後半戦にそなえて車の中で一時間ほど仮眠した。後半戦のピークは午後十一時頃から午前一時頃までである。この時間帯の売上げがその日の売上げを決定する。

雨がしとしとと降り出していた。雨が降り出すと見透しが悪くなり、スリップしやすくなる。それだけ神経を使い、目が疲れるのだった。しかし、雨が降ろうが風が吹こうが、この時間帯のタクシー運転手は最後の売上げに全力をそそいで猛ダッシュする。姜英吉も近場を何回か往復して、午前零時頃、T霊園までの客を乗せた。雨が激しさを増してきた。この前、川越で増水した川に車を流され、危うく溺れるところだった出来事を思い出した。タクシー運転手はつねに危険と背中合わせなのである。

T霊園の近くで乗客の指示に従って道を幾筋か曲り、目的地に着いて乗客を降ろした。そしてきた道をたどって新宿に向うつもりだったが道に迷った。街灯のない道は暗く、ところどころに石が積んであった。墓石を製作している建物が何軒か並んでいた。雨の降りしきる暗闇を凝視しながら、姜英吉はゆっくり走った。そして気がつくと雨が急に止んでいた。いや、雨が止んだのではなく、道の両側に並んでいる大きな樹木の枝葉がおおいかぶさり、雨を遮断していたのだ。幅の広い道は以前一度、通ったことがある。そのときは昼だったが、道の両側に並んでいる大きな樹木の枝葉におおわれて光が遮られ夜のように薄暗かったのを覚えている。その道に間違いないと思った。三百メートルほど直進すれば武蔵小金井に通じる道路に出るはずである。

あたりは真っ暗闇だった。暗闇を透かして見るとあちこちに墓がある。道は墓に囲まれていた。物音一つしない墓に囲まれた真っ暗闇の道は薄気味悪く、姜英吉は背筋に悪寒を覚えた。実際、大きな樹木におおわれた墓地は冷え込み、寒さが体にしみた。姜英吉は早く墓地を抜けようとアクセルを踏み込みスピードを上げた。そのとき、目の前の暗闇を白い物がよぎった。姜英吉は急ブレーキを掛けてスピードを落とすと、白い衣と長い髪をなびかせ、唇から血を垂らした女が車窓にしがみついたので、恐怖のあまり「おおー」と叫びを上げてふたたびアクセルを踏み込み、スピードを上げて疾走した。バックミラーをのぞくと、白い衣の女が車の後をどこまでも追ってくる。姜英吉は猛スピードで墓地を抜け、一般道路に出てそのまま方向感覚を失って走り続けた。『幽霊だったのか?』幽霊など存在するはずはないと思っていたが、白い衣と長い髪をなびかせ、唇から血を垂らしている女はいったいなんなのか? T霊園の広大な墓地に幽霊が彷徨っていたとしても不思議はないと思わずにはいられなかった。方向感覚を失って十分ほど走っていたが動悸はおさまらなかった。幻覚だったかもしれない、と姜英吉は何度もまばたきをして周囲の風景を確認した。府中競馬場にきていた。やっと自分の位置を確認できた姜英吉は仕事を切り上げ、車庫をめざした。

帰庫した姜英吉はT霊園での出来事を誰にも喋らず、売上げを精算して帰宅した。だが、眠れなかった。現実なのか幻覚なのか、判断できなかったのである。深い暗闇の奥から突然現れた幽霊は恐怖となって姜英吉の脳裏にこびりついていた。

目を覚ましたのは翌日の夕方だった。悪夢にうなされた後のように姜英吉はぐったりしていた。目を覚ました後もしばらく金縛り状態になっていたが、用をたすためにトイレに行き、ついでに新聞を取って部屋にもどった。そして新聞を開いて三面記事に目を通した。姜英吉は驚愕した。T霊園に女性の他殺体という大きな活字が躍っていた。

11

《十六日午前十時ごろ、T霊園でスリップ姿の若い女性が口から血を流して倒れているのを、墓参りにきていた親子が発見、警察に通報した。女性のバッグにあった携帯電話から被害者は坂本絵理さん（26）と判明、死亡が確認された。T署の調べによると、坂本さんは墓地の中で何者かに襲われて争ったあと百五十メートルほど逃げたところで捕まり、暴行を受けたものとみられる。首にひものようなもので絞められたあとがあり、解剖の結果、死因は窒息死と断定、殺人事件として捜査を開始した。現場に残された足跡から、複数による犯行である可能性が高いという》

記事を読んでいた姜英吉の手が震えた。暗闇の奥から白い衣と長い髪をなびかせて走ってきたのは幽霊ではなかった。唇から血を流していたのは何者かに暴行を受けたからだった。そして必死に逃げてきた彼女は偶然通りかかった姜英吉のタクシーに助けを求めて車窓にしがみついたのである。しかし、動転した姜英吉は彼女を振りきって去ったのだった。もしあのとき、彼女を車に乗せていたなら、彼女は殺害されなかっただろう。

被害者の坂本絵理とは、ついこの前まで宗方とつき合っていた絵理のことだろうか。姜英吉は絵理と三、四度会っているが、姓は知らなかった。被害者の坂本絵理が宗方とつき合っていた絵理だとすれば、恐ろしい偶然である。

姜英吉はテレビを点けた。テレビニュースには被害者の顔写真が出てくるはずだ。

三十分ほどたってニュースがはじまった。ニュースの第一報でT霊園殺人事件が放映された。現場は黄色い規制用テープが張られて立入り禁止になっている。現場をテレビは望遠レンズで写し、アナウンサーが事件の経過を説明している。そして被害者の顔写真が出た。やはり宗方とつき合っていた絵理だった。

なぜあのとき車を止めて彼女を乗せなかったのか。他の運転手だったら、雨の深夜の真っ暗闇の中から白い衣と長い髪をなびかせ、唇から血を垂らしている女を乗せただろうか。理由はどうあれ、彼女を乗せていれば殺害されずにすんだはずだと姜英吉は自分を責めた。彼女を殺したのは自分のような気がした。

警察に出頭して捜査に協力すべきではないのか。だが、出頭すると犯人あつかいされる可能性がある。新聞や週刊誌にあることないことを書きたてられ、誤解が誤解を生み、世間の晒《さら》し者になるだろう。自殺サイトで誘われて美奈子が自殺を図り未遂に終ったとき、誰かに犯されたと言っていた。しかし、誰に犯されたかを覚えていなかったため、いつしか不問にされたが、一時、第一発見者の姜英吉が疑われていたのである。

姜英吉は悩みに悩んだ。姜英吉が事件に遭遇したことを知っている者はいないはずであった。T霊園の近くで乗客を降ろしているが、だからといって事件に遭遇しているとは限らないのである。

悩み抜いた姜英吉は警察に出頭して事実だけを述べることに決めた。電車を乗り継ぎ、事件を担当しているT警察に赴いた。姜英吉は警察の前でためらったが思いきって入った。署内に入るとマスコミ関係者が数人いたが、意外と静かだった。

姜英吉は受付で、女性係官に、

「あの、ちょっと刑事さんに話があるんですが……」

と言った。

「刑事に？　どういう話ですか」

女性係官は厳しい目付きで姜英吉の容姿を点検していた。

「事件を担当している刑事さんに直接話したいのですが……」

そう言うと女性係官の顔色が変り、マスコミ関係者に気付かれないように、

「こちらへきて下さい」

と姜英吉を奥の部屋に案内した。

案内された部屋は狭い取調室だった。

折りたたみ椅子に座っていると二人の刑事が入ってきた。

そして姜英吉の前に座って、

「何か話したいことがあるらしいですが、どういう話ですか」

とメガネを掛けた刑事が細い目でじっと見つめてきた。

「実は……」

姜英吉は雨の夜の墓地での出来事を述べ、

「申しわけありません」

と頭を下げた。

姜英吉の話を聞いた刑事は、

「うむー」

と唸って腕組みをした。

「女以外に誰か見なかったですか」

刑事は姜英吉の記憶を喚起しようとした。

「誰も見てません」

「思い出して下さい。誰かいたはずです」

もう一人の刑事が、姜英吉の記憶を無理矢理喚起しようとする。

「気が動転していたので、周囲に何があったのかわからなかったです」

「ということは、あなたしかいなかったということですか」

メガネを掛けた刑事が姜英吉に疑惑の目を向けた。

「いま話したように、ぼくは通りかかっただけです。それ以外は何も知りません」

尋問は短時間で終り、姜英吉は解放されたが、警察にくるのではなかったと後悔した。身の潔白を証明することはできなかったからだ。

帰りはマスコミ関係者に気付かれずに帰宅できた。

二日後の午前十時頃、チャイムが鳴った。ドアを開けると三人の私服刑事が立っていた。メガネを

掛けた刑事が、家宅捜索令状を示めし、

「ちょっと上がらせてもらう」

と言って、ずかずかと三人の刑事が部屋に入った。

姜英吉はただ呆然と見ているだけだった。

狭い台所には食器棚が一つ、部屋には万年床、電気コタツ、ビニール製の洋服ダンス、そして新聞、週刊誌、ビールの空き缶などが散らばっている。押入れには洗濯物の衣服や下着類があり、汗臭い匂いを発散させていた。

三十分ほど家探《やさが》ししていた三人の刑事は、当てにしていた物がなかったらしく、憮然とした表情をしていた。

「後日、参考人として署にきてもらうかもしれない。邪魔したな」

メガネを掛けた刑事はぶっきら棒に言って部屋を出て行った。

『バカ！　能なし！』

姜英吉は内心罵声を浴びせた。

宗方と絵理との関係は黙っていた。宗方にあらぬ疑惑がおよぶのを恐れたからだ。絵理は十九歳の元彼とよりをもどしていると宗方から聞かされていたが、そのことも黙っていた。もしかすると十九歳の元彼の犯行ではないかという疑念がよぎった。だが、余計なことは口にすまいと思った。ただ絵理を置きざりにしたことが悔まれてならなかった。

姜英吉は十日ほど「樹林」と「二十一世紀」から遠ざかっていた。警察の捜査は「樹林」と「二十一世紀」にまでひろがっている可能性があるからであった。美津子からの連絡もない。まるで事件との関係を避けようとしているかのようだった。会社には真面目に出勤していた。休むと疑われるからである。だが、どこかで刑事に見張られているような気がした。

事件は十二日目に解決した。やはり犯人は絵理の元彼と十八歳の少年だった。元彼は絵理から金をせびっていたが、金を出し渋ると暴力を振るっていたのだ。事件の夜、元彼は絵理を誘い、十八歳の少年と一緒にT霊園にきた。元彼は十八歳の少年に一回二万円で絵理を抱かせることにしていたのだ。元彼と十八歳の少年は抵抗する絵理の衣服を脱がせようと引きちぎり押さえ込んだが、車から脱出した絵理は墓地の中で少年らともみ合い、殴打されながらも逃げたのだった。そして偶然、姜英吉のタクシーに出会ったのである。しかし、動転した姜英吉は車窓にしがみつく絵理を振りきって疾走、追ってきた二人の少年に絵理は暴行され絞殺されたのである。

事件は解決したが、姜英吉の心は晴れなかった。胸の奥に重い鉛が垂れていた。その重い鉛が深い闇に沈んでいく。欲望の底なし沼に沈んでいくのだ。

事件解決がマスコミで報道された翌日、姜英吉は久しぶりに「樹林」に行った。カウンターのとまり木に宗方と青井が座っていた。

「いらっしゃい」

と挨拶して朋子がグラスとビールを出してくれた。

「久しぶりだな」

宗方の声の調子がいつもと違う。どこか怨みがましい陰にこもった声だった。

「警察に三回呼び出されて、一時は犯人あつかいされたよ。警察で聞いたが、君は墓地で偶然、絵理と出会ったらしいな。なぜ絵理を乗せなかったんだ。絵理を乗せていたら、絵理は殺されなかったはずだ」

宗方は姜英吉を非難した。

「墓地は真っ暗だった。ヘッドライトで照らしても暗闇しか映っていなかった。あんな気味の悪い場所はない。雨が降っていたのに、あの場所だけは雨が降っていなかった。道の両側に並んでいる大きな樹の枝葉におおわれて、雨は遮られていたんだ。おれが一刻も早く墓地を抜け出そうとしてスピードを上げた時、ヘッドライトの中に白い衣と長い髪をなびかせた女が突然現れて走ってきたんだ。本当に驚いて、気が動転した。幽霊だと思ったんだ。幽霊なんか存在しないはずだが、あのときは幽霊だと思ったんだ。それでおれは幽霊を振りきって逃走した。絵理とは思わなかった。絵理があんな場所にいるなんて、信じられない。しかし、絵理には申しわけないと思ってる」

姜英吉はうなだれた。

「君を責めるつもりはない。お互いに不運だったんだ。おれは絵理に何度も、あいつとはつき合うなと忠告してきた。おれは絵理に金をつぎ込んでいたけど、その金を絵理はあいつにつぎ込んでいた。それがあだになったのだ」

事件は起こるべくして起こったというわけである。

カウンターで飲みながら宗方の話に聞き耳を立てていた青井が、独りぶつぶつ呟いた。

「世の中が腐りきってるんだ。昨日は親が子を殺したかと思えば、今日は子が親を殺す。理由なんかあってないようなものだ。心の闇とかいうけど、闇なんかねえんだよ。あるわけないだろう。とんでもない事件が起きても、みんなは無関心だ。感覚が麻痺してるんだよ。麻痺した感覚に心の闇があるわけない。何もないんだ。心の中は空っぽだ」

酔いが回ってくるとカウンターにうつ伏せになって眠ってしまう青井が、今夜は饒舌《じょうぜつ》になっていた。

「心の中が空っぽなのは青井さんだけでしょ」

マスターが冷やかすように言うと、青井は顔を上げて、

「おれには殺したい奴が何人かいる。それがおれの心の闇だよ。殺してしまえば、心の闇は消えてなくなる。絵理を殺した少年の心の闇もどこかに消えちまったんだ」

と皮肉るように言った。

「殺された人間の身にもなってみろ」

めったに怒ったことのない宗方が、自分勝手な論理を振り回す青井に声を荒らげた。

宗方から非難された青井は感情を高ぶらせ、

「おれはこれから、誰かを殺してくる」

と立ち上がってカバンを持つと店を出て行った。

みんなはあっけにとられたが、

「いかれてるんですよ、あいつは。昨日、あいつの女房から、家に帰ってこないんです、どうしてるんでしょうか、なんて電話が掛かってきましたよ。会社にも出勤してないし、何してるんですかね。ヤバイですよ」

とマスターは青井の言動を懸念していた。紺のスーツにネクタイを締め、昼は街をうろつき、夜は「樹林」やその他の飲み屋を梯子《はしご》しながらカプセルホテルに泊り、四、五日帰宅していないのだった。

「会社を馘になってるんじゃないのか」

宗方が言った。

「わからないです。しかし、この調子では馘になるでしょうね。ここだけの話ですが、ツケがかなり溜まってるんですよ」

気の弱いマスターは青井にツケを請求できないでいた。

「そのうち預金も底をついて、一家離散だよ。みんな行き場を失って、どうしていいのかわからないんだ」

姜英吉は自分のことを言われているような気がした。

いつもなら「二十一世紀」に行ってみるかと誘うはずの宗方が珍しく、

「今夜は先に帰るよ」

と言って席を立った。

宗方が帰ると店の客は姜英吉一人になった。

マスターは人待ち顔で煙草をふかしながら貧乏ゆすりをしている。

「やめなさいよ、貧乏ゆすりは」

朋子に注意されて、マスターは貧乏ゆすりをやめたが、十分もせずにまた貧乏ゆすりをすると、朋子は諦観した。

「絵理のことがよっぽどショックだったのね。宗方さんは絵理がもどってくると思ってたらしいわ。でも絵理にもどる気はなかったみたい。宗方さんは絵理につぎ込み、絵理は元彼につぎ込み、元彼はそのお金で他の女と遊び回って、絵理はいつもやきもきしていた。そんな不自然な状態が長続きするわけないじゃない。絵理は年配の人にとり入るのが凄く上手だった。宗方さん以外に何人かの年配の人とつき合ってた。買ってもらったブランドのバッグや服や靴をわたしに見せびらかしていた。元彼と香港旅行したときの仲むつまじい写真を見せてもらったことがあるわ。その写真を絵理は大事そうにいつもバッグに入れていた。そんな絵理が殺されるなんて信じられない。バッグに入っていた写真が犯人逮捕のきっかけになったのよ。元彼は、そんな写真がバッグに入っていたなんて、思ってもみなかったでしょうね」

宗方を非難しているのか、絵理を哀れんでいるのか、朋子は複雑な表情で語った。

いずれにしても朋子の話は姜英吉にとって関係のないことであった。宗方が先に帰ったいま、姜英吉は「二十一世紀」に寄るべきか否かを考えていた。

二人の客が入ってきた。それを契機に姜英吉は帰ることにした。

「『二十一世紀』に寄るんですか」

ドアを出ようとする姜英吉にマスターが訊いた。

「いや、寄らない」

と姜英吉は答えた。

寄らないと答えたが、店を出た姜英吉は、五十メートルほど先に点滅している「二十一世紀」の看板を見つめて躊躇《ちゅうちょ》した。暗い墓地を画然と隔てて欲望の炎がめらめらと燃えている「二十一世紀」の看板は姜英吉を惑わさずにはおかなかった。墓地はあの世であり、「二十一世紀」はこの世である。その回廊を姜英吉は行きつもどりつしているのだ。死と快楽は一つの罠である。なぜなら死は快楽の影であり、絵理は死の影に呑み込まれてしまったのではないのか。

姜英吉は「二十一世紀」の地下への入口でいつもちょっと立ち止まり、背伸びして墓地の中を瞥見した。暗闇の中の死者を確かめるように。そして階段を降りていく。

店に入ると、トイレから出てきた美奈子と出くわした。

「いらっしゃい」

美奈子は少し驚いた様子だった。

しばらく来店していなかったのでこないと思っていたのだろう。

「宗方さんがきてます。宗方さんと一緒のテーブルにしますか」

先に帰ると言っていた宗方がきていたのである。

美奈子は姜英吉を宗方のテーブルに案内してウエイターにビールを注文した。宗方はホールでミドリと踊っていた。

姜英吉と美奈子の会話はとぎれがちだった。二人の間に美津子が立ちはだかっている。だが、美津子は別れたはずの夫とよりをもどしているのだ。しばらく会っていない美奈子はどこかよそよそしい感じがした。

踊り疲れた宗方がミドリと一緒にテーブルにもどってきた。

「やっぱりきたのか」

宗方はミドリの肩を抱き寄せ、絵理の事件などなかったかのように上機嫌だった。

美奈子がマネージャーに呼ばれて別のテーブルに移った。

美奈子がいなくなると、ミドリは宗方の腕の中で甘えながら、

「あのね、わたし来月から店を出すの」

と言った。

「店を出す？　どこに？」

唐突な話に姜英吉は宗方を見た。

宗方は甘えるミドリを抱きしめ、

「こいつが、どうしても店をやりたいって言うからさ、やらせることにしたんだ」

と相好を崩した。

「どこでやるの？」

「成子坂下《なるこざかした》、ここから歩いてすぐのところ。本当はね、絵理がやるはずだったの。それがあんなことになったでしょ。だから、わたしがやることにしたの」

はじめて聞く話だった。

「絵理にやらせようとしたんだが、絵理はもどってこなかった。そしてあの事件だ。絵理に店をやらせなくてよかったよ。絵理にやらせていたら、元彼に喰い物にされていたと思う。バカな女だよ」

絵理の死は自業自得だと言わんばかりであった。

それにしても絵理がやるはずであった店をミドリがやるというのもすっきりしない話である。絵理の死になんのこだわりもないミドリの神経が理解できなかった。ミドリにしてみれば、自分の店を持てる絶好のチャンスなのかもしれない。宗方とミドリの間で、どのような寝物語が交わされているのか知るよしもないが、男女関係の不可解さは宗方とミドリに限ったことではない。姜英吉も人のことをとやかく言える立場ではないのだ。

この界隈は人通りが少ない。けれども数軒の飲み屋があり、それなりに常連客が飲みにくる。だが、成子坂下はＪＲ新宿駅からも地下鉄の中野坂上の駅からもかなり離れていて人通りが少なく、飲み屋もほとんどない。そういう場所で、はたして店の経営は成り立つのか疑問だった。たぶん宗方が毎日飲みに行き、売上協力をするのだろう。いわば宗方の道楽だが、姜英吉は成子坂下までわざわざ飲みに行く気にはなれなかった。

「店が終ったあと、成子坂下に行くんだけど一緒に行かない？」

ミドリに誘われて姜英吉は宗方の手前断れなかった。それに美奈子に無視されているような気がして、成子坂下へ行くことにした。

店が終るとミドリがすぐに出てきた。その後ろから美奈子がついてきた。宗方とミドリが気をきかせて美奈子を誘ったのだろう。

宗方とミドリが腕を組んで歩いている。ミドリはしきりに喋り、はしゃいでいた。姜英吉と美奈子は黙って歩いていたが、途中、姜英吉が美奈子の手をそっと握った。拒否されるかもしれないと思ったが、美奈子も握り返した。時刻は午前一時を回り、通りには人がほとんどいなかった。青梅街道は車が激しく往来している。ほとんどがタクシーである。

二十メートルほど先を歩いていた宗方とミドリは横断歩道を渡って行ったが、姜英吉と美奈子が渡ろうとしたとき、信号が赤に変り、渡れなかった。横断歩道を渡ったミドリは姜英吉と美奈子に手を振って先へ歩いて行った。赤信号はなかなか変らない。かなり冷え込んでいるのに、握っている二人の掌に汗がにじんでいた。一台の空車が、信号待ちしている二人を乗客と思って止まるとドアを開けた。姜英吉は美奈子の手を握ったまま、吸い込まれるようにタクシーに乗った。

ドアを閉めた運転手が、

「どちらですか」

と訊いた。

「新田裏」

姜英吉は行き先を告げた。

「新田裏?」

運転手はぴんとこなかったらしく訊き返した。

「ホテル街だ」

直截《ちょくせつ》な言い方に運転手は、

「わかりました」

と納得したように答えて発進した。

美奈子は黙っている。二人は手を握ったまま金縛り状態になっていた。新田裏まで五分とかからなかった。タクシーが止まると二人は降りた。そしてホテルが密集している狭い路地を歩き、一軒のホテルに入った。美奈子は姜英吉に誘導されるがままについてきた。姜英吉は受付で料金を支払って鍵を受け取り、エレベーターで二階に上がって番号札の部屋に入ると美奈子を抱きしめてキスをした。二人はキスをしたままベッドに行き、倒れた。そして二人の間に激しい嵐が通過した。

ほっそりしているように見えた美奈子の体は意外に豊満だった。姉の美津子は少し骨ばっているが、美奈子の体は柔らかい曲線を描いていた。

美奈子は姜英吉に寄りそいながら、くぐもった声で、

「姉さんと別れて」

と言った。

「もう別れてる。美津子は旦那とよりをもどしてるやないか」

姜英吉は邪険に言った。

「いつものことだわ。姉さんの前で、わたしのことが好きだって、はっきり言って」

美奈子は姜英吉の曖昧な態度を糾弾するように迫るのだった。

「美津子が嫌いなのか」

姜英吉は美奈子の気持を測りかねた。

「嫌いじゃないわ。でもはっきりしてほしいの。あなたはわたしより姉さんが好きなの？」

二者択一を迫る美奈子の感情が激しさを増していた。

「こんなことで君と口論したくない」

姜英吉は服を着た。

美奈子も服を着ながら、

「姉さんはあなたに会いにくるわ。わたしからあなたを奪うためよ。でもあなたはわたしのものよ」

と涙声になっていた。

「馬鹿なことを言うな。おれは誰のものでもない。おれはおれのものだ」

姜英吉はきっぱり言った。

「じゃあ、わたしは誰のものなの？　わたしはあなたのものよ。いまこの瞬間、わたしのすべてをあなたにゆだねたの。それなのに、あなたはどうしてそんな言い方をするの。わたしを見放すつもりなのね。わたしは一時の慰みものだったのね。自殺未遂をした前と同じだわ。誰もわたしを愛してくれない。みんな姉さんだけを愛してる。わたしはどうすればいいの。両親も姉さんだけを愛してた。わたしは邪魔者だったのよ」

感情の塊のような黒い目から涙がこぼれた。

「美奈子、冷静になるんだ。君たち姉妹がどういう関係なのか、おれは知らないけど、君と美津子とはちがう人格だ。君は君なんだ。そうだろう？」

美奈子は姜英吉の言葉に耳を傾け、冷静になろうとしていたが、目は空洞のようにうつろだった。認めてほしい、愛してほしいという強い思いが、逆に美奈子を自分の殻に閉じ込めていた。

姜英吉の言葉に少し安らいだのか、美奈子は弱々しくほほえみ、

「わたしを愛してくれるの？」

と言った。

「君が好きだよ」

この場合、それ以外の言葉はなかった。

嘘をついているわけではないが、本当でもなかった。

「嬉しい!」

美奈子は姜英吉に抱きついて自分の感情を表現した。

だが、二人の間にはまだ釈然としないわだかまりが残っていた。そのわだかまりを払拭するように二人は明るさを装っていた。

二人はホテルを出た。あとは帰るだけである。姜英吉はタクシーで美奈子をアパートまで送るつもりだった。ところがタクシーに乗って運転手に三鷹を指示すると美奈子が、

「アパートには帰りたくない」

と言いだした。

「どうして?」

姜英吉が訊き返すと、

「あいつがいるからよ」

と言う。

「美津子の旦那か」

「そうよ。わたしの隣で姉さんとセックスするの。姉さんとセックスしながらわたしに手を伸ばして

触るのよ」

「美津子は何も言わないのか」

「姉さんはむしろ興奮するの。あの二人はけものよ」

そう言いながら美奈子の唇にみだらな笑みが浮かんだ。何かを思い出しているようだった。

発進しようとしていた運転手が行き先を決めかねている二人に、

「どちらまで行きますか?」

と訊いた。

「下馬まで行って下さい」

美奈子がすかさず姜英吉の住所を指示した。

「いいでしょ、あなたの部屋に泊っても」

美奈子は姜英吉の優柔不断な性格の間隙《かんげき》に割って入った。

拒否できなかった。拒否する理由もなかった。

「おれは別にいいけど。あとで美津子に何か言われるんじゃないのか」

姜英吉はとりつくろうように言った。

「何も言わないわよ。だってわたしの隣でセックスしてるんだもの」

美奈子はふてぶてしい顔になっていた。

アパートに着いた二人は一階の奥の部屋に入った。姜英吉は台所の灯りを点け、続いて部屋の灯りを点けた。万年床と電気コタツと新聞、雑誌、ビールの空き缶、脱ぎ捨てた下着類が散らばっている

部屋を見て、

「汚ない部屋ね。掃除はしているの？」

と美奈子は顔を歪めた。

「半年くらいしてない」

姜英吉は脱ぎ捨てた下着類を押入れに放り込んだ。

「半年！　ゴミが溜まるはずよ。明日、掃除してあげる」

美奈子はなぜか楽しそうに言って服を脱ぐと裸になって万年床にもぐり込んだ。

「凄い！　男の匂いがする」

美奈子は布団から顔だけを出して愉快そうに言った。

姜英吉も服を脱ぎ、裸になると灯りを消して万年床に入り、美奈子を抱きすくめた。

「寒いわ。もっと強く抱いて……」

甘えながら姜英吉にしがみついていた美奈子の声は、いつしかよがり声に変っていた。

どのくらい眠ったのか、チャイムが鳴っている。裸で抱き合っていた二人はチャイムの音に気付き目を覚ました。窓のカーテンの隙間から陽光がもれている。棚の置時計は午前十一時を指していた。

起きようとする姜英吉を止めて美奈子は耳を澄ました。

「姉さんよ」

美奈子が声をひそめて言った。

まさか……と思いながら姜英吉も耳を澄ました。

「わたし、美津子です。開けてちょうだい」

今度はドアを叩いている。

「台所の灯りが点いてるわよ。いるんでしょ」

美津子の鋭い直感と観察力が正確に状況判断していた。

「美奈子もいるんでしょ。わかってるわよ。開けてちょうだい」

しだいに高くなってくる美津子の声が強迫観念のように響くのだった。

12

姜英吉と美奈子は抱き合ったまま金縛り状態になってじっとしていた。数秒間、無言が続いた。美津子は部屋の中の様子を探ろうと窓を開けようとしていたが、窓には鍵が掛かっていた。しっかり抱き合っている二人の心臓音が共鳴している。勃起している姜英吉のペニスを美奈子は握りしめた。そして美奈子は姜英吉のペニスを自分の中に入れた。ペニスはまるで溶鉱炉の中で溶けていく鉄のようだった。美奈子の唇から呻き声がもれそうになる。姜英吉は美奈子の口を手で塞いだ。口を塞がれた美奈子は息苦しそうに喘いでいる。

「ドアを開けないつもりなのね。二人が部屋にいるのはわかってるんだから」

美津子の執拗な声と異様な雰囲気に姜英吉と美奈子の欲望は刺激されるのだった。激しい息づかいが外にもれているのではないかと姜英吉は気になったが、美奈子は忘我の境に達していた。

セックスが終った二人はぐったりして天井を仰いだ。美津子の声がしない、美津子は帰ったのだろうか？　しばらくの間、二人は息をひそめて外の様子をうかがっていたが、そのうちまた眠りに落ちた。

姜英吉は美奈子にゆり起こされた。

「もう六時よ」

美奈子が小さな声で言った。

「六時……」

部屋が薄暗くなっている。台所の蛍光灯が眩しかった。姜英吉は夢を見ていたような気がした。

「お腹が空いたわ」

美奈子が空腹を訴えた。

そういえば朝から何も食べていない。姜英吉も空腹を感じた。だが、美津子はまだドアの外で見張っているような気がする。

「帰ったかな?」

姜英吉は窓を見た。廊下の古い蛍光灯が消えたり点いたりしている。先月、家賃を徴収にきた家主に廊下の蛍光灯を替えてほしいと頼んだが、いまだに放置されていた。点滅している蛍光灯が、窓ガラスに何かの影をちらつかせている。その影が美津子に見えるのだった。

「姉さんはまだいるわ。窓に影が映ってる」

疑心暗鬼になっている美奈子は顔をこわばらせた。

「あの影は向いの洗濯物だ」

向いのアパートの一室に住んでいる老人が、狭いベランダにときどき洗濯物を干していた。

美奈子はそっと起き上がり、衣服を着て這うようにして窓に近づいた。姜英吉も服を着て玄関のドアに近づき、人の気配を探った。

廊下には誰もいないようだったが、ドアを開けるのをためらった。

突然、姜英吉の携帯電話が鳴った。姜英吉は驚いて携帯電話を切った。すると今度は美奈子のバッグの中の携帯電話が鳴った。美奈子は出るべきか切るべきか迷っていた。

「携帯電話が鳴ってるわよ。どうして出ないの。聞えてるんだから。部屋にいるんでしょ。電話に出なさい」

窓のすりガラスにぬーと現れたシルエットは美津子だった。美津子は帰っていなかったのだ。姜英吉と美奈子は身動き一つせずに携帯電話のベルが鳴り止むのを待った。いっそのことドアを開けて美津子を部屋に入れてかたをつけてしまいたいと思ったが、姜英吉にはできなかった。

「わたしは帰る。好きなようにしなさい」

二人が部屋にいるのを執拗に確認しようとしていた美津子が諦めたのか、わざとらしく足音をたてて去って行った。

姜英吉と美奈子は顔を見合わせ、耳を澄ました。

「帰ったかしら?」

美奈子は怯えていた。

姜英吉は意を決したように玄関のドアを開け、廊下に出てあたりを見回した。誰もいなかった。向いのアパートの狭いベランダにタオルとパンツが二枚干してあった。

姜英吉は表通りにまで出て確かめてもどってくると、

「帰ったようだ」

と言った。

美奈子がほっとしている。

しかし、美津子は美奈子の携帯電話のベルの音で二人が部屋にいたのを確信したにちがいない。

二人は近くの中華店で食事をした。

「どうする?」

ラーメンを食べながらビールを飲んでいた姜英吉が言った。

「帰る」

お腹が空いているはずの美奈子は食欲がないのかラーメンを半分残していた。

「帰る? 帰ってどうなる?」

美奈子が帰れば美津子とひと悶着起こるのはわかりきっていた。しかし、自分の部屋に泊れとは言えなかった。泊めればまた美津子がくるかもしれない。そして美奈子が姜英吉の部屋にずるずると泊り続けると、大阪から家族がやってきたときどうなるのか。それを考えると美奈子をいつまでも泊めておくわけにはいかないのだった。

「あなたは姉さんに未練があるんでしょ」

美奈子から不意に訊かれて姜英吉は即答できなかった。未練がないと言えば嘘になる。美津子のあの蛇のようにしなやかな肢体と性に対するあくなき欲望の虜になっているのは確かだった。

「美津子のことは訊くな」

姜英吉は釘をさした。

「どうしてわたしを抱いたの?」

いまになって美奈子は詰問するのである。

「おまえはどうして、おれに抱かれたんだ」

姜英吉は美奈子の質問を逆手に取った。

「わからない」

美奈子は半分残していたラーメンをすするのだった。

「わからない? 後悔してるのか」

「後悔してないわ。わたしはわたし。姉さんとちがうわ」

あくまで姉の美津子と自分とはちがう存在であることを強調した。

二人はラーメンと餃子を食べ残して店を出た。あまりうまくなかったのだ。手をつなぎ、あてもなくぶらぶら歩いていると小さな公園があった。こんな場所に公園があるとは知らなかった姜英吉は新しい発見でもしたように、

「こんな場所に公園があるとは知らなかった」

と言ってブランコに腰掛けた。

美奈子も隣のブランコに腰掛けて、

「ブランコに乗ったのは小学生以来だわ」

と懐しそうに言った。

二人は童心に帰ったようにブランコに揺られながらなごんでいたが、

「これからわたしたちどうなるの?」

と美奈子が訊いた。

「先のことは考えないことにしている」

実際、姜英吉に先のことを考える余裕などなかった。先のことを考えると、何もかも投げ出したくなるのだった。

「そうね、先のことなど、誰にもわからないわね」

美奈子は諦観している。自殺未遂事件があってから、美奈子は幸福になれないと思い込んでいた。どこかで自分を捨てているところがあった。

「いまから店に出るわ」

ブランコから降りた美奈子は、何かを振っきるように言った。

「今日は休めよ」

姜英吉は引き止めた。

「駄目、馘にされちゃう。お金もないし」

美奈子も、日歩合をもらってその日をしのいでいる姜英吉と同じように出勤して帰りに日給をもらっていた。休むと日給が入らず、干上がるのだ。事情を知っている姜英吉は、それ以上、引き止められなかった。部屋に帰ってこいとも言えなかった。おれは卑怯《ひきょう》な人間だと思った。

店に出勤したあと、美奈子は姜英吉の部屋にはもどってこなかった。姜英吉は美奈子の携帯に電話を掛けてみたが、留守番電話が満杯で受付できないという音声が聞えた。明らかに美奈子は携帯電話の受信を拒否していた。たぶん別の携帯電話を持っていると思うのだが、番号がわからなかった。「二十一世紀」に行くのがてっとり早い方法だったが、美津子が出勤しているかもしれないと思うと行きそびれた。

それから四日後、康淳保から電話が掛かってきた。姜英吉の妻が再手術することになり、入院保証金二十万円を請求されているとのことだった。やむなく姜英吉はタクシー運転手たちが利用している街金（闇金）から運転免許証を担保に二十万円を借りた。大手四社のようなタクシー会社は毎日出庫する前に運転免許証の点検・確認をしていたが、幸い姜英吉の勤めている会社は運転免許証の点検・確認をしていなかった。だが、スピード違反に問われたり、事故を起こしたりすると免許証不携帯になり、姜英吉自身はもとより、会社が責任を問われることになる。背に腹はかえられないとはいえ、綱渡り状態である。貧すれば鈍するというが、先の見透しは真っ暗闇である。

姜英吉は考えあぐねて、宗方に借財しようとミドリの店に行った。ところが開店して間もないミドリの店は閉店していた。姜英吉はその足で「樹林」に赴いた。

「樹林」は相変らず暇で、カウンターの中のマスターは人待ち顔で煙草をふかしている。霙《みぞれ》が降っていることもあって店は寒々としていた。いつもなら「いらっしゃい」と挨拶していた朋子も黙ってカウンターにビールとグラスを出し、つごうともしない。

姜英吉は独酌でビールを飲むと、

「ミドリの店に行ってみたんだけど、閉店してたよ。宗方さんはくるのか」

と訊いた。

「ここんとこ見えませんよ。もう潰れたんですか。早いなあ」

煙草をふかしているマスターは痩せこけた顔を曇らせた。

「あの店の客は、宗方さん一人だけだったらしいですよ。宗方さん一人だけでは続かないんじゃないですか」

朋子はミドリの店が閉店に追い込まれたのは当然だといわんばかりであった。

「それにしても早いなあ。何かあったんですかね」

マスターはしきりに首をひねっている。

宗方から借財しようと考えていた姜英吉は途方に暮れた。宗方は「二十一世紀」に行っているかもしれなかった。だが、姜英吉は「二十一世紀」に電話を入れてみる気にはなれなかった。

姜英吉は悶々とした日を過ごしていた。一日も早く免許証を取り返さなければ、いつか発覚するだろう。そうなれば路頭に迷うことになる。妻の再手術はうまくいったのかどうか、康淳保に電話で確かめてみたかったが、電話を掛けると、また何か言われそうな気がして掛けそびれていた。いつもその場限りの一過性でやり過ごしてきたが、いまや八方塞がりの状態であった。

そんなある日、姜英吉はいつものように仕事をしている午後八時頃、一ノ橋の行きつけのレストランで夕食をとり、一時間ほど仮眠しようと車の後部座席に横になろうとしたとき、床に黒い革製のボストンバッグがあるのに気付いた。一人で乗ってくる客はたいがいドアの近くに座り、荷物は座席の右側に置くものだが、そのボストンバッグは奥の座席の床に置いてあったので、つぎの客に気付かれなかったのだろう。それに床に置いてある黒いボストンバッグは薄暗い車内では目立ちにくく、姜英吉も後部座席に横になってはじめて気付いた。

忘れ物だった。何人前の乗客が忘れていったのか思い出せなかった。本来なら忘れ物は、そのまま会社に届けなければならない。だが、重厚な黒い革製のボストンバッグに姜英吉は興味をいだき、何げなくボストンバッグのファスナーを開けた。乗客の忘れ物の中身を見るのは御法度である。なぜなら、見てはならないものを見てしまうことがあるからだ。

車は一方通行の通りに面したビルに沿って駐車してあり、午後八時過ぎになるとほとんど人影がない。姜英吉はボストンバッグを開いて、おそるおそる中をのぞいた。薄暗い車内では中に何が入っているのかはっきりしなかった。姜英吉はあらためてあたりを見回し、人影のないのを確かめてからボストンバッグを持ち上げてシートに置き、口を大きく開いて中をのぞいた。そして驚愕すると同時に目を疑った。札束がぎっしり詰まっている。姜英吉はボストンバッグのファスナーを閉め、床にもどした。心臓がどきどきしている。すぐに警察か会社に届け出なければならないのだが、姜英吉は逡巡していた。忘れ物をした乗客がタクシーを特定できるとは限らないのだ。また後の乗客が忘れ物を持ち去ることもありうる。財布や女性のバッグなどは後の乗客が持ち去ることも多いはずだ。この黒いボストンバッグも後の乗客が持ち去っていたとしても不思議はないのだった。そう考えると、忘れ物を後の乗客が持ち去ったことにすれば辻つまが合うのである。

姜英吉は仮眠をやめ、メーターを回送にしてアパートに向った。頭の中が熱くなっていた。警察に届けるべきか、会社にもどるべきか迷っていた。金に逼迫している姜英吉の気持は大きく揺れた。犯罪に手を染めようとしている自分が恐ろしかった。だが、姜英吉は真っ直ぐアパートに向っていた。

アパートに着くと姜英吉はボストンバッグを持って部屋に入り鍵を掛けた。そして灯りを点け、万年床の上にボストンバッグを置いてファスナーを開け、札束を取り出した。百万円の束が二十三個、二千三百万円が入っていた。これだけの現金を見るのははじめてである。さらにボストンバッグの底には、宝石ケースが三個と拳ほどの大きさの革袋があった。

姜英吉は宝石ケースを開けて見た。ダイヤのネックレス、ダイヤの指輪、翡翠《ひすい》の指輪、猫目石の指輪、その他、色とりどりの指輪が並んでいる。拳ほどの大きさの革袋の中身を万年床に出して見ると、数十個の裸ダイヤがこぼれ落ちた。数十個の裸ダイヤは目もくらむような妖しい光に輝いていた。裸ダイヤを数えてみると六十個あった。どれほどの価値があるのか姜英吉には見当もつかなかったが、ボストンバッグの持ち主は宝石商にちがいないと思った。

姜英吉は宝石ケースと裸ダイヤの入った革袋と二千三百万円の現金をボストンバッグの中にもどしてファスナーを閉め、腕組みをしてじっと見つめた。動悸が高まり、額に汗がにじんでいる。これだけの金があれば、姜英吉のかかえている問題はすべて解決し、二十年は暮らしていけるだろう。何かの商売もできる。タクシー運転手になった当初から、姜英吉はいつまでも運転手を続けているつもりはなかった。いつか金を貯めて商売をやりたいと思っていた。小さな店もいいし、何かの会社を立ち上げるのもいい。マイホームを手に入れるのも夢ではないのだ。とにかくタクシー運転手からは足を洗って陸に上がりたい。酔客から雲助呼ばわりされ、底辺労働者として泥濘《でいねい》を這いずり回る重労働から解放されたいと思った。

姜英吉はボストンバッグを押入れの中に隠し、汚れた洗濯物をかぶせてカムフラージュした。とりあえず様子を見ようと考えた。しかし、様子を見るために数日が過ぎると、拾得物隠匿罪に問われるだろう。しばらく様子を見るということは、とりもなおさず猫ばばすることに他ならなかった。賭けだった。忘れ物をした持ち主が名乗り出た場合どうするのか。それは姜英吉の意思次第である。

姜英吉は灯りを消して部屋を出るとタクシーを運転して普段と同じように営業した。客が乗降するたびに姜英吉は後部座席に忘れ物はないかをチェックした。いまからでも忘れ物を警察か会社に届ければ遅くないと何度も自分に言い聞かせた。また営業している間、泥棒に入られたり、火事になったりするのではないかと気が気ではなかった。

帰庫時間が近づいていた。さまざまな不慮の事態を想定していた姜英吉は、帰庫前にもう一度部屋に帰ってボストンバッグを確認することにした。

アパートの前にタクシーを止めて降りたとき、新聞配達員とばったり出くわした。姜英吉はそ知らぬふりをきめ込んだが、顔を見られたので「まずい」と思い、部屋には行かず、すぐにタクシーを運転して走行した。そして美奈子とブランコに乗った公園の横にタクシーを止めて瞑目した。

いま頃ボストンバッグの持ち主はタクシーセンターに連絡して、東京中のタクシー会社に問い合わせをしているだろう。帰庫するとボストンバッグの忘れ物を訊かれるにちがいない。そのとき白《し》らを切り通せるだろうか。白らを切り通すためには覚悟を決めねばならない。罰を受ける覚悟である。

姜英吉はアクセルを踏んで車を発進させた。夜が明けかけている。二四六号線と世田谷通りの車の通行量は増えていた。帰庫すると運転手たちが洗車していた。

姜英吉は売上げを計算して事務所に入り、課長に日報を提出した。宿直をしていた寝不足の課長の顔がむくんでいる。課長は日歩合を計算して一万八千円をくれた。忘れ物の件を訊かれると思っていたが、課長は何も言わなかった。姜英吉は洗車を余禄のためのアルバイトにしている運転手に千円を渡して洗車を依頼すると、壊れかけているミニバイクで帰宅を急いだ。

夜明けの冷たい空気が鋭利な刃物のように頬を擦過する。課長はなぜ何も訊かなかったのか。ボストンバッグの落とし主は名乗り出ていないのか。それとも会社にはまだ情報が入っていないのか。二千三百万円の現金と高価な宝石類を落とした人間が名乗り出ないはずがない。一両日中に警察が捜査に乗り出すだろう。会社に拾得物の件を報告しなかった姜英吉は、すでに罪を犯しているのだった。

帰宅した姜英吉は真っ先に押入れの中のボストンバッグを確認した。革製の重厚なボストンバッグの不気味な存在感に姜英吉はあらためて圧倒された。そして二千三百万円の現金と宝石類を見て、姜英吉は息をはずませた。目もくらむような拾得物である。だが、ボストンバッグをいつまでも押入れの中に隠しておくわけにはいかない。すぐにでも警察が踏み込んでくるような気がした。どこに隠せばいいのか思い当る場所がない。

姜英吉は冷蔵庫から缶ビールを取り出し、万年床の上に胡座をかいて考えあぐねた。まず考えねばならないのは、警察に踏み込まれたときである。証拠がなければ逮捕されないはずなのだ。そのためにもボストンバッグは部屋に隠しておくわけにはいかなかった。

缶ビールを飲みながら一時間以上考えた姜英吉は一つの結論にたどりついた。別のアパートかマンションを借りて、その部屋に隠しておくことだった。あとは結論にしたがって行動あるのみであった。

姜英吉は昼まで睡眠をとることにして、目覚まし時計を正午に設定した。

チャイムが鳴った。眠っていた姜英吉の体はチャイムの音に敏感に反応してびくっとした。警察がきたと思った。姜英吉はあわてふためき、押入れからボストンバッグを出して窓から道路へ放り出そうとした。だが、窓の外にも警官がいると思いためらっているとまたチャイムが鳴り、

「わたし、美奈子です」

という声がした。

その声に姜英吉は全身から力が抜けて、その場にへたり込んだ。それから思い直したようにボストンバッグを押入れに隠し、玄関のドアを開けた。

玄関に入るなり、美奈子は姜英吉に抱きつき、

「わたし、姉さんとは一緒に住めない」

と泣き出しそうな声で言った。

「どうしたんだ?」

姜英吉は美奈子を抱きすくめて部屋に上げた。

美奈子はコートを脱ぐと疲れきったように万年床の上に体を投げ出し、憂いを含んだ大きな瞳で姜英吉を見た。姜英吉を求めているようだった。

姜英吉も横になって美奈子の柔らかい体を抱き、

「どうしたんだ?」

と訊いた。

「あの男が二日に一度の割り合いで泊っていくの。そのたびにわたしに手を出そうとするのよ。姉はそれを見て見ぬふりをしてる。むしろ姉は男をけしかけているような気がする」

美奈子の話がどこまで本当なのか姜英吉には判断しかねたが、深刻な状態のようであった。

「別のアパートを借りるまで、わたしをここに泊めてほしいの。お金がないから、いますぐアパートは借りられないけど、お金を貯めて、二ヶ月後にはアパートを借りるわ。あなたに迷惑はかけない。いいでしょ?」

姜英吉は思案した。一刻も早くボストンバッグを別の場所に移さなければならないが、美奈子の切実な頼みをむげに断ることはできなかった。もしかすると美奈子の前で警察に逮捕されるかもしれないのだった。

姜英吉はボストンバッグを隠しておきたい場所を探そうとしているし、美奈子はアパートの部屋を借りたいと思っている。その点では二人の利害は一致していた。アパートの部屋を借りて、そこにボストンバッグを隠しておいても人が住んでいない部屋は不審がられるだろう。空巣に狙われる可能性も高い。

姜英吉に抱かれている美奈子の目から涙がこぼれている。

「どうして泣いてる?」

「凄く寂しいの。ときどき死にたいと思ったりする。でも、あなたに抱かれていると気持が落着くわ。あなたの体は暖ったかい」

姜英吉にしがみついているか細い美奈子がいとおしくなるのだった。

「美奈子、相談がある」

姜英吉は何か真実でも探すように美奈子の目を喰い入るように見た。

「相談って?」

美奈子は涙を拭って訊いた。

「秘密を守れるか。おれとおまえだけの秘密だ」

奇妙なことを言いだす姜英吉を今度は美奈子がまじまじと見つめた。

「秘密って、どんな秘密?」

「おれを信じるか?」

何も聞かされずに信じるか、と言われて美奈子はなにがなんだか、わけがわからなかったが、「うん」と頷いた。

姜英吉は起き上がり、押入れの中から革製の黒いボストンバッグを取り出した。

「なんなの?」

美奈子は好奇心にかられている。

姜英吉はボストンバッグのファスナーを開けて中から二千三百万円の現金と三個の宝石ケースと革袋を出して万年床の上に並べた。

「凄い! 目がくらみそう!」

美奈子は百万円の札束をおそるおそる手に取り、宝石ケースの蓋を開け、革袋の中の裸ダイヤを掌にこぼした。

「わたしの手が震えてる。こんな凄いお宝を見たのははじめて」

美奈子は声まで震えていたが、涙をこぼしていた大きな瞳は欲望に満ちていた。

「どうしたの、こんな凄いお宝……」

欲望に満ちていた瞳が猜疑の色に変わった。

「タクシーの中の忘れ物だ」

「忘れ物？　どうする気なの。警察か会社に届け出なくちゃ」

「迷ってる。昨日届け出ていれば問題はなかったが、いま頃届け出ると拾得物隠匿罪に問われる。落とし主はまだ名乗り出てないんだ」

「そんなことないわよ。これだけの落とし物だもの、名乗り出ないはずがないわ」

だが、落とし主が名乗り出ていようといまいと姜英吉にとって同じことだった。法的には七日以内に届ければいいことになっているが法的な知識のない姜英吉は、すぐに届けなかったので罪になると思っていた。

「ポストから新聞を取ってこい」

姜英吉に言われて美奈子は玄関のポストから朝刊を取ってきた。その朝刊に二人は隅から隅まで目を通したが、それらしい記事は見当らなかった。

「おかしいわね」

記事が見当らないということは落とし主が届け出ていないということである。

姜英吉はテレビを点けた。ちょうど昼のニュースの時間だった。二人はテレビの画面を喰い入るように見ていたが、落とし物のニュースはなかった。

「何か事情があるのかしら」

美奈子は、その事情に想像力をめぐらせていたが、

「わたし、タクシーで渋谷まで行っていろんな新聞を買ってくる」

と言って部屋を出た。

四十分後、美奈子は六社の新聞を買ってきた。そして二人で新聞を限なく読んだが記事は出ていなかった。

「これで決まりだ。落とし主が届け出ようと届け出まいと関係ない。おれの考えはこうだ。おまえはいまから不動産屋を回って今日中に部屋を探し、明日にでも引越しをしろ。そしておまえの部屋にボストンバッグを隠しておく。そのうち『二十一世紀』を辞めるにしても、すぐには辞めるな。おれも仕事は続ける。美津子には絶対に言うな。誰にも気付かれないようにしろ」

美奈子はおじけづいている様子だったが、

「部屋を探せってことは、保証金を出してくれるんですか」

と言った。

「この金を使う。このお宝はおれたちの物だ。ただし、おれの諒解なしに勝手に使うな」

美奈子にボストンバッグを預けて、はたして安心できるのか。美奈子がボストンバッグを持って雲隠れしないとも限らない。しかし、一刻の猶予もない姜英吉に選択の余地はなかった。

姜英吉が百万円の札束の封を切って五十万円を美奈子に手渡すと、

「わたし、お願いがあるの」

と美奈子が姜英吉の顔色を見ながら言った。

「借金があるの。毎月少しずつ返済してるんだけど、利息が重なって増え続けてるの」

「借金……いくらあるんだ」

姜英吉にも大阪での借金と東京にきてからできた借金がある。とりあえずサラ金の借金を返済しようと考えていた。

「二百五十万円」

「二百五十万！　どうしてそんなにあるんだ」

姜英吉の東京での借金の二倍近い借金である。

「姉さんに頼まれて借りているうちに増えてしまったの。姉さんはたぶん、あの男にお金を渡してると思う。あの男から要求されるたびに姉さんはわたしにお金を借りてくるよう命令するのよ。何度も断ったけど、抵抗できなかった」

美奈子は涙声で訴えるのだった。

美奈子をどこまで信用していいのかわからないが、ことここにいたって拒否はできなかった。毒を喰らわば皿までであった。

「わかった。しかし、また美津子から要求されたらどうするんだ」

「断るわ。姉さんもわたしがこれ以上、借金できないのは知ってるわ」

美奈子は断固とした口調で言ったが、拾得物の現金に手をつけてしまったいま、今後もなし崩しに手を出していくのではないかと思った。

姜英吉は騙されているかもしれないと思いながら、美奈子に二百五十万円を渡すと、美奈子は満面の笑みを浮かべた。

13

「これで肩の荷が下りて楽になるわ。これからサラ金にお金を返済して、部屋を探してくる」

美奈子は嬉々として三百万円をバッグに入れると部屋を出た。

美奈子が部屋を出たあと、姜英吉は軽率だったと後悔した。自分で部屋を借り、その部屋にボストンバッグを隠しておくべきだったと思った。だが、誰も住んでいない部屋に大金と三個の宝石ケースとダイヤを隠してときどき様子を見に行くのは、かえって周囲の者に不自然な印象を与える。またもし火災が発生して焼け跡からダイヤが出てくるとおしまいである。やはり美奈子にボストンバッグを預けるのが正解ではないのか。美奈子を信用する他なかった。姜英吉は引き返すことのできない地点にきてしまったと思った。

姜英吉は二百万円を持って部屋を出ると通りでタクシーを拾い、五反田と渋谷に行ってサラ金の借金を清算した。それからデパートで、旅行カバンを購入して部屋に帰り、黒い革製のボストンバッグに入っている現金と宝石ケースとダイヤを入れ替えた。問題は黒い革製のボストンバッグの処分だった。安易には捨てられなかった。ボストンバッグの中に石を入れて川か海に捨てるか、こまかく切り刻んでゴミとして捨てるか、あるいはどこかに埋めるしかない。

姜英吉はふたたびタクシーでデパートに赴き、鋏《はさみ》を買ってきた。そしてボストンバッグをこまかく切り刻み、新聞紙に包んでポリ袋に入れ、ゴミとして処分することにした。鋏でボストンバッグを大部分切り刻み、底だけが残ったとき、はじめてボストンバッグの底が二重になっていることに気付いた。中に何かが入っている感じだった。姜英吉はカッターナイフで縫い目の糸を慎重に切って表皮をはがすと、中から十センチ四方のポリ袋に包まれている白い物体が現れた。直感的に麻薬だと思った。姜英吉の背筋に戦慄が走った。落とし主が名乗り出ないのも当然である。

姜英吉はあわてて表皮をかぶせて部屋を見回した。もちろん誰もいないが、誰かに見られているような気がした。心臓が高鳴っている。姜英吉はあらためて大変な物を拾ってしまったと思った。警察へ届け出るにしてもすでに四百万円以上使っている。いまさら警察に届け出るわけにはいかない。どうしよう……。姜英吉の頭は混乱した。姜英吉は美奈子が帰ってくるのを待った。

だが、午後一時に部屋を出た美奈子は夜の七時を過ぎても帰ってこない。何をしているのだろう。待ちきれなくなった姜英吉は美奈子の携帯に電話を掛けたが、例によって留守番電話だった。三百万円を持って部屋を出た美奈子は帰ってこないつもりだろうか？　姜英吉は疑心暗鬼だった。重大な秘密を共有している美奈子の軽率な言動は命とりになりかねない。美奈子の言動を律するためにも麻薬の存在を知らせておく必要があると考えた。

姜英吉は万年床の上に胡座をかき、テレビを観ながら缶ビールを飲みはじめた。テレビから何か新しい情報が流れてこないか注視していた。

置時計の針は午後九時を指している。何の連絡もない美奈子に姜英吉はいらだちを覚えた。おれを裏切るつもりなのか。美津子と連絡を取って何かを示め し合わせているのではないのか。後悔先に立たずというが、美奈子に金を渡すのではなかったと姜英吉は自分を責めた。

携帯電話が鳴った。美奈子からだった。

「遅いやないか。いままで何してたんや。いまどこにいる?」

いらだっていた姜英吉はつい声を荒だてた。

「部屋を借りて、引越してたのよ」

「引越してた……?」

「あなたが今日中に部屋を借りて引越せって言ったでしょ。だから、わたしは必死で今日中に引越せる部屋を探したのよ」

自分が一生懸命部屋を探して引越しをしてるのに、声を荒だてる姜英吉に美奈子は反発していた。

「どこに引越したんだ」

「祐天寺、あなたの部屋から歩いて十五分くらい。自転車だと十分もかからないと思うの」

「わかった。いまからそこに行く。どこかで落ち合おう」

「祐天寺の駅前で待ってるわ」

姜英吉はようやく落着きをとりもどし、旅行カバンを持って部屋を出るとタクシーで祐天寺駅前に行った。

大きな買い物袋を提げた美奈子が待っていた。二人は黙って歩きだした。美奈子が借りたマンションは祐天寺駅の裏にあった。駅から徒歩で三分の近さだった。古い三階建てのマンションだが、周囲は閑静で悪くない環境だった。

エレベーターがないので、二人は三階まで歩いて昇った。角部屋で、六畳一間に三畳の台所とバス・トイレがついていた。家具類は何もなかったが、前に住んでいた住人のカーテンが残っていた。暖房のないがらんとした部屋は冷えびえとしている。

「一応、掃除したわ。明日、石油ストーブと布団とタンスを買ってくる」

美奈子は嬉しそうに言った。

台所とバスとトイレを見た姜英吉は、

「一人暮らしにはちょうどいいな」

と言った。

そして座り直し、旅行カバンを開け、ポリ袋に包まれている白い物体を見せて、

「これは何だと思う？」

と言った。

白い物体を不思議そうに見ていた美奈子が、

「もしかして麻薬じゃないの？」

と眉をひそめた。

「その通り。麻薬だ。ボストンバッグの底に隠してあった。だから落とし主は名乗り出なかったんだ。落とし主はたぶん、暴力団関係にちがいない」

「暴力団関係……もし見つかったらどうなるの？」

美奈子はとたんに怯えた。

「金は四百万円以上使ってるし、もし見つかったら、ただではすまない」

「殺されるの？」

「そうだな、リンチを受けて、殺されるかもしれない」

姜英吉は、実際、そう思った。

「どうすればいいの。お金を借り直して、警察に届け出た方がいいんじゃない」

美奈子は青ざめている。バッグから取り出した煙草に火を点けようとしている手が震えていた。

「もう遅い。十万や二十万ならどこかで貸してくれるかもしれないが、まとまった大金は貸してくれない。おれは金を借りたくない。借金に追われるみじめな生活はしたくない。まだ千九百万円と宝石類がある。誰にも気付かれないようにするんだ。この部屋に隠しておくのは危険だ。どこか別の場所に隠そう」

現金と宝石類を隠すために借りた部屋も危険だという。

「せっかく部屋を借りたのに、もう解約するの」

姜英吉の考えがめまぐるしく変るので、美奈子は動揺した。

「おまえはこのまま住み続けろ。だが、現金と宝石類はどこか別の場所に隠す」

美奈子の部屋に隠そうと考えたが、やはり危険だと判断した。

「どこに隠すの。麻薬も一緒に隠すの」

「麻薬は処分する。持ってるとろくなことがない」

「ゴミとして捨てれば」

「駄目だ。ゴミとして捨てると清掃員に見つかる可能性がある。よくあるだろう、集めたゴミを焼却しようとしたとき、捨てられていた現金を見つけたというニュースが。麻薬をポリ袋に入れたままゴミとして捨てると、そういうことが起こる可能性がある」

「じゃあ、どうするの」

美奈子は心配そうに訊いた。

少し考えていた姜英吉は麻薬の入ったポリ袋を四、五袋持ってトイレに行った。そしてポリ袋を破って麻薬を便器に捨て、水を流した。

「下水に流してしまえば誰にもわからない」

そう言って姜英吉はポリ袋をつぎからつぎへと破って麻薬を便器に捨て、水で流してしまった。

「これで片がついた。ポリ袋はゴミとして捨てても大丈夫やろ」

問題は現金と宝石類である。

姜英吉にある考えが閃いた。

「現金と宝石類は墓場に隠す」

姜英吉の奇抜なアイディアに美奈子は驚いて、

「墓場？　墓場って、どこの？」

と思わず訊き返した。

「『二十一世紀』の前の墓場だ。あの墓場の奥に大きな樹がある。その樹の下に隠しておく。あそこなら誰にも気付かれないはずだ。このことを知っているのはおれとおまえだけだ。おれたちは共犯だ。運命共同体だ。このことが他の人間にわかると、おれたちは破滅する。美津子には絶対に言うな。美津子は何でも独り占めしようとする」

　姜英吉は美奈子をそっと抱いた。

「わたし、怖い。これからどうなるの」

「先のことは誰にもわからない。おまえはおれの言うことを聞いていればいいのだ。おれが運命を切り開いてみせる」

　姜英吉は美奈子を安心させるために力強く言った。だが、姜英吉も不安だった。

　その日、美奈子は姜英吉の部屋に泊った。そして翌日、姜英吉は出勤し、美奈子は石油ストーブや布団やタンスを買いに出掛けた。

　営業の途中、姜英吉は「二十一世紀」の前の墓地の近くにタクシーを止めた。午後三時頃の墓地の周辺は人がほとんどいなかった。

　塀に囲まれた墓地は背伸びすると中が観察できた。姜英吉は塀沿いを歩きながら、ときどき背伸びして大きな樹木のある場所を素早く観察した。雑草が生えていると、寺の住職や墓参にきた人によって手入れされ、掘り起こされる恐れがあったが、樹木の周りに雑草は生えていなかった。樹木の根が土の養分を吸収しているからだろう。

　姜英吉は東急ハンズに行き、油紙、黒のビニール袋、ナイロン製のロープ、園芸用のスコップ、三段の脚立を購入した。そして午前二時頃、美奈子の部屋で、黒いビニール袋に現金と宝石類を入れ、それを油紙で三重に包み、ロープで縛ってさらに黒いビニール袋に入れてロープで梱包した。

「これで大丈夫だ。水がしみ込んでも、当分もつ」

姜英吉と美奈子はタクシーで墓地に赴いた。午前一時に閉店している「二十一世紀」の看板は店内に入れられ、地下への入口にはシャッターが降ろされている。墓地に沿って五十メートル間隔で立っている街灯は薄暗かった。あたりは深閑として人影はまったくない。

姜英吉は車のトランクからロープをつないだ脚立を出し、塀の前に置くと美奈子を上がらせて墓地に入れ、続いて姜英吉も脚立を利用して塀に上がるとつないでいたロープを引っ張って脚立を吊り上げ、墓地の中に入れた。そして足元に懐中電灯を照らして樹木の場所に向った。深夜の墓場は薄気味悪かった。

「わたし、以前、店が終って外に出たとき、なにげなく墓場の中を背伸びしてのぞいたことがあるの。そしたら、樹のあたりに白い衣類を着た人を見かけたような気がした。あのときは幽霊かと思った」

小声で呟きながら美奈子はおそるおそる歩いている。

「くだらんことを言うな。黙って歩け」

周囲に注意を払いながら、姜英吉は樹木の場所へきた。それから姜英吉はスコップで土を掘りはじめた。できるだけ深く埋めようと考えていた姜英吉は黙々と掘り続けた。思っていたより土は柔らかかった。どのくらいの時間を掘ったのか、気がつくと七、八十センチほど掘っていた。

「もういいんじゃない」

美奈子が小声で言った。

「もう少し掘る」

姜英吉はさらに掘り続けると、スコップの先に何かが当った。何だろう？　石かもしれないと思いながら姜英吉は、その硬い物を取り除こうと掘っていくと布のような物が出てきた。

懐中電灯を照らしていた美奈子が、

「なんなの？」

と訊いた。

姜英吉は布のような物を引っ張った。すると布のような物がほどけ、ちぎれて中から白い物体が見えた。その白い物体を持ち上げた姜英吉は仰天した。白骨化した人間の腕だった。

「うわっ！」

姜英吉は喉の奥で叫んだ。

美奈子も「あーっ」と小さな叫びを上げた。

姜英吉は穴から飛び出し、あわてて土をかぶせた。

美奈子は腰を抜かして震えている。

「懐中電灯をちゃんと照らせ」

穴を埋めている姜英吉の手も震えていた。

穴を元通りに埋めた姜英吉が足跡を残さないよう上衣《うわぎ》で消しながら塀まできて墓地の外へ出ると二人はタクシーで逃走した。

姜英吉は心臓が破裂しそうだった。よりによって樹木の下に死体が埋められていたとは信じられないことだった。

「わたしが見たのは、やっぱり幽霊だったのよ。樹の下に埋められていた死体がわたしに合図を送ってたのよ」

美奈子は体を硬直させ、金縛り状態になっている。

「馬鹿なことを言うな。おれはT霊園で幽霊を見たと思ったが、幽霊じゃなかった」

「じゃあ樹の下の死体はなんなの?」

「誰かが誰かを殺して埋めたんだ。おまえが見た白い服を着た奴は、埋めたあとの状態を調べにきたんだ」

姜英吉の部屋にもどった二人は床の上に倒れて息をはずませた。動悸がおさまらない。白骨体の腕を摑んだ感触が姜英吉の手に残っていた。姜英吉は石鹸で両手をこすりつけて洗った。

それから姜英吉は帰庫して売上げを精算して部屋にもどった。美奈子は電気コタツに入り、体を丸めて眠っていた。疲れ果てた姜英吉も電気コタツに体を半分入れて眠りについた。しかし眠れなかった。墓地の樹木の下に埋められていた死体は誰だろう。世の中には投げ捨てられ、埋められ、誰にも発見されず腐るにまかせて白骨化している死体があちこちにあるのかもしれない。そう思うとぞっとした。

美奈子が先に起床して新聞を読んでいた。新聞を読む習慣のない美奈子が真剣な眼差しで新聞を読んでいる。

「何か載ってるか」

目を覚ました姜英吉が訊いた。

「また子が親を殺してる」

別に珍しくもない記事だった。

「親殺し、子殺し、兄妹殺し、意味もなく、誰かが誰かを殺し、殺され、いまや殺し合いの世の中だ。おれたちも覚悟をしておいた方がいいかもしれない」

「おれたちって、どういう意味?」

美奈子が疑り深い目をした。

「何が起こってもおかしくないと言ってるんだ」

姜英吉が猿臂を伸ばして座っている美奈子の腰を引き寄せた。

「駄目よ。メンスが始まったの」

美奈子は拒否した。

「いいじゃないか。ほら、こんなに勃起してるんだ」

姜英吉は美奈子に勃起しているペニスを握らせた。

「オシッコしてきなさいよ。そしたら収まるから」

美奈子は姜英吉の手を払いのけて立ち上がると台所に行って水を飲み、

「おなかが空いた。何か食べに行こうよ。一時過ぎなのよ」

と言った。

姜英吉はけだるい体を起こしてトイレで用を足し、服を着ると言った。

「おまえは預金通帳を持ってるだろう。おまえの口座に金を預けよう。通帳とカードはおれがどこかに隠しておく」

「いつも数千円くらいしかない口座に、いきなり大金を預けると怪しまれるんじゃない？」

通帳とカードを姜英吉に預けるのに不服な美奈子は抵抗したが、一千九百万円の現金を隠しておく場所がない以上、銀行に預けるのもやむを得ないと思った。

「大丈夫、銀行にとって一千万や二千万くらいはたいした金額じゃない」

二人は近くの中華店で食事をすませて部屋にもどると、さっそく一千九百万円を紙袋に入れて銀行へ出掛けることにした。

「あと五十万円欲しいんだけど」

銀行に預けると当分、引き出せなくなるので、美奈子はまたしても金を要求した。

「昨日は雑貨類を買ったけど、冷蔵庫、洗濯機、テレビを買いたいのよ。いいでしょ。だって生活必需品でしょ」

美奈子は甘えるような、すねるような声で姜英吉に言い寄った。

冷蔵庫、洗濯機、テレビは確かに生活必需品だった。姜英吉は仕方なく五十万円を手渡しながら、

「これが最後だからな。おまえはおれの倍以上の金を使ってる」

と嫌味を言った。

「わかってる。でも……」

と美奈子は言葉を途切らせた。

「でも、何だ」

「お店に行きたくないの。だって墓場に死体が埋められてるのよ。怖くて店に行けない。別の店に勤める」

美奈子は怯えていた。

「駄目だ。目と鼻の先の墓場に死体が埋められているからこそ出勤しないと怪しまれる。いつものように素知らぬふりをして店に出るんだ。おれもときどき店に行く」

「姉さんが出勤してきたらどうするの。わたしがどこに住んでいるのか追及されるわ」

「おれと一緒に住んでいると言え」

「そう言ってもいいのね」

「そう言うしかないだろう」

だが、美奈子は姉の美津子にまだ未練を残している姜英吉の言葉を信じていなかった。

「姉さんに誘われたら、どうするの」

「美津子はもうおれを誘ったりはしない」

姜英吉は美奈子の猜疑心を否定した。

「姉さんはあなたを誘うと思う。わたしからあなたを奪おうとするわ、きっと」

「どうしておまえは、そんなふうに考えるんだ。おれを信じないのか」

おれを信じないのか、という言葉が姜英吉の胸の中で空しく響いた。なぜなら、美津子に誘われると断る自信がなかったからだ。

姜英吉の表情をじっと見ていた美奈子が、

「わかったわ。出勤する」

と言った。

姜英吉は美奈子の機嫌をとるように、

「一緒に電化製品を買いに行こう」

と言った。

二人はタクシーで渋谷に出た。街には人が溢れている。特に若者が多い渋谷の繁華街は華やかだった。姜英吉と腕を組んで散策している美奈子の顔に笑みがもどっていた。懐にはお金がたっぷりある。欲しい物はなんだって買えるのだ。

美奈子は一千八百五十万円入っている紙袋を提げて銀行に入った。美奈子が入金の手続きをしている間、姜英吉は喫茶店で待った。美奈子と一緒に銀行に入らなかったのは、監視カメラを避けるためだった。

姜英吉は煙草をふかしながら美奈子を待った。三十分が過ぎてもこない。腕時計を見ると午後三時五分前だった。銀行の閉店時間は三時である。何をしているのだろう？　何か問題があったのだろうか？　姜英吉は喫茶店の入口に視線を集中して美奈子を待った。

やがて美奈子が店に入ってきた。合図を送ると美奈子が姜英吉のテーブルにきて前に座った。そして従業員がお冷《ひや》とオシボリを出して注文を受けて去ると、美奈子はバッグから預金通帳とカードを出して姜英吉に差し出した。姜英吉は預金通帳を開いて見た。預金通帳には残高一千八百五十一万二千円が記入してあった。美奈子の預金は一万二千円しかなかったのだ。

「一万二千円しかなかったのか」

姜英吉が言うと、

「そうなの。可哀相でしょ。わたしって、凄く貧乏なの」

と美奈子は自分を哀れみながら言った。

「時間が長かったけど、何か問題はなかったか」

一万二千円しか残高のない口座にいきなり一千八百五十万円が入金されたので、銀行員に不審がられたのではないかと心配していたのだ。

「時間がかかったのは、別の銀行にわたしの預金通帳を作ったのよ。だって、この通帳は使えないんでしょ」

そう言って美奈子はT銀行の新しい預金通帳を見せた。その新しい預金通帳を見ると、二十万円が記入されていた。

「カードがないと不便だもの。そうでしょ」

K銀行の預金通帳とカードを姜英吉に取り上げられた美奈子が不便になるのは明らかだった。したがって、美奈子が別の銀行で新しい口座を開設して、カードを発行してもらうのを認めないわけにはいかなかった。

「お金は銀行に預けたけど、宝石類はどうするの?」

宝石類もどこかに隠さなければならないが、どこに隠すのか、美奈子は気になっていた。

「宝石類はおれが適当な場所に隠す。おまえは知らない方がいい」

「どうして知らない方がいいの」

「もしものとき、おまえは知らない方がいいと言ってるんだ」

「もしものときって?」

「警察に踏み込まれたり、落とし主が現れたりしたときだ」

美奈子は姜英吉が宝石類を独り占めしようとしていることに不満だった。

「換金の方法は、おしまいだわ。宝石類を換金できる方法があるの?」

「じゃあ、隠しておいても意味がないじゃない」

「そのうち考える」

姜英吉は話を打ち切り、伝票を持って席を立った。

喫茶店を出た二人は「ビックカメラ」に向った。信号が青に変ると、人々はいっせいに横断歩道を渡りはじめる。それは岸へ打ちよせる波のようだった。二人が群衆にもまれながら信号を渡ったとき、美奈子が姜英吉の上衣の袖を引いて物陰に隠れ、

「姉さんだわ」

と言った。

姜英吉が美奈子の視線の先を見ると、男と腕を組んで群衆の中を歩いている美津子がいた。

「あの男が旦那か」

と姜英吉が訊いた。

「ちがうわ。知らない男よ」

美奈子の目が美津子の行方を追っている。

三鷹で美津子が一緒に歩いていた男と、いま目の前を歩いている男が同一人物なのか、姜英吉には判断できなかった。それにしても、渋谷の街で美津子と出くわすとは驚きである。男と腕を組んでいる美津子の姿は妖艶だった。

「今日は帰りましょ。明日、出直すわ」

美奈子は美津子と出くわしかねないと思って、止まっているタクシーに乗った。

「美津子は何人の男とつき合ってるんだ」

姜英吉は憮然として言った。

「わからない。姉さんが何人の男とつき合おうといいじゃない。あなたには関係ないでしょ」

嫉妬しているのか、憮然としている姜英吉の態度に美奈子は水を差すように言った。

「美津子に男がいるのを旦那は知ってるのか」

「知ってると思うわ」

「旦那は何も言わないのか」

「だから暴力を振るうのよ」

「どうして二人は別れないんだ」

「別れたくないからよ」

「別れたくない？　どうして別れたくないんだ」

「どうして、どうしてって訊かないでよ。あなたが直接、姉さんに訊いてみれば。姉さんに未練があるんでしょ」

美奈子は車の中でヒステリックに言った。タクシー運転手がバックミラーで後部座席の二人をのぞいている。

姜英吉は黙った。

「答えられないでしょ。どうせわたしは姉さんの代りなのよ」

「そういう言い方はやめろ」

「どういう言い方ならいいの」

「自分をおとしめるのはやめろと言ってるんや」

二人の間に気まずい雰囲気が漂った。

姜英吉のアパート前でタクシーを止めた運転手が、

「着きました」

と告げた。

姜英吉はタクシーを降りたが、美奈子は、

「わたしはマンションに帰ってから店に出ます」

と言ってタクシーを走らせた。

部屋にもどった姜英吉は万年床に仰臥して思案した。宝石類をどこに隠すかであった。六畳一間の部屋の中に隠す場所はない。最適だと思った墓場の中の樹木の下には死体が埋められていた。なんともおぞましい限りである。

姜英吉はうたた寝をした。そしてふと目を覚ますとあたりは暗くなっていた。姜英吉は暗がりの中でしばらく瞑目していたが、むっくり起きると灯りを点け、置時計を見た。午後七時だった。姜英吉は外に出て部屋の前に止めてあるオンボロミニバイクの座席を開け、ヘルメットを取り出して部屋にもどった。それからダイヤの入った革袋だけをヘルメットの裏にガムテープでしっかり張りつけ、ミニバイクにもどした。われながらグッドアイディアだと姜英吉はほくそえんだ。廃棄してもよさそうなオンボロミニバイクの座席の下のヘルメットの裏に数十個のダイヤがあるとは誰も思わないだろう。ダイヤ以外の宝石はかさばりどのみち換金できないと考え、どこかに捨てることにした。

14

姜英吉は近くの中華店で食事をとって、帰りに酒屋で缶ビールを六本買った。台所にはビールの空き缶が数十本並べてあり、シンクの中はインスタントラーメンや焼きそばの発泡スチロール容器が山と積まれている。その発泡スチロール容器の隙間に大きなゴキブリが這っていた。姜英吉は洗剤をゴキブリめがけて噴射したが、ゴキブリは発泡スチロール容器の陰に素早く逃げる。姜英吉は発泡スチロール容器をかきわけゴキブリを追い出して洗剤をかけた。洗剤を浴びたゴキブリはたまらずあがき、狂ったようにシンクの壁を駆け上がって逃げようとしたが、洗剤をかけると、ずるずると落ちて排水口の中へもぐり込もうとする。だが、排水口の小さな穴から逃げることはできなかった。姜英吉は容赦なくゴキブリに洗剤を浴びせる。洗剤の毒を全身に浴びたゴキブリは必死で足をもがかせ空《くう》を掻きむしっていたが、やがて力つき足をゆっくり伸ばして死んだ。そして視線を転じたとき、壁に大きなゴキブリが止まっていた。姜英吉は洗剤をゴキブリめがけて噴射すると、ゴキブリは大きく羽ばたき、姜英吉の頭上を越えて反対側の壁に止まった。広い空間を逃げ回るゴキブリを洗剤で仕留めるのは難しいと考えた姜英吉は新聞紙を丸めて叩き潰すことにした。その意図を知ったのか、ゴキブリはまたしても羽ばたいて飛び、換気扇の隙間から外へ逃げてしまった。ゴキブリに逃げられた姜英吉はシンクの中に死んでいるゴキブリを確めた。ところがあれだけ大量の洗剤を浴びて死んだはずのゴキブリはいなかった。姜英吉は発泡スチロール容器をかきわけゴキブリを探した。だが、ゴキブリの姿は見つけられなかった。壁に止まっていたゴキブリは、死んだと思っていたゴキブリではないのか。シンクの中のゴキブリと壁に止まっていたゴキブリが同じゴキブリとは思えないが、ではシンクの中のゴキブリはどこへ消えてしまったのか？　あれだけ大量の洗剤を浴びて死んだと思われたゴキブリが蘇生して逃げるとは、恐ろしい生命力である。

姜英吉はゴキブリ探しを諦め、万年床の上に座ってテレビを点け、缶ビールを飲みはじめた。ダイヤはミニバイクの座席の下のヘルメットの中に隠したが、三つのケースに入っている宝石類の処分を考えていた。明日にでも橋の上から川に捨てるのがてっとり早い方法だが、どこの橋から捨てるのがいいのか迷った。東京にはいくつもの橋がある。タクシー運転手の姜英吉は多くの橋を知っているが、どの橋から捨てるのがいいのか選択に苦慮した。多摩川は水深が浅く、橋も意外と少ない。隅田川にかかっている橋は交通量が多く、深夜でも誰かに見られる可能性があった。山中に埋めることも考えたが、適当な場所が思い浮かばなかった。

そして姜英吉がもっとも恐れているのは、落とし主が現れることだった。落とし主がボストンバッグを忘れたタクシーを探そうと思えば探せないことはない。都内のタクシー会社を徹底的に洗い出せば、姜英吉が乗務していたタクシーを見つけることはできるはずだった。ただボストンバッグに入っていた麻薬が、落とし主にとって懸念材料であった。ボストンバッグをとりもどそうとして警察に逮捕されかねないからである。落とし主はそれを警戒してボストンバッグを探すのを諦めているのではないのか？　姜英吉はそう解釈していた。

　金はすでに四百五十万円使っている。残りの千八百五十万円をいつまでも銀行に預けておくのが、はたして安全なのか。これからも美奈子が金をせびってくるにちがいない。その前に金を有効に使う方法を早急に考えねばならないと姜英吉は焦った。だが、何に使えばいいのかわからなかった。

　姜英吉は同じ思考の回廊をめぐりながら缶ビールを五本空けていたが、ふと置時計を見ると午前二時を過ぎていた。「二十一世紀」の閉店時間はとっくに過ぎている。美奈子は何をしているのか。マンションに帰ったのだろうか。姜英吉は六本目の缶ビールを冷蔵庫に取りに行った。すると冷蔵庫の前にゴキブリが仰向けになって死んでいた。大量の洗剤を浴びせられたゴキブリは、苦しみ、もがき、生きのびようと這いずり回って冷蔵庫の前で死んだのだろう。姜英吉が死んだゴキブリを掴むと、ゴキブリはまるで乾燥したパン屑のように壊れた。ゴキブリを叩くと、体から生まなましい内臓が飛び出してくるが、その内臓も完全に乾燥して、あと形もなく壊れた。姜英吉がばらばらになったゴキブリの死骸を新聞紙に包んでゴミ入れに捨て、冷蔵庫から缶ビールを取り出したときチャイムが鳴った。美奈子だと思いドアを開けると美津子が立っていたのでどきっとした。美津子の後ろに隠れるように美奈子がいる。

「久しぶり。今日はお店で美奈子と一緒だったものだから、寄ってみたの」

　美津子は勝手に靴を脱いで部屋に上がった。そのあとから、美奈子がおずおずとついてきた。

　美津子は部屋に上がるとコートを脱ぎ、万年床の上に座って電気コタツの中に脚を伸ばした。

「今日はずっと踊り続けたので疲れたわ」

美津子は甘ったるい声で腰をそって姜英吉の歓心を買うようなしなをつくった。美奈子はコートも脱がず、電気コタツと窓の間の狭い場所に座って黙っていた。

まさか美奈子が美津子と一緒に部屋にくるとは思っていなかった姜英吉はいささか狼狽したが、平静を装って美津子の隣に座ると缶ビールを飲んだ。姉妹の間に挟まれて居ごこちの悪い姜英吉は逃げ出したい気持だったが、電気コタツに入れた姜英吉の脚に美津子の脚がからみついてきた。そして美津子は美奈子から見えないように電気コタツの掛け布団を少しずらして姜英吉のズボンの上からペニスを握った。姜英吉のペニスはたちまち勃起した。美津子は涼しい顔をしている。

「美奈子がダイヤで縁どられたエメラルドの豪華な指輪をはめていたので驚いたわ。あなたに買ってもらったと言うけど、その日暮らしのあなたが豪華な指輪を買えるとは思えないし、詳しく訊いてみると、タクシーの乗客が忘れていったボストンバッグの中に二千三百万円の現金と数十個の裸ダイヤと宝石類の入ったケースが三つもあったんですってね。麻薬もあったらしいわね。普通の人の忘れ物じゃないと思うわ。だから警察に届けてないのよ。警察に届けていたら、新聞やテレビのニュースで報道されてるはずだわ」

美奈子は何もかも姉の美津子に喋っていた。

窓際に座って美津子の話を聞いている美奈子はかなり落ち込み、自己嫌悪に陥っているようだった。

「おまえには関係ない」

姜英吉が言った。

「どうして？　美奈子にはお金と指輪をあげて、わたしには何もくれないって言うの。そんなの不公平よ。あなたはわたしと妹をもてあそんでるのよ。わたしをもてあそんでおいて、関係ないとは言わせない。わたしだって分け前をもらう権利はあるはずよ。あなたが妹を好きになるのはいいけど、あなたはわたしが嫌いになったの？　はっきり言って。わたしはあなたが好きよ。いいじゃない、姉妹が一人の男を好きになっても。よくあることよ」

美津子が自分の立場を自己合理化しようとしているのはわかっていた。美奈子は姉の美津子の身勝手な言い分をうつむいたまま黙って聞いていたが、いまにも泣き出しそうな表情をしていた。

美津子はズボンの上から姜英吉のペニスを巧みにもんでいる。姜英吉にとってそれは拷問にも等しかった。

「お願い、わたしにもお宝を見せてちょうだい。欲張ったことは言わない。妹と同じでいいのよ。そうすれば、わたしは絶対に他言しないから」

分け前をくれないときは他言すると脅迫しているのだった。

姜英吉は美奈子を責める気はなかった。美奈子に他意はないのだ。それにしても美奈子が指輪を盗んではめているとは知らなかった。

美津子の華奢な指で巧みに攻め続けられている姜英吉は苦悶の色を浮かべ、たまらず射精した。美津子の唇に勝ち誇ったみだらな笑みがこぼれた。美津子の巧みな指の操作に抵抗できなかった姜英吉は敗北感を味わった。

「わかった。おまえにも美奈子と同じ程度分配する。ただし、何かあったときは共犯になる。そのことを忘れるな」

「もちろんよ。わたしは喜んで共犯者になるわ」

共犯者になることは、むしろ好都合といわんばかりであった。

姜英吉はトイレに入ってトイレットペーパーで射精した精液を拭いて出てくると、押入れに隠してあったケースを取り出して美津子に見せた。ケースの蓋を開けて宝石類を見た美津子は、

「うわー、素敵！　こんなに豪華な宝石を見るのははじめて」

と欲望に満ちた目を輝かせ、指輪をつぎつぎと指にはめた。そして両手の指にはめた指輪を見比べていたが、

「全部欲しいわ」

と言いだした。

「駄目だ。一つだけだ。欲張るな。欲張ると必ず足がつく」

姜英吉は美津子に指輪を一つだけ選ばせた。

「目移りして、どれを選んでいいのかわからない」

ケースの中の指輪をつぎつぎとはめてははずし、はめてははずし、迷っていたが、

「これと、これと、これだけでいいわ。お願い、この三つだけちょうだい」

と強欲な美津子はしがみつくように言った。

美津子の巧みな指で射精させられた姜英吉の欲望の底には不満が溜まっていた。

「三つだけだ。残りは明日の夜、どこかに捨てる」

「捨てるの。そんな……もったいない。捨てるくらいならわたしたちにちょうだい」

美津子は三つのケースをかかえ込もうとする。

そのとき、うつむいていた美奈子が、

「わたしにも指輪を二つちょうだい。姉さんには三つあげて、わたしには一つしかくれないの」

と厳しい目付きになって要求した。

姉妹の間に険悪な空気が流れた。

「美奈子にも、あと二つあげなさいよ」

指輪を三つ手に入れた美津子は美奈子の主張をあっさり認めた。

姜英吉は仕方なく美奈子にも指輪を二つ選ばせた。

これで指輪の件は一段落したが、続いて美津子は金を要求した。

いまさら隠しておく必要もないと思った姜英吉は預金通帳を見せて美津子に二百五十万円くれてやることにした。

「言っておくが本来、金もダイヤも宝石もおれのものだ。おまえたちに分配するいわれはない。しかし、独り占めするのはおれの性《しょう》に合わないから、おまえたちに分けている。感謝しろ」

姜英吉は恩着せがましく二人に言った。

「わかってるわ、あなたが優しいってことは。だからあなたが好きなの。美奈子も姜さんが好きでしょ」

美津子はあえて妹の美奈子の神経を逆撫でするように言った。それは美奈子に対するいやがらせでもあった。

「わたしも好きよ。姉さんとはちがうやり方で」

「わたしとちがうやり方って、どんなやり方なの？　あのときの声がちがうって言うの」

美津子は挑発するように言った。

「姉さんとはちがうってこと」

美奈子はかたくなに姉とのちがいを主張するのだった。

「そうね。姉妹でも、体と心は別々だから、ちがうのは当然よね」

美津子はそっけなく言って、

「ところで裸ダイヤはどこにあるの？　一度拝ませてよ」

と訊いた。

「ダイヤは誰も知らないところに隠してある。ダイヤはおまえたちと分けない。おれの物だ」

「でも、裸ダイヤを持ってたってしょうがないでしょ。猫に小判よ。換金できる当てがあるの」

美津子がねちねちと訊いてくる。

「そのうち考える」

「時間がたてばたつほど危険なのよ。早く換金して、証拠を残さないことよ」

美津子がダイヤを欲しがっているのはわかっていた。だが、姜英吉はダイヤを分ける気はなかった。

美津子はそれ以上の言及をやめて、

「わたしは今夜、泊っていく。明日の午前中、銀行に行ってお金をいただくわ。わたしにもいろいろ支払いがあるのよ」

と、いかにも困窮しているかのように言った。実際、美津子はサラ金に借金していた。

姜英吉と美奈子の間に強引に割り込んでくる姉の美津子に美奈子は対抗できなかった。姜英吉が姉と寝たがっているのは明らかだった。考えてみれば、姜英吉に誘われたとはいえ、姉の美津子と姜英吉の間に割って入ったのは美奈子である。

「美奈子は帰りなさい。美奈子はマンションを借りたんでしょ」

美津子はあからさまに美奈子を追い出すように言った。

「わたしは帰る。どうせわたしは邪魔なんでしょ」

美奈子は姜英吉を怨むような目で見た。

「泊っていってもいいのよ。わたしは明日、出直してくるのが面倒だから泊るだけなのよ」

追い出そうとしておきながら泊ってもいいと弁明する美津子の白らじらしい言葉に美奈子はさっと席を立って、

「明日の夜、泊りにくるわ」

とあてつけのように言った。

美津子は苦笑したが、内心穏やかではなかった。

姉妹の露骨な駆け引きの間にあって、優柔不断な姜英吉は黙っているしかなかった。だが、姜英吉は暗黙のうちに美津子を選んでいたのだ。それを美奈子は感じとっていた。

美奈子が部屋を出ると、美津子は姜英吉に抱きつき、キスをして、姜英吉のズボンのファスナーを下ろすとペニスを握りしめた。いましがた射精したはずの姜英吉のペニスは硬直していた。

「わたしを欲しがってる」

美津子はペニスを口にふくんだ。

「おまえは悪女だ。おまえとつき合う男は、みんな堕落する」

「それでもわたしが欲しいんでしょ。わたしが忘れられないんでしょ」

美津子は服を脱いで裸になり、姜英吉も裸になった。そして二人はからみ、もつれ合い、組んずほぐれつしながら激しくせめぎ合った。

「お願い、宝石を捨てるくらいなら、わたしにちょうだい。わたしが換金して半分あなたにあげる」

美津子は喘ぎながらねだるのだった。

「駄目だ。宝石は捨てる。換金すると必ず足がつく」

姜英吉は息を荒くしながら拒否した。

「だったら、ダイヤを拝ませて。数十個あるんでしょ。一度でいいから、数十個のダイヤの輝きを見たい」

ぬめぬめとした愛液と膣が底なし沼のようだった。その底なし沼に姜英吉は引きずり込まれていくのだった。体をのけぞらせて喘ぎながら喉の奥からもれてくる感きわまった呻き声が泣き声に変ると、姜英吉はたまらず射精した。姜英吉は精力を完全に搾り取られ、地面に叩きつけられた蛙《かえる》のようだった。

「あなたがわたしの中に入ってくると、わたしはすぐにいくの。はじめから終りまで、わたしの体の中を強い電流が流れてるみたい。あなたの愛を凄く感じる。それはわたしの愛でもあるのよ。好きでもない男には濡れないわ。あそこは固く閉ざされて開こうとしないものよ。わかる？　わたしはあなたに触られるだけで濡れてくるわ。妹はどうなの？　妹もわたしと同じなの？」

「くだらんことを訊くな」

「くだらないことじゃないわ。大事なことよ。妹はダイヤを見たんでしょ。妹には見せて、わたしには見せてくれないの？　どうして？　愛しているんだったら、わたしにも見せてくれたっていいでしょ」

美津子のこじつけた論理の飛躍に、あのよがり声と姿態はダイヤを見たいがための擬態だったのかと姜英吉は思ったが、美津子の強い欲望はセックスと同じで拒否できなかった。

姜英吉は服を着ると玄関の前に置いてあるミニバイクからヘルメットを取ってきて、

「これだ。誰にも言うな」

と袋に入っているダイヤを布団の上にこぼした。目もくらむような数十個のダイヤが輝いている。

「凄い！　こんなのはじめて」

美津子は服も着ず裸のままで座り込み、ダイヤを片手ですくった。

「全部、本物なの？」

美津子にそう言われてみて、本物なのか贋物《にせもの》なのかわからなかった。

「わからん。鑑定してないから。鑑定してもらおうと思っても、誰に鑑定してもらうんだ」

「本物か贋物かもわからずに、後生大事に隠してるなんて、馬鹿じゃないの。一個預かって、わたしが鑑定してくる」

美津子に馬鹿呼ばわりされた姜英吉は反論できなかった。本物か贋物か、それが焦眉の問題だった。

美津子はダイヤを一個取ると素早く服を着た。

「誰に鑑定してもらうんだ」

「質屋よ。質屋に質草として見せるの。質屋ならちゃんと鑑定してくれるわ。相手はプロだもの。ダイヤの価値を知ってるはずだわ。そうでしょ」

悪知恵の働く美津子の提案に姜英吉は同意せざるを得なかった。

「怪しまれないか」

姜英吉は危惧した。

「大丈夫、わたしは芝居が上手なの。これでも、わたしは女優になろうと思ってたのよ。まだ諦めてないけど」

美津子は不敵な笑みを浮かべ、自分のセクシー度をアピールするように腰を二、三度くねらせた。

「お金があるんでしょ。たまには六本木で食事させてよ」

と言った。

深夜の三時過ぎに二人は六本木にくりだしてレストランで食事をすると、そのあとバーを二軒飲み歩き、午前五時頃帰ってきた。

翌日の十一時に二人は部屋を出て渋谷に向った。そして姜英吉は銀行から二百五十万円を引き出して美津子に渡した。

「ありがとう」

美津子は満面の笑みを浮かべて二百五十万円を受け取った。

「これからわたしは質屋に行ってダイヤの真贋を確かめてくるわ。どのくらいの価値があるのか調べてくる」

自信たっぷりの美津子に、

「気をつけてな。怪しまれるなよ」

と姜英吉は覇気のない声でタクシーに乗った美津子を見送った。

部屋に帰った姜英吉は、袋に入っているダイヤと三つのケースに入っている宝石を見ながら吐息をもらした。ダイヤは本物なのか贋物なのか。贋物なら捨てるだけだが、本物なら換金しなければ意味がない。だが、換金する方法がわからない。

今日は出番だったが、部長から電話がなかったので休んでしまった。というよりやる気を失くしていた。この際、タクシー運転手から足を洗おうかとも考えていた。だが、タクシー運転手を辞めて何をやるのか見当もつかなかった。金は千五百万円ほどあるが、いったん使い出した金は、なし崩しに無くなるような気がした。

昨夜、怨むような目付きをして帰って行った美奈子に姜英吉は後ろめたい気持をいだいていた。だが、お互いさまではないかと思った。お互いに諒解している関係であり、この三角関係を拒否したいのであれば別れるまでである。

姜英吉は美奈子の携帯に電話した。美奈子が出た。

「いま何してる?」

姜英吉は美奈子の心理状態を知りたかった。

「テレビを観てる。姉さんは……」

「美津子はダイヤの鑑定に行ってる」

「ダイヤの鑑定? 姉さんにダイヤを見せたの」

「おまえが全部喋ったから見せるしかないだろう」

「わたしのせいにするのね。あなたも知ってるでしょ、姉さんの性格を。姉さんから迫られると隠せないのよ。あなただって姉さんには抵抗できないじゃない。あなたは姉さんに騙されるわ。なにもかも奪われるわ」

「おれが騙される? おれはそんな馬鹿じゃない」

「あなたは馬鹿よ。臆病なくせに欲張りで、いくじなしで、姉さんには手も足も出ないでしょ」

「おまえも姉さんの前では借りてきた猫みたいに何も言えないくせに、おれのことを、よくもそんなふうに言えるな」

しかし、姜英吉は美奈子の言葉が姜英吉の性格の一端を言い当てていると思った。

「いまから、こっちにきてよ」

口論していた美奈子が姜英吉を求めるように言った。姜英吉は一瞬口ごもった。二、三時間後に美津子が帰ってくる。その間に美奈子の部屋に行けないこともなかったが、姜英吉は躊躇した。

「あなたの部屋から帰ってきたわたしは、泣きながら寝てたのよ。わかる、わたしの気持」

美奈子は切ない声で口惜しそうに言った。

「美津子がもうすぐ帰ってくる」

姜英吉は自分の煮えきらないふがいなさに嫌悪を覚えた。

「そう、そうなのね、わかった」

美奈子は電話を切った。

これで美奈子とは二度と会うことはないだろうと思った。そう思うと姜英吉は無性に美奈子が恋しくなるのだった。いまからでも遅くないと思いながら姜英吉は置時計の秒針を見ていたが、金縛り状態になっていた。

二時間ほど過ぎて、チャイムが鳴った。ドアを開けるとレジ袋を提げた美津子が立っていた。その美津子の後ろに三十歳前後の体格のいい俳優にでもなれそうな背の高い男が立っている。男は愛想笑いをしてこっくり頭を下げた。

「主人なの」

美津子は平然と言った。

「主人……」

夫を姜英吉の部屋に連れてくるとは、どういうつもりだろう。美津子の神経を疑った。

あきれている姜英吉をよそに、美津子は靴を脱いで部屋に上がり、

「あなた、入りなさいよ」

と夫に声をかけた。

「どうも、失礼します」

美津子に声をかけられた夫は遠慮がちに部屋に上がってあたりを眺め回した。

万年床の隅にレザーで縁どられた黒いパンティが落ちている。そのパンティを美津子はさっと拾ってバッグにしまった。美津子は今朝、バッグに入れて持ち歩いている新しいパンティとはき替えて、黒いパンティを忘れていったのだった。

「姜です」

姜英吉は気まずそうに挨拶した。

「野上です」

美津子の夫も小さな声で名乗った。あまりにも不自然すぎた。

昨夜、美津子と濃密なセックスをくりひろげていた万年床に姜英吉が腰を下ろすと、美津子も窓際に座り、

「あなたはここに座りなさいよ」

と反対側の場所に夫を座らせた。

何かにつけて暴力を振るうような夫には見えない優しそうな美男子である。

「缶ビールを買ってきたの。乾き物も買ってきたわ」

美津子は缶ビールを六本、電気コタツのテーブルの上に置き、チリ紙を敷いて乾き物を載せた。それから缶ビールの栓をはずし、

「それじゃあ……」

と乾杯の仕草をしてビールをうまそうにひと口飲んだ。

いったい何のつもりなのか、姜英吉には理解できなかった。質屋でダイヤを鑑定してもらうと言っていた美津子が夫を連れてくるとは……。

ビールをひと口飲んだ美津子は、

「驚いたでしょ、夫を連れてきたので。質屋でダイヤを鑑定してもらうつもりだったけど、じつは夫は以前、二年ほど銀座の宝石店に勤めていたことがあるのよ。それで夫に見てもらった方が安心だと思って見せたの。夫はひとめ見て、素晴しいダイヤだって」

欲望に輝いている美津子の妖しい瞳が昨日の情事を思い出させる。姜英吉は美津子と視線が合うのを避けた。

「他のダイヤを見せてよ。ケースに入ってる指輪も」

美津子は夫の見ている前で、姜英吉の手の上に自分の手をそっと乗せて、宝石類を全部見せるよう催促した。それは姜英吉との関係を暗示する仕草だった。美津子のあからさまな行為は、姜英吉に拒否させないためである。

姜英吉はヘルメットに隠してあるダイヤと押入れから指輪の入ったケースを持ってきてテーブルの上に置いた。美津子が袋に入っているダイヤをテーブルの上にこぼした。きらめく透明な光が神々しいほどに美しかった。

「凄い！」

野上は思わず感嘆の声をもらした。

「これも見て」

美津子は三つのケースに入っている指輪を見せたが、野上は指輪には興味を示さなかった。そしてポケットからルーペを取り出し、ダイヤの一つを観察すると真剣な目付きになってダイヤを十個ほど観察した。

「正確な鑑定結果は測定器で分析しないとわからないが、ぼくの見たところではDカラーに間違いないと思う」

と興奮気味に言った。

「Dって高いの?」

美津子は期待をふくらませて夫の返事を待った。

「いま1カラットの相場がいくらなのかわからないが、安く見積っても百五、六十万円はすると思う。ここにあるダイヤは2カラット以上の物ばかりだから、一個、少なくとも五百万円はするんじゃないかな。大変な金額になる」

「五百万円! 本当なの!」

大声を上げた美津子は手で口を塞いだ。

ダイヤのカラーはABCDEFGとアルファベット順に評価されている。しかし、ABCに値するダイヤはこれまで発見されたことがなく、Dが最高とされているが、Dにもランクがある。その中でもFLは無欠点といわれ、発見するのは奇跡に近い。つぎはIFだが、これもごくわずかしか入手できない。そして一般的に最高の評価を受けているのがVVS1とVVS2であり、この略称は、ごくわずかに不完全という意味である。

野上は十倍のルーペで観察したのだが、十倍のルーペでVVS1、VVS2を見分けるのは難しい。野上はこれまでの経験と直感でVVS1ではないかと思ったのだ。

ダイヤの価値は、1カラット百万円だから2カラット二百万円というものではない。物によるが、カラットが二倍になると価格は三、四倍になる。野上が1カラット百五十万円のダイヤを2カラット五百万円に推定したのも、このためである。

もし野上が推定したように2カラット五百万円だとすると、六十個で三億円になる。途方もない金額に三人は一瞬、沈黙した。

15

「換金できる方法はあるの？」

興奮している美津子の顔が紅潮している。欲望がふくらみ、顔が歪んでいた。

「ないことはない」

野上が言った。

「ちょっと待ってくれ。このダイヤはおれの物だ。二人で勝手なことを言うんじゃない」

姜英吉の存在を無視するような二人のやりとりに、姜英吉はあらためてダイヤの持ち主は自分であることを再認識させるように言った。美津子が夫の野上を連れてきたこと自体、ダイヤを横取りしようとする美津子の魂胆がうかがえた。

「そんなことわかってるわよ。でもダイヤを換金しないとなんの意味もないでしょ。それとも落とし主や警察が現れるのを怯えながら、ダイヤを後生大事に持っているつもり。こんな狭い汚ないアパートの部屋で一生を過ごすつもりなの。いつまでもタクシー運転手をやってるつもりなの。これはチャンスなのよ。めぐりめぐってあなたに与えられた人生最後のチャンスかもしれない。でも、そのチャンスを一人では生かしきれないってこと。ここは欲を出さずに冷静になって、お互いの立場を理解して最善の方法を考えるべきよ。一番危険なのは争うことだわ。独り占めしようと考えるのが危険よ。いまでは重大な秘密を三人が共有してる。ダイヤを拾ったのはあなただけど、秘密を共有している三人が、それぞれ役割分担をして公平に分け合うのが、あとくされがなくて、すっきりすると思う」

美津子は言葉巧みにかたくなな姜英吉の態度を解きほぐそうとした。

「そんな言葉におれは騙されない。ダイヤはあくまでおれの物だ。ダイヤをどうするかはおれが決める」

姜英吉は美津子に騙されまいと警戒心を強めた。

「あなたはわたしの体をむさぼりながら、もてあそんだだけなのね。わたしを信用してなかったのね。愛してるとか言ってたけど、それはその場限りの嘘だったのね」

夫のいる前で、美津子は姜英吉との情事の中身まで暴露するのだった。

だが、夫の野上は煙草に火を点け、唇の端に冷笑を浮かべていた。それが不気味だった。美津子は意識的に姜英吉との情事を暴露し、それを夫の野上は黙認しながら姜英吉に圧力を掛けているのだった。

「おまえたちは、このダイヤを全部欲しがってる」

姜英吉はかろうじて抵抗した。

「そんなことないわよ。だから言ってるでしょ。そういう考えが争いのもとになるって。わたしと主人はいつも喧嘩してる。ときには主人から暴力を振るわれることもあるわ。でも、わたしは主人を愛してるし、主人もわたしを愛してる。そしてわたしはあなたも愛してるの。あなたもわたしを愛してるでしょ。わたしたち三人は愛し合ってるのよ。協力し合えば、わたしたちは幸せになれるわ」

美津子は姜英吉の手をそっと握って、

「わたしたちは、うまくやっていけると思う」

とほほえんだ。

優しい微笑だったが、その目の奥に狡猾な色が光っていた。

美津子と野上は本当に夫婦なのか？　二人が本当の夫婦なら、浮気相手を前にして夫の野上はあまりにも無感情すぎる。姜英吉には二人が夫婦とは思えなかった。美津子が仕組んだ芝居ではないのかという疑念が湧いてきた。

「おまえたちは本当に夫婦なのか」

夫婦なら証明しろと言いたかった。

「何言ってるの！　わたしたちを疑ってるの！　わたしはずいぶん迷ったわ。あなたに誤解されるんじゃないかって。主人に話せば殴られると思った。だからひと晩中悩んだ。悩んだけど、あなたがダイヤを隠し持っていると、いつか発覚して、結局ダイヤは誰かに奪われるにちがいないと思った。だから、ダイヤに詳しい夫に思いきって打ち明けたのよ」

美津子は何を思ったのか、バッグの中から定期券を取り出し、

「あなたも名刺を出しなさい」

と野上に言った。

野上は名刺入れから名刺を一枚取り出してテーブルの上に置いた。定期券には「野上美津子」、名

刺には「K宝石店営業部　野上英助」と書いてあった。

「銀座の宝石店に勤めていたときの名刺。店を辞めてから主人は職を転々として、名刺を作ってないの」

美津子は弁明するように言った。

辞めた会社の名刺を持っているのも一般的にはあまり考えられないことだが、美津子の定期券と名刺の姓が一致しているので、二人が夫婦であることを認めるしかなかった。

「これで納得したでしょ」

美津子は腹だたしげに、しかし語尾を優しくしてなだめるように言った。

姜英吉はしだいに美津子の術策にはまっていくようだった。

「こうしよう。おまえたちは夫婦だから一組だ。換金した場合、折半にする。これなら文句ないだろう」

姜英吉は譲歩したつもりだったが、

「わたしたちは夫婦だけど、二人なのよ。あくまで別々の人格なの。ここにいるのは三人なのよ。何度も言ってるけど、公平に分けないと、あとあとトラブルの原因になると思う」

二人は夫婦だが、別々の人格であり、個別の存在であり、のちのちトラブルにならないためにも公平に分配すべきであると主張するのだった。

それまで二人の会話を聞いていた野上が口を開いた。

「姜さん、あんたがこのダイヤを一人で換金できるのなら、ぼくは手を引く。しかし、たぶん安全に換金できないと思う。安全に換金できずにダイヤを持ち続けるのは危険きわまりない。ダイヤには持ち主の印がついていないから、誰の物かわからない。だからぼくのルートで換金できるんだ。かりにあんたがどこかで換金できたとしても、おそらく二束三文に買い叩かれ、このダイヤの価値の二分の一どころか、五分の一の金を手にすることもできないと思う」

野上の話には説得力があった。

「そうよ、主人の言う通りよ。かりにバイヤーがいても、マフィアがからんでいたりして危険だし、足元を見られて二束三文に買い叩かれるのがオチよ」

美津子はこのときとばかり強調した。

野上と美津子の話にも一理あった。姜英吉は心理的に追い詰められた。

電気コタツの中で美津子の脚が姜英吉の脚にからんでいる。美津子の不敵な目が欲情していた。野上の脚も美津子の脚にからんでいた。

「美奈子はどうする?」

姜英吉が言った。

「あの子はいいのよ。あの子には関係ないんだから」

美津子は軽くあしらった。

「しかし、美奈子はダイヤを見ている。換金すれば、当然、分け前を要求してくると思う」

美津子は不快感をあらわにして、

「あの子には宝石の一つか二つあげれば、それで充分よ。それから、ケースに入ってる宝石はわたしがもらうわ。どうせ姜さんは捨てるつもりだったんでしょ」

と言ってテーブルの上の宝石類の入った三つのケースをバッグにしまい込んだ。

「上手《じょうず》の手から水がもれるというが、宝石は捨てた方がいい。ひょんなことから足がつくもんだ」

姜英吉は忠告したが美津子は聞く耳を持たなかった。

「売ったりしないわよ。ときどき眺めるだけ」

美津子は嬉しそうに目を細めた。

換金するのはわかっているが、バッグの中にしまい込んだ宝石類を取り返せなかった。もうどうでもいいという気になっていた。

「換金したお金は三等分、そうすれば公平で万事うまくいくわ」

優柔不断な姜英吉の性格を知っている美津子は、実質的な指導権を握り、しきっていた。姜英吉が妹の美奈子とできたのも姜英吉の優柔不断な性格によるものだと美津子は考えていた。

美津子に牛耳られた姜英吉はなかば諦めていた。

「換金する方法はあるのか」

姜英吉の質問に、

「ある」

と野上は自信たっぷりに答えた。

「日本で換金するのは無理だ。ブローカーに頼むと買い叩かれる。連中は欲が深いうえに危険だ。ブツは香港に持って行く。香港ではブローカーを通さず、直接、宝石店と取引できる。規制がないのだ。

測定器で分析して、相場の値段で買ってくれる。香港はダイヤの最大の市場だから、ダイヤが不足している」

銀座の宝石店で二年間勤めていただけのことはあって、ダイヤの事情に詳しかった。

「宝石店と直接、取引できる？　本当か」

裏取引なら話はわかるが、宝石店と直接取引できるとは、にわかに信じ難かった。

「本当だ。なんだったら、上野にある香港系の宝石店で確かめてもいい。しかし、上野の支店は決済権がない。いったん香港に持って行き、宝石を鑑定したうえで取引値段を決めることになる。問題は運搬手段だ。正規の手続きを取って運搬すると三〇パーセントの関税を徴収される。つまりぼくたちの分け前は三〇パーセント減るってわけだ」

野上の説明を聞いていた美津子が、

「そんなの駄目よ」

と険しい表情で言った。

安全性を選ぶのか、危険を選ぶのか、難しい選択だったが、みすみす一億近い金を取られたくはなかった。

「他に方法はないのか」

姜英吉が訊いた。まるで謎解きのようだった。

「ある。G航空のパイロットを知ってる。そいつは運び屋だ。今度のブツなら百万円で運んでくれる。奴は麻薬も運んでいる。あんたが麻薬を捨てなければ、奴に麻薬も運んでもらって大儲けできたのに、おしいことをした」

野上は臆病な姜英吉をなじっているようだった。

「そうよ、麻薬は二十袋くらいあったんでしょ。大金が手に入ったのに、あなたは臆病すぎるのよ」

美津子は臆病な姜英吉を非難した。

「宝石の拾得物隠匿と麻薬の所持とでは次元がちがう。欲に目がくらむと、ろくなことはない」

二人になじられた姜英吉は反論した。

はたして換金した金の三分の一は自分に入るのか、姜英吉は危惧した。しかし、姜英吉は後へは引けなかった。

野上はどこかへ携帯電話で連絡を入れた。

「もしもし、わたしは野上という者ですが、田村隆行機長はおいででしょうか」

野上は機長に電話を掛けていた。あるいは機長に電話を掛けているそぶりをしているのかもしれない。

「あ、そうですか。それでは明日またお電話します」

どうやら機長とは連絡が取れなかったらしい。

「今日は仕事で香港に行ってる。明日、連絡してアポイントを取る」

野上と田村機長がどういう関係なのか、よくわからないが、これまで何かを一緒にしている感じだった。野上は田村機長を運び屋と呼んでいたが、かなりうさん臭い人物にちがいないと姜英吉は思った。

「田村機長と話すときは、おれも同席したい」

と姜英吉は言った。

「それは駄目だ。田村機長は用心深くて、ぼく以外の人間が同席すると、たぶん引き受けないと思う」

「ダイヤはおれの物だ。依頼者はおれなんだ。君は仲介者にすぎない。依頼者のおれが立ち会って何が悪い」

野上は姜英吉の同席を拒んだ。

「かりにそうだとしても、田村機長はぼくしか信用しないんだ」

野上はあくまで姜英吉の同席を拒むのだった。それが姜英吉の猜疑心をかきたてる。蚊帳《かや》の外に置かれて、だし抜かれるのではないかと思うのだった。

「どうして同席にこだわるの。野上が会って話を決めればいいじゃない。ダイヤは機長に預けるのよ。機長が信用できないっていうの。それともわたしたちが信用できないっていうの。これは賭けなのよ。みんな危い橋を渡ってるんだから。あなた一人が危い橋を渡ってるんじゃないんだから。子供みたいなこと言わないで」

美津子はいらだちながら言った。

「おまえは亭主の肩ばかり持つけど、おれの身にもなってみろ。ダイヤはおれの物だ。ところが三分の二をよこせという。そのうえ機長との打ち合わせに同席させないという。おれを蚊帳の外に置いて、だし抜こうとしているとしか思えない」

姜英吉は不満をぶちまけた。

「あら、そう。だったら自分一人で換金しなさいよ。好きなようにしたら。人を疑うだけで、どうせ何もできないくせに。あなたには度胸がないのよ」

美津子は煮えきらない弱腰の姜英吉をののしった。

ここで話が決裂して姜英吉が臍《へそ》を曲げるのを恐れたのか、

「美津子、言いすぎだよ。姜さんがそう思うのも無理はない。わかった。機長との話し合いに同席してもらうよ。ぼくがうまく調整する。そのかわり姜さんは余計なことは言わず、ぼくの話に合わせてくれ」

と野上は妥協した。

「そうね、言いすぎだったわ。ごめんなさい。わたしたちは協力しないと幸せになれないわ。欲に目がくらんで喧嘩別れするなんてことは、一番避けなければならないことね」

美津子は素直に謝り、そして協力しなければならないと暗に非協力的な姜英吉にも反省をうながし、電気コタツの中の姜英吉の股間に自分の足を押し込んだ。

話は一応まとまった。明日、機長と連絡が取れ次第、姜英吉とどこかで落ち合うことにした。

二人が帰ったあと、姜英吉はいろいろ反芻した。腑に落ちない点がいくつかある。野上が妥協し、美津子が素直に謝ったことである。まるで二人は示めし合わせたような態度だった。二人に翻弄されている気がした。機長にダイヤを渡してしまえばそれっきりもどってこないのではないか。美津子と野上がダイヤを持って姿を消してしまえば探しようがない。その可能性は充分にあるのだった。二人をどこまで信用できるのか、それが問題だった。美津子との肉体関係になんの意味があるのか。その気になれば、美津子は簡単に裏切るだろう。美津子と野上が夫婦であるという証拠は、いまのところ何もない。

しかし、ダイヤを換金するためには野上を頼るしかないのも事実である。美津子がたかをくくっているのも、姜英吉一人では何もできないからだ。それは姜英吉も知っていた。あとは一か八《ばち》か、野となれ山となれであった。

夜になると、姜英吉は外出した。ダイヤはショルダーバッグに入れて持ち歩くことにした。留守の間、野上と美津子が家探ししないとも限らないからである。

姜英吉はタクシーで「樹林」に向った。ドアを開けて入ると、午後七時だというのに珍しく混んでいた。

姜英吉がカウンターの隅の空いている席に座ると、

「いらっしゃい」

と朋子が言ってビールをついでくれた。

いつもならいるはずの宗方がいない。

「宗方さんはきてないの？」

姜英吉が訊いた。

「入院してるんだって」

「入院？　どこが悪いんだ」

「肝臓ガンだって」

「肝臓ガン……」

あの元気な宗方が肝臓ガンで入院してるとは驚きであった。

「いつから、どこの病院に入院してるんだ」

「大久保の都立B病院。二、三日前に入院したって」

宗方とは「樹林」で二週間ほど前に会ったような気がする。そのときは顔の色艶もよく、ガンに侵されている気配はまったくなかった。いつものように酒を飲み、ミドリとしけ込んでいたはずだった。

「あんなに元気だったのに、肝臓ガンで入院するなんて、驚いたわ」

朋子が顔を曇らせて言った。

客と話していたマスターが姜英吉の前にきて朋子と入れ替った。

「宗方さんが肝臓ガンで入院したんですよ」

マスターは呟くように言った。

「いま朋子から聞いた。もっと前からわかってたんじゃないのか」

「たぶんわかってたと思いますけどね」

マスターは思い当る節を探そうとするかのように目線を上げた。

「どうして早く治療しなかったのかな」

「末期だったんじゃないですか。だから絵理とつき合ったり、ミドリに店を出させたんじゃないですか。いまから考えると、六十歳にしては、ちょっとはみだしてましたよ」

六十歳で末期ガンになった宗方は残りの人生を奔放に生きようとしたのだろうか。姜英吉は暗い気持になった。

「ぼくは宗方さんの息子に電話したんですよ。息子は宗方さんと何度か店にきてますからね。ところが息子は見舞いには行きたくないって言うんです。親父が死んでも葬儀には出ないって言うんです。宗方さんは息子を可愛がってたんですけどね。息子の欲しい物を何でも買ってあげてましたよ。それなのにどうして見舞いにも、葬儀にも行かないって言うんですかね」

マスターは首をかしげていた。

家族にはそれぞれの事情がある。その事情は第三者にはわかりづらい。姜英吉は自分を振り返ってみた。大阪を出奔して三年になるが二人の子供とは一度も会っていない。妻の手術にも立ち会っていないし、見舞いにも行っていない。薄情な人間だと姜英吉は思った。家族を幸せにしたいという気持がないわけではない。ダイヤを換金できた暁《あかつき》には、家族に家の一軒も買ってやりたいと思っている。だが、いまは目先のことしか考えられないのだった。

「明日、見舞いに行かないか」

姜英吉がマスターを見舞いに誘った。

「いいですよ。ぼくも見舞いに行こうと思っていました」

二人は午後三時に都立B病院のロビーで落ち合うことにした。

姜英吉は一時間ほど飲んで店を出た。すぐ近くに「二十一世紀」の看板が点滅している。寄ってみようかと思ったが、諦めて帰った。

翌日の午後三時に都立B病院でマスターと落ち合った。受付で宗方の病室を訊き、エレベーターで五階に上がった。消毒液や薬品の匂いや医師や看護師の歩く靴やスリッパのペタペタという音がする。

五一四号の病室に入ると六人の大部屋の奥のベッドに宗方が横臥していた。数週間前まではふっくらとして色艶のよかった顔の頬が痩せこけて落ち、目が大きく窪んでいた。数週間でこんなに痩せるものだろうかと思った。

見舞いにきた姜英吉とマスターに、

「ありがとう」

と宗方はかすかに笑って礼を言った。

「どうですか、体調は」

姜英吉はあたりさわりのない挨拶をした。

「放射線治療を受けてる。おかげで痩せちまったよ」

宗方は磊落に答えた。

「いつ頃退院できるんですか」

マスターが訊いた。

「さあ、いつ退院できるのか、病状次第だよ。退院できないかもしれない。おれも年貢の納めどきだよ」

諦観しているのか、覚悟しているのか、宗方は冗談のように言った。

「そんなに悪いんですか。少し痩せてますけど、そんなに悪く見えませんけど」

事実、いつもの諧謔的《かいぎゃくてき》な宗方と変らなかった。

「体の中では刻一刻と何かが進行してるんだ。寝静まった夜、耳を澄ますと内臓の微妙な動きがわかる。死ぬのは怖くない。おれの人生は可もなく不可もなしだった。人間の一生って、こんなもんだよ」

死期が近づいているにもかかわらず宗方はきどってみせるのだった。それは宗方の生き方そのものだった。

会話がとぎれがちになり、長居は無用と思っていた姜英吉とマスターが、帰ろうと思ったとき、ミドリが見舞いにきたので驚いた。

「見舞いにきてたんですか。すみません」

まるで家族のような態度で二人に礼を述べるのだった。

「おすし買ってきたわよ」

ミドリが包装紙を開いて折に入っているすしを見せた。

「病院の食事はまずくて食えたもんじゃない。だからミドリに昼食と夕食を差し入れてもらってるんだ」

そう言って宗方はうまそうにすしを食べはじめた。

ミドリがマホービンのお湯で紙コップにお茶を入れて姜英吉とマスターに出した。

宗方が口からこぼしたすし飯をミドリはつまんで食べるのだった。

そのかいがいしい姿に姜英吉とマスターはしばし茫然と見ていた。

すしを食べ終った宗方はお茶をすすり、

「せっかく見舞いにきてくれたのだから、君たちに誤解されないように言っておくが、ミドリはおれと養子縁組をしたんだ。おれが死んだときは、おれの財産の半分を息子に譲り、残りの半分をミドリに譲ることにしている。息子は見舞いにも葬儀にもこないと言ってるが、おれにとって息子は息子だ。おれの人生のツケだよ。

ミドリはおれの最期を看取って、葬儀までしてくれる。だから財産分けしたんだ。あの世まで財産は持って行けないからさ。ミドリはまだ若い。財産を有効に使ってくれれば、それでいいんだ」

宗方が姜英吉とマスターに遺言を明かしたのは、証人になってもらいたかったからだろうか。

「そうですか。それはよかったですね」

姜英吉はそう言うしかなかった。

病院をあとにした二人はしばらく黙って歩き喫茶店に入った。

「ミドリが養子になってるとは知らなかった。財産を分けてくれるんだったら、おれが養子になりたかったよ」

金欠のマスターは真顔で言った。

「宗方さんにしてみれば苦肉の策だったんだ。ミドリを愛してたとは思えないが、どのみち同じことや」

姜英吉は美津子と美奈子との関係を思った。二人を愛しているのかといえば、愛しているとは言えなかった。しかし、二人との腐れ縁は切れそうもないのだった。いや、姜英吉が二人を離したくないのだ。特に美津子の肉体を離したくないのである。

姜英吉の携帯に電話が掛かってきた。田村機長と午後七時に、新宿の「維新號」という中華飯店で会うことになっているという。

「ダイヤを持ってくるように。それから現金百万円も用意してくれ」

何もかも姜英吉が負担しなければならなかったが、いまさら後へは引けなかった。

喫茶店を出てマスターと別れた姜英吉は、いったん部屋に帰ってショルダーバッグにダイヤの入った袋を入れ、新宿の銀行で百五十万円を引き出してさくらやに行くと、ロレックスを買った。大阪にいた頃から姜英吉はロレックスを愛用していたが、金に困ると質草にして流している。そして少し余裕ができると無理をしてロレックスを買ってはすぐに質草にしていた。今日まで五、六個のロレックスを質草にして流している。だが、姜英吉はこりもせずロレックスを買うのだった。腕にはめたロレックスは姜英吉の虚栄心を満足させた。

中華飯店「維新號」は静かで落着ける雰囲気だった。野上は個室を予約していた。従業員に案内されて個室に入ると、すでに三人がテーブルの前に座っていた。美津子も同席していた。

スーツ姿の田村機長は白髪の混じった五十歳過ぎの温厚そうな紳士だった。

野上が二人を紹介した。

「田村です」

田村機長は手をさし延べて姜英吉に握手を求めた。

「姜です。よろしく」

姜英吉は握手をした。

「とりあえずビールを四つ下さい」

注文を待っている女子従業員に野上が言った。

ビールが運ばれてきた。四人はグラスをかかげて乾杯の仕草をしてひと口ずつ飲むと、さっそく料理を注文した。

料理は従業員がつきっきりで四人分に分けて出してくれる。四人は美味なる料理に舌鼓みを打ちながら世間話をしていた。

「四年前ですが、東京から香港にフライトしたとき、前輪が出ないことに気づきましてね。あわてましたよ。香港の上空を二時間ほど飛行して燃料を空にして後輪からゆっくり着陸しました。ゆっくりと言っても時速三百キロはあります。しかし、燃料を空にしていたので炎上することはないと思ってました。旅客機は計算通り着陸に成功して乗客にけが人は出なかったです」

「田村機長はつねに冷静沈着ですからね」

野上は田村機長の冷静沈着さをたたえ、今度の仕事も成功するだろうと信じていた。

食事とデザートが終って従業員の出入りに気を使わなくなってから、四人は本題に入った。

姜英吉は袋のダイヤをテーブルの上にこぼした。

「ほう、素晴しいダイヤですね。わたしはいくつものダイヤを見たことがありますが、これほど素晴しいダイヤを見たのははじめてです」

田村機長はダイヤの一個を手に取って照明にかざし、きらめく光に魅せられていた。

田村機長の隣に座っている美津子は、これ見よがしに両手に三つの指輪をはめ、はだけた胸にダイヤのネックレスをつけていた。もし偶然、落とし主に出会えばすぐにわかりそうな露出ぶりである。田村機長の前で注意もできず黙っていたが、危険を感じた。

「チケットは買いましたか」

田村機長が訊いた。

「いいえ、まだです」

野上が答えた。

「じゃあ、わたしがいまから予約しておきます」

田村機長は携帯電話で三人のチケットを予約した。

「お手数をかけます。これは謝礼です」

野上は封筒に入った百万円の現金を田村機長に手渡した。田村機長は黙って現金を懐に入れた。

「くれぐれもよろしくお願いします」

姜英吉はダイヤを田村機長に預けながら言った。

「大丈夫です。香港のペニンシュラホテルで会いましょう」

16

それから会食を楽しんだ四人は店を出た。空を切る風の音と疾走する車輌の轟音《ごうおん》が重なり、単車の爆発音にも似た音が姜英吉の耳をつんざいた。

田村機長は交差点で、

「それでは」

と言ってタクシーに乗り、去って行った。

去って行くタクシーを見送っていた姜英吉の胸に不安がよぎった。

「大丈夫やろな」

姜英吉は野上に訊いた。

「大丈夫、田村機長は律義だから」

野上は無条件に田村機長を信頼していた。

運び屋が律義とはおかしな話だが、その言葉を信じるしかなかった。

「おれはもう少し飲んでいく。美津子は姜さんにつき合ってくれ」

姜さんにつき合ってくれ、ということは寝ることを容認しているわけだが、同時に姜英吉を監視せよ、と言っているようなものだった。

「いいわよ、わたしは今夜、姜さんの部屋に泊るわ」

美津子は野上に対してあてつけのように言った。

姜英吉は変な気分だった。野上にとって美津子は妻である。その妻が別の男と寝ることになんの感情も見せないのが不可解だった。そして美津子も夫の野上に対して平然としていた。この奇妙な夫婦関係は、何によって結ばれているのか姜英吉には理解できなかった。しかし、美津子の肉体に執着している姜英吉は、野上夫婦と同じような人間関係に陥っていた。それは無感覚で無感動で利己的な、その場限りの人間関係である。誰がどうなろうと知ったことではないのだ。

姜英吉の部屋に帰った美津子は勝手知ったわが家のように石油ストーブを点火し、電気コタツのスイッチを入れるとコートを脱ぎ、

「寒いわ」

と体をこごめて万年床に入った。

姜英吉も服を脱いで万年床にすべり込んだ。

美津子が姜英吉のペニスを握りしめ、

「立ってる」

と言った。

すかさず姜英吉も美津子の性器に指を挿入して、

「濡れてる」

と言った。

美津子は布団の中にもぐり込み、ペニスを口に含んで吸った。興奮した二人は素早く裸になり、美津子が上になって姜英吉の物を自分の中に呑み込むと、「あー」と呻いた。美津子の膣は吸盤のある柔らかいゴムのようだった。その柔らかい吸盤で姜英吉の物を咀嚼していく。二人は上になり下になり、いつしか万年床からはみだし汗ばんでいた。

美津子がぐったりしている。姜英吉は起き上がって冷蔵庫から缶ビールを二本持ってきた。そして栓を開けてひと口飲んだ。

「わたしにもちょうだい」

美津子は姜英吉から缶ビールをもらってひと口飲んだ。

「おまえの亭主は嫉《や》かないのか」

姜英吉はあえて訊いた。

「嫉いてるわよ。でも、それがいいんでしょ」

美津子は含み笑いをした。

「何がおかしいんだ」

「野上はいま頃妹と一緒だと思う。あなは嫉かないの?」

「別に、みんなお互いさまだよ」

姜英吉の冷淡な言葉に、

「そうね、お互いさまよね」

と美津子も冷淡に言った。

「ところでダイヤは大丈夫かな。機長が独り占めしたら、どうする？」

機長にダイヤを手渡してから、姜英吉はそのことをずっと気にしていた。

「そのときは、そのときよ。だってしょうがないでしょ。これは賭けなのよ。他に方法があるって言うの？」

機長にダイヤを預けたことをいつまでも気にしている姜英吉の思いきりのなさを美津子は冷笑した。

「それはそうだが……」

姜英吉は内心、自分だけはずされるのではないかと疑心暗鬼になっていた。

「あなたは、自分だけはずされるのではないかと思ってるんでしょ」

美津子は服を着ながら姜英吉の内心を鋭く指摘した。

「そうでないと言えるのか」

「もめごとはいや。もめると必ず破綻する。だからあなたも疑心暗鬼にならないで。こういうことはみんなで協力しないと失敗するわ。一人一億手にすれば充分じゃない。一億入ったら、わたしは家を買うわ。そして子供と一緒に暮らす」

子供は母親に預けている。その子供と一緒に暮らすのが美津子の願いだった。

「亭主とは一緒に暮らさないのか」

「ええ、暮らさないわ。野上も一億入ればわたしと離婚してくれると思う。子供は野上の子ではないし」

「野上の子じゃない？　誰の子なんだ」

「行きずりの男の子よ」

「行きずりの男……」

姜英吉はそれ以上、美津子の過去を訊かないことにした。


海外旅行の手続きに姜英吉は手間どった。在日コリアンはパスポート以外に再入国許可申請の手続きをとらなければならなかった。姜英吉は永住権を認められているが、日本から海外に出た場合、再入国許可がないと日本への入国はできないのである。そのことに気付いた姜英吉は翌日港区港南に行き、再入国許可申請の手続きをすませた。そして三日後、姜英吉、野上、美津子の三人は田村機長が操縦する旅客機で香港に飛び、予約しているペニンシュラホテルに入った。姜英吉は一人で、野上と美津子は二人部屋に投宿した。夫婦だから当然といえば当然だが、姜英吉は釈然としなかった。ラウンジでコーヒーを飲んでいるときも、野上と美津子は姜英吉の前でいちゃついていた。

不機嫌面している姜英吉に、

「わたしたち夫婦なんだもの」

と美津子は笑うのである。

そして約束の時間通り、田村機長がやってきた。田村機長は三人が着いているテーブルにくると、小さな紙袋を姜英吉の前に置いてコーヒーも飲まずに黙って去った。姜英吉が紙袋の中を確かめると、ダイヤの入った革袋があった。すぐに席を立ち自分の部屋にもどった。もちろん野上と美津子も姜英吉のあとをついてきた。

部屋に入った姜英吉は革袋に入っているダイヤをテーブルの上にこぼし、数を数えた。

「言った通りだろう。田村機長は律義な人なんだ」

野上が得意げに言った。確かに田村機長は律義な人間だった。律義な人間が、なぜ運び屋をしているのか。所詮人間は欲望と損得勘定で動く生き物なのだ。田村機長は自分のできる範囲内で金銭的な欲望を満たしているにすぎない、と姜英吉は思った。

問題はダイヤの処分であった。

「これからどうする?」

姜英吉は野上に訊いた。

「目星をつけている会社は三つある。そのうち二つの会社は曖昧な返事だったが、『香港ダイヤモンド会社』は物がよければ買うと言ってた」

抜け目のない野上は、すでに「香港ダイヤモンド会社」とアポイントを取っていたのである。

「すぐに行けるのか」

姜英吉は急いでいた。一刻も早くダイヤを換金したかった。それは野上と美津子も同じだった。

「いまから連絡してみる」

野上は携帯で電話した。社長と直通の電話だった。

「もしもし、黄《ファン》社長ですか、野上ですが……いま香港にいます。はい、はい、持ってきています。はい、はい、はい、わかりました。明日、午前十一時におうかがいします」

電話を切った野上は親指と人差し指で丸を作ってOKと言った。

ひと安心した美津子は、

「これから香港を観光しようよ」

と言った。

「ダイヤを持って観光するのはヤバイ。ダイヤを換金してから、ゆっくり観光しよう」

姜英吉は観光をねだる美津子を牽制した。

「姜さんはわたしの言うことに何でも反対するのね」

美津子はすねてみせるのだった。

「おれは君の言うことに反対したことはない。君こそ、おれの言うことに反対するだろう」

「わたしがいつ、姜さんの言うことに反対したの」

美津子が喰ってかかるように言った。

「おい、おい、おれの前で痴話喧嘩かよ」

痴話喧嘩は夫婦間の口論だが、野上は皮肉って言ったのだった。

「変なこと言わないで。わたし一人で観光してくる」

美津子は男どもに用はないといった調子で席を立って行った。

美津子のわがままな態度に二人の男は手を焼いていた。

「ダイヤが換金できて金が入ったら、おれは美津子と別れるつもりだ。あんなあばずれ女、おまえにくれてやる」

姜英吉と美津子との関係を黙認していた野上は、腹いせのつもりで言った。

「金が入ると、おれたちの関係はなくなる。なぜなら関係を続ける必要がないからだ」

「なるほど、それもそうだな。美奈子との関係はどうする」

ダイヤの換金の件は美奈子に伏せてある。しかし、いずれ美奈子にもわかるだろう。

「おまえは美奈子との関係をどうする?」

姜英吉は逆に野上を問い詰めた。

「美奈子は意志の弱い女だ。男の言いなりになる。そういう女はおれの趣味に合わない」

二人は腹のさぐり合いをしながらダイヤを換金したあとのことを考えていた。

「ところで香港ドルと円とどっちがいい」

と姜英吉が訊いた。

「円がいい。大金の香港ドルを円に交換するのは面倒だ」

野上の意見に姜英吉も賛成した。


その日の夕食の時間に、外出していた美津子が大きな紙袋を提げてもどってきた。

ロビーフロアで待っていた姜英吉と野上に、

「外出すると、ついつい欲しくなってバッグと靴とセーターと襟に毛皮のついたコートをカードで買っちゃった」

となんの悪気もなく無邪気に言った。

「おまえの買い物好きにはあきれる。街金に借金をしながらブランド物を買いまくってる。こいつの部屋にはブランド物が一杯ある。衝動買いだ。買い物症候群なんだ」

野上は美津子の衝動買いを非難した。

「だって買い物しか楽しみがないんだもの。買い物をしているときの気分は最高よ。お金が入ったら、ガンガン買ってやる。香港は免税店の本場なのよ」

それから美津子は、

「部屋に荷物を置いてくるわ。十分待ってね」

と言って腰を振ってエレベーターの方へ行った。

「病気だよ、あいつは。金が入ったら、その金で香港中のブランド品を買い漁るつもりだ」

野上は苦々しく言った。

「ほっときゃあいいんだよ。おまえはもう関係ないんだろう。金がなくなりゃあ困るのは自分だから」

野上は美津子のことを言えた義理ではなかった。なぜなら、いつも美津子に金を無心していたからだ。

姜英吉は金が入ったからといって、すべてが順調にいくとは思っていなかった。何かすっきりしないのである。それはダイヤと現金を猫ばばしたという罪の意識がつきまとっているからだった。

部屋からもどってきた美津子は、買ったばかりのセーターとバッグと靴と襟に毛皮のついたコートを身につけていた。よく似合っている。美人でセクシーでスタイルに自信のある美津子は自意識過剰なところがある。

三人はホテルのレストランで食事をとることにしていたが、

「せっかく香港にきたんだから、ホテルのレストランで食事することないと思うけど」

美津子は不満だった。

「香港にきたのは食事をするためじゃない。仕事できたんだ。ホテルのレストランが一番無難なんだ」

野上は観光気分にはなれないらしく、ホテルのレストランで食事をすませようとしたが、

「蒸し鮑《あわび》のおいしい店があるのよ」

と美津子が言った。

美津子は東京を出発する前、下調べをしていたのだ。

野上はやむなく美津子の意見を聞き入れた。

美津子は手帳に蒸し鮑の店がある湾仔《ワンチャイ》という場所と「Y」という店名を記入して、それをタクシーの運転手に見せると、タクシーの運転手は「OK」と頷き、すぐに発進した。蒸し鮑の店は有名な店なのだろう。

タクシーは古い商店が密集している中の細長いビルの前で止まった。鮑の有名店だというからには豪華で大きな店だろうと思っていたがちがっていた。

三人は細長いビルから出てきた五十歳くらいの男とばったり出くわした。

美津子が、

「『Y』はこのビルの中にあるのですか?」

と男に訊いた。

「そうです。このビルの四階にあります」

出掛けようとしていたはずの男が、

「案内します」

と日本語で応じた。

男は抜け目のない目付きで三人の容姿を見て、日本人観光客と察知したのか、急に愛想笑いを浮かべて案内するのだった。

店の中は居酒屋のようだった。三人以外に客はいなかった。

店のオーナーと思われる男は従業員を呼び、オシボリと中国茶を運ばせた。それから男は自らメニューを示めして注文を訊いた。

注文は美津子にまかせた。美津子はまず干し鮑の醬油煮込みと蒸し芝海老、豆腐料理、肉料理、野菜料理などを注文した。三人では食べきれない量だが、野上と姜英吉は美津子にまかせていた。

最初に出てきた料理は、蒸し芝海老だった。その蒸し芝海老の殼をそれぞれが剝き、みじん切りの玉葱と生姜と唐辛子の入った醬油たれにつけて食べる。単純な味だが飽きがこない。いくらでも食べられそうだった。三人は二十数匹の蒸し芝海老を黙々と食べた。海老の殼を剝いていると会話ができないのだった。

続いて待望の干し鮑の醬油煮込みが二個出てきた。男が干し鮑の醬油煮込みを半分に切って分けた。

三人はナイフとフォークを使って干し鮑の醬油煮込みをほおばった。

「おいしい！　もう、たまんないわ」

美津子はいまにもエクスタシーに達しそうな表情をした。

確かに美味なる料理であった。東京では高くて、めったに口にできない最高の料理ではあった。美津子が食べたいというのも無理はなかった。

「言った通りでしょ。こんな贅沢な干し鮑の醬油煮込みなんか、東京では食べられないわよ」

美津子は感激して、

「生きていて、よかった」

と言った。

さらに三品の料理が出てきたが、三人は半分以上残した。三人はビールと紹興酒を飲み、ほろ酔い機嫌になっていた。

三人は店を出てタクシーに乗り、ホテルの近くでもう一杯飲むことにした。三十階建てビルの最上階がバーであった。店内の各テーブルにはローソクがともされていてかなり薄暗い。三人は店の従業員に案内されて窓際のテーブルに着いた。一枚ガラスの大きな窓からは香港の夜景を眺望できた。

少し酩酊している美津子は、

「きれいだわ。夢を見てるみたい」

とうっとりしていた。

ローソクの灯りだけの中にいる客は影のようだった。美津子は運ばれてきたジントニックをひと息で飲み干すと、二杯目を注文した。

「もう少し、ゆっくり飲んだらどうだ」

野上が注意した。

「いいじゃない、今夜は飲みたいんだから」

酔うと美津子は手に負えなくなってくる。

「明日は午前十一時に『香港ダイヤモンド会社』へ行くことになってるから、午前十時にはフロントで落ち合ってチェックアウトしよう」

野上は美津子が泥酔する前におひらきにしようと思って言った。

「じゃあ、今夜はこれでおひらきにしよう」

姜英吉は野上の言葉を受けて言った。

「まだ早いじゃない。もう少し飲みましょうよ。無粋な男たちね」

美津子が駄々をこねはじめた。泥酔の予兆だった。

野上は強引に美津子を立たせて店を出た。

翌日の午前十時に三人はフロントの前で落ち合った。美津子が野上にべったりしている。たぶん酒とセックスに酔いしれたのだろう。姜英吉はできるだけ無感情になってチェックアウトした。それから三人はタクシーで「香港ダイヤモンド会社」に赴いた。

会社の受付嬢に来訪を告げると受付嬢は社長室に連絡し、

「どうぞ」

と三人をエレベーターで三階の社長室へと案内してくれた。

途中、大きな部屋がガラスで半分に間仕切りされていて、左の部屋では数十人の従業員がダイヤの原石の仕分けからカットまでの一貫作業をしていた。そして右の部屋にはいくつものショーケースの中に商品化されたダイヤが陳列されている。

「凄い！」

美津子は無数のダイヤの輝きに幻惑されて興奮した。

三人を社長室に案内した受付嬢は、

「しばらくお待ち下さい」

と言って部屋を出た。

三人は椅子に座って五分ほど待った。

ドアが開き、髪を真ん中から分けた五十過ぎの小柄な社長が現れた。

「どうも、お待たせしました」

社長は流暢《りゅうちょう》な日本語で挨拶した。

三人は席を立って、「はじめまして」と挨拶した。社長は名刺を出して三人に渡した。

名刺には「香港ダイヤモンド株式会社　代表取締役　黄錦城」とあった。

「すみません。ぼくらは名刺を持ってないのです」

野上が恐縮して言った。

「いいです、いいです、どうぞ、お座りになって楽にして下さい」

黄社長にすすめられて三人は腰を下ろした。

「さっそくですが、ダイヤを見せていただけますか」

黄社長はかなり興味を持っている感じだった。

姜英吉はおもむろにジャケットの内ポケットから革袋に入っているダイヤを取り出してテーブルの上にこぼした。蛍光灯の光を反射して六十個のダイヤは眩《まばゆ》いほど輝いていた。

「ほおー、なかなかいい感じですね」

社長はダイヤを一個つまみ、ゲージで観察していたが、

「鑑定室に行きましょう」

と三人をうながした。

姜英吉はテーブルの上のダイヤを革袋にもどし、社長のあとからついて行った。鑑定室は社長室の奥にあった。

二人の分析鑑定員がスライドに映されているダイヤの画像を熱心に分析している。

黄社長が分析鑑定員に声を掛けた。そして姜英吉のダイヤの分析と鑑定を指示した。分析鑑定員は六十個のダイヤを一つ一つ顕微鏡の下に置き、拡大された画像をスライドを通して画面に映し出した。それから光の屈折や色や傷の有無を調べた。それらの結果の一覧表が作成された。

その一覧表を見ていた黄社長が、「うむー」と唸り、社長室にもどると、

「わたしもこの商売を長くやってますが、これほど素晴しいダイヤを一度に六十個見るのははじめてです。いったいどこから手に入れたのです？　いや、訊くのはやめておきましょう。わたしは買うだ

けですから」

と言って椅子に腰を下ろした。

一覧表には六十個のダイヤはどれもほぼ二・二カラットで、うち三十八個がVVS1、二十二個がVVS2と記されていた。

「総額でいくらになりますか」

姜英吉は思わず体を乗り出して訊いた。

「いま計算してみます」

黄社長は机の引き出しからダイヤの相場を記入してある一覧表と電卓を持ってきた。

「この一覧表にはダイヤの相場が記入してあります。相場は毎日ちがいます。この一覧表は今日の相場です」

黄社長は公平さを示すために相場の一覧表を三人に見せて、

「VVS1の今日の相場は二・二カラットで五百二十二万円です。VVS2は二・二カラットで三百八十四万円です」

と言った。

黄社長は電卓を叩いて計算した。総額は二億八千二百八十四万円だった。野上が概算した金額とほぼ見合っていた。三人の顔が上気している。だが、三人はまだ実感が湧かないのだった。

「円で決済してほしいのですが……」

野上がまるであたりを警戒するように低い声で言った。

「円で？　二億八千万円もの大金を持って行くのですか？」

「いいえ、振り込んでほしいんです」

「それは駄目です」

黄社長は即座に拒否した。

「どうしてですか？」

「振り込むと、銀行の口座に数字が残ります。あなた方は正式なバイヤーではないので、口座に数字を残すわけにはいかないのです。税務署に追及されます」

黄社長が税務署を警戒するのはもっともだと三人は思った。

「こうしましょう。小切手を切ります。小切手なら財布やポケットに入ります。税関で調べられることもないでしょう」

黄社長の提案はもっとも合理的だった。三人は納得した。

「ただし自分の口座には入れないように。自分の口座に入れるとやはり数字が記入されて残ります。東京の内幸町《うちさいわいちょう》にある『中華銀行』の窓口に行って『李漢弼』という支店長を訪ねて下さい。彼はすべてわかっていますから、その場で現金を用意してくれます。手数料として一パーセント取られますが、一番安全な方法です」

やはり裏の世界でマネーロンダリングが行われていたのだ。

「小切手は総額を三等分して三枚発行してもらえませんか、面倒をかけますが」

野上が要請した。

「わかりました」

黄社長は二億八千二百八十四万円を三等分して九千四百二十八万円の小切手を三枚書き、三人に一枚ずつ渡した。

三人は小切手の金額をまじまじと見つめた。

長居は無用であった。三人は社長に一礼をして「香港ダイヤモンド会社」をあとにした。

会社の建物を出ると、

「やったぜ！」

と野上は快哉《かいさい》を叫んだ。

「夢みたい！」

小切手を見つめている美津子の手が小刻みに震えている。

だが、姜英吉は不快だった。納得できなかった。

「不機嫌面すんなよ。ダイヤを換金できたのはおれのおかげだぜ。少しはおれに感謝しろよ」

野上は小切手を財布にしまいながら言った。

「そうよ、わたしが野上に言って、野上が換金の方法を考えてくれたのよ。ダイヤを持ってたって猫に小判じゃない。これでわたしたちは幸せになれるのよ。あなただってそうでしょ。家族を東京に呼べるじゃない。それとも大阪に帰るの」

ふてくされている姜英吉を美津子は揶揄《やゆ》するように言った。

「とにかく今日中に東京へ帰って、明日、『中華銀行』に行こう」

姜英吉は不快感を振っきって言った。

「そんなに早く東京に帰らなくてもいいでしょ。せっかく香港にきたんだから、マカオに行きましょうよ。もしかしたらカジノで稼げるかもしれないわよ」

大金が入ったので美津子は浮き浮きしていた。

「そうだな、せっかくだからマカオに行ってみるか。マカオで一泊して、明日の午前中に出発しよう」

野上もマカオに行ってみたいらしく美津子に同意した。

「野上はね、マカオに十数回行ってるのよ。カジノですってんてんになって東京に帰ってきて借金して、またマカオに行って、また丸裸にされて、それでもこりずにカジノに通い続けたあげく借金だらけになって、とうとう親に泣きついたの。そして親に借金を清算してもらったけど、勘当されたわ。おかげで、わたしは姑からさんざん文句を言われていじめられた。野上がこうなったのも、嫁のせいだって言われた。わたしはとっくに諦めてた。こんな男と一緒に暮らしたってろくなことはないと思って家を出たのよ。そうでしょ、あなた！」

美津子が夫の野上を睨みつけた。

「くだらんことを言うな。昔の話だ」

「昔の話じゃないわ。つい最近の話よ」

野上から暴力を振るわれ、金を搾り取られていた美津子は怨念を込めて言った。

姜英吉が一人ですたすたと歩きだした。

「どこへ行くんだ?」

と野上が追ってきた。

「マカオに行くんだろう」

「まあな。おれはあまり行きたくないが、美津子が以前から、どんなところか行ってみたいと言ってた。おれがマカオに通い詰めてたからさ」

野上は美津子にかこつけて言い訳をした。本当は野上が行きたいのだろう。

三人は高速船でマカオに行くことにした。

マカオまで高速船で約一時間かかった。そして三人はカジノ「サンズ」の隣の「マンダリン　オリエンタル　マカオ」に投宿した。

荷物を部屋に下ろした三人は、さっそく隣のカジノ「サンズ」に赴いた。巨大な建物の一階は吹き抜けになっていて、大勢の観光客で賑わっている。ルーレット、大小、スロットなどに人々は群がっていた。とりあえず三人はそれぞれ三万円をチップに換えた。姜英吉は何をしていいのか迷っていたが、野上は人だかりができている大小のゲームに直行して前列に出るとしばらく様子を見ていたが、いきなり三万円分を賭けた。大小のゲームは一対一の配当だが、野上は見事に勝って三万円を稼いだ。そしてつぎは六万円を賭けるのだった。これも見事に勝って十二万円になると、そのつぎも十二万円賭けて二十四万円になった。倍々ゲームである。

「凄いわね」

美津子は興奮した。

17

姜英吉は刹那的な生き方をしていながら、賭けごとにはあまり興味がなかった。ときどき大儲けをした者もいると聞くが、賭けごとは最終的に負けるのが前提になっているからだ。それに面倒臭かった。

倍々ゲームをしている野上を見ていると、必ず負けるだろうと思った。ところが野上は七百六十八万円勝ったところで中止した。

「このあたりが潮どきだ。それを見極めるのが難しい」

野上はまるでプロのような口のきき方をして満面の笑みを浮かべた。

「素晴しいわ！　スリル満点だった。あなたって度胸があるのね。見直したわ」

もともと卵形だが、欲望が破裂しそうなほど膨張した美津子の顔は丸くなっていた。

「欲しいものは何でも買ってやる」

野上は美津子の腰を抱き寄せて言った。

「嬉しい！」

美津子は野上に抱きつき、頬にキスして媚《こび》を売った。

野上はチップを現金に換え、悠々と店を出た。

「おれは遠慮しておく」

姜英吉は二人のショッピングにつき合いたくなかった。

「まあ、いいじゃないか。つき合えよ。おまえの好きな物を買ってやるからさ。賭けごとで稼いだ金は散財するにかぎるんだ。そうするとまた、つきが回ってくるんだ」

変な理屈を述べて野上は姜英吉を誘うのだった。どのみち一人では時間を持てあますので、姜英吉は渋々つき合うことにした。

マカオにはいわゆるブランド街というところがある。世界のブランド店が入居しているビルがいくつもある。それらのブランド店を見て歩くのが観光の目玉にもなっている。コーチやヴィトンの店には女性客が群がっていた。

「凄いね」

野上は女の購買力に驚いていた。

「でも、気をつけないと贋物を掴まされるのよ。日本のデパートは絶対安心だから。それに日本のバーゲンの方が安いと思う。」

と言っておきながら、美津子はエルメスの店の前で足を止めて、店の奥のショーケースの中に飾ってあるワニ革のバッグに目を留めた。そしてショーケースの前にきた美津子は目を輝かせた。赤というよりピンクに近いエロスさえ感じさせるバーキンだった。

「素晴しいバッグだわ。こんなのはじめて」

美津子は野上の手をしっかり握りしめ、買いたい意思を示めした。

確かに見事なバッグだった。神々しいまでの威厳があった。だが、王侯貴族か大富豪の女にふさわしいバッグであり、美津子には似合わないと思ったが、身のほど知らずの美津子は、そのバッグを欲しがった。

野上は横柄な態度で、

「君、このバッグを見せてくれ」

と女子店員に言った。

女子店員は野上と美津子の容姿をちらと見て、

「このバッグですか?」

と疑問を呈した。

「そうだ、このバッグだ」

野上は憮然としてケースの中のバッグを指差した。

女子店員は白い手袋をはめ、ケースの鍵を開けてバッグを取り出した。まるで宝石のように美しかった。

美津子はバッグをそっと持ち、溜息をもらした。

「いくらだ」

野上が訊いた。

値札には記号のような数字が書いてある。

女子店員は、その記号のような数字を解読でもするように見ていたが、

「四百五十万円です」

と日本語で答えた。

「四百五十万円！」

さすがの野上と美津子も驚いた。

いかにエルメスのワニ革のバーキンとはいえ、四百五十万円は高すぎると姜英吉は思った。庶民には想像もつかない値段である。

諦めるだろうと思ったが、

「買ってちょうだい、お願い」

と美津子は両手を合わせて頼むのだった。

「よし、買おう」

野上は虚勢を張って日本円で支払った。

それを店にいる客が驚きの眼差しで見ていた。

姜英吉は内心、馬鹿女が、と思いながら黙っていた。

美津子は嬉々としていた。

「めったにお目にかかれないバッグよ。たぶんパリでもお目にかかれないと思うわ。世界でただ一つのバッグなのよ。使うのがもったいないわ。袋に入れたまま、部屋に飾っておく」

衝動買いをする買い物症候群の女は、借金をしながら欲しい物を買って一回も使用せずに部屋に山

積みしているそうだが、美津子もその類《たぐい》の一人だった。持っているだけで虚栄心が満たされるのである。

野上と美津子はまるで凱旋でもしたように胸を張って店を出た。

そのあと野上はジャケットやカバンや靴を買い、

「おまえも欲しい物があったら買ってやるよ」

と言われたが、姜英吉は何も買わなかった。

それより田村機長に渡した百万円を要求すると、それはそれ、これはこれと百万円を出そうとはしなかった。

夜は有名レストランで豪華な食事をとり、クラブで飲み、ホテルに帰って就寝したのは午前一時頃だった。

翌日は午前十一時にホテルをチェックアウトして香港の空港に向った。昨夜、飲みすぎた三人はぐったりしていた。成田空港に着くまで三人は機内で眠りこけていた。そして成田空港に着くとタクシーに乗り、明日の午前十時に渋谷のハチ公前で落ち合うことにして姜英吉が最初に降りた。

アパートの部屋は寒々としている。香港とマカオで豪勢な時間を過ごしていた姜英吉はタイムスリップしたみたいだった。

冷蔵庫から缶ビールを取り出し、万年床に座ってテレビを点け、小切手をじっと見つめた。明日になれば一億近い金がころがり込むのだ。それを思うと姜英吉は興奮した。野上と美津子はよりをもどすだろうか。二人の金を合わせれば約二億円になる。二億円あれば一等地で店が経営できるし、家だって買える。一億円と二億円とでは大きな差がある。だが、いまさら悔んだところでせんないことだった。一億で充分ではないか。姜英吉は何度も自分にそう言い聞かせた。

翌日の午前十時に三人は渋谷のハチ公前で落ち合い、タクシーで内幸町の「中華銀行」に向った。

「どきどきするわ」

美津子が言った。

「落着くんだ。誰からも怪しまれないように振る舞うんだ」

野上は平静さを装っていたが目は泳いでいた。

助手席に座っている姜英吉は流れていく街の風景を見ていた。内幸町の「中華銀行」の位置が思い出せないのだった。

「着きました」

運転手は信号の手前で停車した。大勢の通行人が信号を渡っている。

内幸町の「中華銀行」の場所が思い出せなかった姜英吉はわれに返り、タクシーから降りてあたりの建物を見渡した。信号を渡った角に「中華銀行」はあった。歩行者信号が点滅している。タクシーから降りた三人はつぎの青信号を待つことにした。三人はそれぞれ大きなカバンを提げていた。

信号が青に変り、三人は道路を横断し、「中華銀行」に入った。思っていたより客が少なく、受付のカウンターが長かった。

姜英吉がカウンターに近づき、窓口の女子行員に、

「李漢弼支店長にお会いしたいのですが」

と告げた。

女子行員は後ろを振り返り、奥の大きな机の前に座っている支店長を確認して、

「しばらくお待ち下さい」

と言って席を立ち、支店長のところへ行って来客を知らせた。

支店長はメガネをはずしてカウンターに立っている姜英吉を見ていたが、おもむろに席を立ってやってくると笑顔で、

「何かご用ですか?」

と言った。

明らかに戸惑っている表情だった。

姜英吉は行員のいないカウンターの端へ移動した。野上と美津子もついてきた。

「じつは香港の黄錦城社長から、あなたに会うよう紹介されまして訪ねました」

「わたしに? 黄錦城社長?」

支店長は記憶をたぐっているようだったが、思い出せないらしく首をかしげて、

「どういうご用件でしょうか?」

と訊いた。

「小切手を現金化してもらいたいのです。あなたに頼めば現金化してくれると言われました」

「小切手を現金化?」

支店長はますます不可解そうな表情になって、

「すみませんが、小切手をちょっと拝見できますか」

と言った。

その言葉に三人はいっせいに懐から小切手を出して見せた。

まじまじと小切手を見ていた支店長が、

「これはコピーです」

と警戒感をつのらせて言った。

「コピー……そんなはずはないです。『香港ダイヤモンド会社』の黄錦城社長からもらった小切手です。詳しく調べてくれませんか」

野上と美津子の顔色が変っていた。

「わたしは黄錦城社長という人は知りません。あなたは何か勘ちがいしてるのではないですか。これはコピーですが、そもそも小切手ではありません。贋小切手のコピーです。あなたは騙されたのではありませんか。警察に届け出た方がいいですよ」

支店長は三人を疑っているようだった。

警察という言葉に三人は青ざめた。警察に通報されると、それこそ一巻の終りである。三人はそそくさと逃げるように銀行をあとにした。そして走ってきたタクシーに乗り、赤坂のTホテルのラウンジにきて息をついた。三人はかなり動揺している。

「あいつに騙された。明日、香港に行ってあいつを締め上げてやる」

怒りのおさまらない姜英吉は、飲んでいた水の入っているグラスをいまにも投げつけそうな剣幕だった。

「小切手が贋物と見抜けなかったのは、こっちの落度だ」

野上は自分たちの拙劣さを反省した。

「まさか小切手が贋物だなんて思わなかったわ。悪賢い奴だわ」

口惜しそうに言って、美津子はバッグから手鏡を取り出して化粧を直すのだった。

「化粧直しをしている場合か」

野上が無神経な美津子をなじった。

「女はいつも化粧が崩れているかどうか気になるの。男にはわからないでしょうけどね」

むくれた顔に美津子はファンデーションを薄くのばし、口紅を塗りたくった。真っ赤な毒々しい唇から性の匂いが漂っているようだった。

「これから香港に行こう」

姜英吉は一刻の猶予もないと思った。

「これから？　チケットも手配せずに？　無理だよ。明日にしろ」

野上は消極的だった。

「そうよ、いまからは無理よ。明日のチケットも取れるかどうかわからないわよ」

手鏡をのぞいて睫《まつげ》毛を手入れしている美津子が言った。

「おれ一人でも行く。ダイヤを取られてたまるか！」

姜英吉は一〇四番に掛けて日本旅行代理店の電話番号を調べ、今日か明日の香港行きの飛行機の座席の空きを確かめた。今日はすでに満席になっているが、明日の午前中の席に空きがあるという。姜英吉はチケットを三枚予約した。

「明日行ったって、奴はいねえよ。とっくにとんずらしてるさ」

野上は諦め顔になっている。

「いま頃はどこかに雲隠れして、高笑いしてるわよ。もっと慎重にやるべきだったわ。そろいもそろって、お馬鹿な男二人が贋小切手を掴まされるなんて、恥しくて人に言えないわよ」

美津子がドジな野上と姜英吉を非難した。

「おまえは四百五十万円もするエルメスのワニ革のバーキンを買ったから満足してるんじゃないのか」

と野上が言った。

「なによ四百五十万くらい。三億のお金を騙されて取られたのよ。わたしの一億円はどうしてくれるのよ」

美津子が野上に喰ってかかった。

「ヒステリックになるな。おまえはあいつを知ってたんだから、明日までに何か手掛かりを探せ。なんとしてでも、とっ捕まえるんだ」

姜英吉は強い口調で野上を急かせた。

「手掛かりなんかない。『香港ダイヤモンド会社』に行ったのは飛び込みみたいなもんだ。奴の正体はわからない」

どこの誰だか正体のわからない人物と取引したというわけだった。

「とにかく、明日香港に行って調べる。このままでは腹の虫が治まらない」

姜英吉は明日の午前八時に成田空港で落ち合って香港へ行くことを決めて席を立った。

アパートに帰る途中、姜英吉は缶ビールを六本買った。部屋の万年床に座り、テレビを点けて缶ビールを開けて飲んだ。そして懐から小切手を出して見つめた。姜英吉の目にはコピーには見えなかったし、贋物にも見えなかった。しかし、銀行の支店長が断言している以上、贋小切手であり、コピーであることに間違いない。危うく警察に通報されるところだった。

それにしても世の中には巧みに罠を仕掛けて獲物を捕獲しようとしている連中がいるものだと思った。姜英吉は不思議でならなかった。黄錦城という人物が、どうして「香港ダイヤモンド会社」の社長になり済ますことができたのか。受付嬢もグルだったのか。あるいは「香港ダイヤモンド会社」全体が巧みに仕掛けた罠だったのか。贋小切手がその場で贋物と判明したとき、黄錦城なる人物はどう対応したのだろう。あの紳士然とした対応には年季が入っていると思った。

「香港ダイヤモンド会社」に行ったところで黄錦城なる人物がいないのはわかっている。黄錦城という名前そのものが架空の名前だろう。美津子が言っていたように、いま頃奴は、どこかに雲隠れして高笑いをしてるにちがいない。雲隠れした黄錦城なる人物を探すのは不可能だった。

だが、姜英吉は「香港ダイヤモンド会社」に行き、調べずにはおれなかった。もしかすると、何かの勘ちがいであったり、誤謬《ごびゅう》だった可能性もなきにしもあらずである。姜英吉は騙されたと思いながら、一縷《いちる》の望みを捨てきれなかった。

少し酩酊してきた姜英吉は美奈子に無性に会いたかった。姉の美津子とちがって、どこかひかえめで憂いを含んだ表情が、姜英吉を待っているような気がした。姜英吉は美奈子の携帯に電話を掛けてみた。が留守電になっていた。地下の「二十一世紀」には電波が届かないのだ。姜英吉は「二十一世紀」に行ってみることにした。

タクシーに乗ると同じ会社の宮田運転手だった。

「偶然だな。会社の車とは思わなかった」

東京無線に所属している車は緑色で会社の車も緑色だった。

「新宿警察の近くまで行ってくれ」

と姜英吉は頼んだ。

「これから飲みに行くのか」

宮田運転手は言った。

「まあな、一人で部屋にいたってしようがないし」

「この近くなのか」

「すぐそこだ」

姜英吉は自分がタクシーに乗った場所の横道を指差した。

「社長もこの近くに住んでるらしいよ」

「知らなかった」

無線の音声が乱れている。宮田運転手は無線のスイッチを切った。

「ところで昨日、会長が死んだんだ」

と宮田運転手が言った。

「本当か、この間まで、ぴんぴんしてたのに」

姜英吉が出勤すると、事務所にはいつも会長がいた。従業員の勤務態度をチェックしているのだ。五十歳になる社長は終日机の前に座ってほとんど動かない。

「息子の社長は親父の会長に頭が上がらなかったからさ、金をびた一文触《さわ》れなかったんだ。会長は七十四歳になるけど、若い妾が二人もいてよ、そのうちの一人、赤坂のクラブに勤めてた駒子っていう二十六歳の女の部屋で腹上死したんだってよ。羨しい話だぜ。おれも腹上死してみてえよ。親父が死んだので、息子の社長は大喜びして、通夜は銀座で飲み明かしたらしいよ」

あの世まで金を持って行けなかった会長は、さぞかし無念だっただろうと姜英吉は思った。所詮、金は生きている間に使わなければ何の意味もないのだ。

新宿警察署の信号でタクシーから降りた姜英吉は背中を丸めて「二十一世紀」に向った。暗い墓場と「二十一世紀」の豆電球が点滅している看板があの世とこの世を象徴しているようだった。腹上死した会長はこの世に未練を残して、あの世で彷徨《ほうこう》しているだろう。姜英吉は背伸びして暗い墓場の中をのぞいた。大きな樹木の下に埋められている白骨体はいまだに発掘されていない。行方不明になっている人間は全国に数十万人いるといわれているが、姜英吉もある意味では行方不明の一人であるといえるかもしれない。

「二十一世紀」に入ると店内には二、三組の客しかいなかった。ボックスに座るとママが接待にきた。

「美津子はここんとこ休んでるし、美奈子も今日は休んでるのよ。人手が足りなくて困ってるのよ」

ママは愚痴をこぼした。

部屋にもいないし、店にもいないとすれば、美奈子はどこに行ってるのか。

「美奈子に何か変ったことはなかった？」

姜英吉はママに訊いた。

「べつに、美津子が香港に行ってると言ってた」

「香港に……」

美津子は妹の美奈子に香港行きを伝えているのだ。もしかするとダイヤの件をもらしているかもしれない。

姜英吉は三十分ほどで「二十一世紀」を出て「樹林」に赴いた。「樹林」も暇でカウンターに客が一人座っていた。

「暇でしようがないですよ。今月中に店をたたもうかと思ってます」

痩せ細っているマスターは深刻な表情で言った。

「店をたたんでどうする。何かやることあるのか」

「ないです。でも、赤字続きの店をこれ以上続けられないですよ。女房のおふくろから借りた金も返せないし、毎日責められてます。だから家に帰りたくないです」

マスターは妻の母親と同居していた。というより家は妻の母親のものであり、マスターが同居しているのである。いわば婿養子のような状態だった。

「家を出るつもりか」

と姜英吉は訊いた。

「出るに出られないです。八方塞がりですよ」

姜英吉も八方塞がりである。

事情はちがうが二人の状況は似ていた。もしダイヤが換金できていればマスターを援助してもいいと考えていたが、援助どころか、姜英吉の足元に火が点いていた。

「家は出ない方がいい。家を出るともどれなくなる」

姜英吉は自分の体験をオーバーラップさせて忠告した。

「女房とは毎日喧嘩です。険悪な状態ですよ。新聞記事で夫が妻を、妻が夫を殺害した事件を読むと、ぞっとします。他人ごとではないような気がするからです」

マスターの家庭の事情は深刻なようだった。

カウンターの隅で飲んでいた客が立った。店で何度か会っている客だが、姜英吉は挨拶を交わしたことがない。いつも一人で飲んでいて影のような存在だった。

薄汚れたコートを着ている客は飲み代を支払いながら、

「うだうだ、くだらねえ愚痴を並べずに、さっさと家を出りゃあいいんだ」

と不快そうに言って店を出た。

「あいつも家を出て、そのへんを野宿してんですよ。会社には通勤してますけどね。そのうち馘になりますよ。ああはなりたくない」

マスターは嫌悪をあらわにした。「樹林」が閉店すると行きつけの飲み屋が失くなってしまう。それは姜英吉にとって侘《わび》しいことであった。

翌日の午前八時に姜英吉は成田空港で野上と美津子に会い、香港行きの旅客機に搭乗した。三日前とちがって三人は緊張していた。

香港空港に到着すると三人はタクシーで「香港ダイヤモンド会社」をめざした。海岸沿いに建っている高層ビルはニューヨークの摩天楼のようだったが、住宅街の高層マンションの中には窓ガラスが割れ、廃墟と化している建物がいくつも見られた。香港という華やかなイメージとはうらはらに、ゴーストタウンと化している建物を三人は黙って見ていた。

「香港はいま、マンションを建て替えてるんですよ。わたしの友達は立ちのき料として一億円もらいました。わたしの家も立ちのきしてもらいたいです」

運転手は達者な日本語で言った。

「凄いじゃない……」

美津子は驚きの声を上げた。一億円といえば三人それぞれの取り分である。

タクシーは「香港ダイヤモンド会社」の前に止まった。タクシーから降りた三人は会社のドアを開けて中に入った。

受付嬢は三日前の受付嬢とは別人だった。

「社長に会いたいんだが……」

姜英吉は社長との面会を申し出た。

「どちらさまですか?」

受付嬢はどこか不自然な姜英吉の態度に、たどたどしい日本語で問い質《ただ》した。

「三日前、社長と会った者だと言えばわかる」

「三日前……? 三日前、社長は出張していました」

「出張してた? 嘘をつけ! 三日前、おれたちは社長と会ってるんだ。社長を呼べ!」

姜英吉は声を荒らげた。

「大きな声を出さないで下さい。社長はいま外出しています」

どこかに連絡しようとしている受付嬢を無視して、三人はエレベーターに乗って三階に上がり、社内に侵入した。そしてダイヤの原石を加工している部屋とダイヤをケースに陳列している部屋の通路を通って社長室をノックもせずに開けた。六十歳過ぎの少し頭の禿《は》げた男が机の前に座っていた。

突然、社長室に闖入《ちんにゅう》してきた三人に男は驚き、

「おまえたちは誰だ!」

と叫んだ。

「黄錦城はどこにいる!」

姜英吉が詰め寄った。

「黄錦城? そんな男は知らん! 誰かこの三人をつまみ出せ!」

男は英語で喋っていた。

三人は駆けつけてきた五人の社員に取り囲まれた。その中に日本語のできる男性社員がいた。彼は三人を日本人と思い、

「あなたたちは誰ですか?」

落着き払って訊いた。

「わたしたちは日本人です」

姜英吉は日本人ではなかったが、この場合、説明すると複雑になるので日本人の一人になった。そして三日前の出来事を説明した。その話を日本語のできる社員が六十歳過ぎの男に中国語で伝えた。

「とんでもない話だ。君たちは騙されたんだ。三日前、わたしはシンガポールに出張していた。犯人はその隙を利用したんだ」

社長はあきれた顔をしていた。

「だとしたら、会社の内情に詳しい人物の仕業だと思うんですが」

姜英吉は一歩踏み込んで疑問を呈した。

「会社内に共犯者がいるというのかね。わが社に、そんな人物はおらん。言いがかりもいい加減にしなさい。警察を呼ぶ前に出て行くんだ」

警察という言葉に姜英吉はたじろいだ。警察で事情聴取を受けると、事態の本質が発覚する恐れがある。それこそはもっとも避けなければならないことであった。

「姜さん、行きましょ。これ以上は無理よ」

美津子も事態の本質が発覚するのを恐れた。

藪蛇《やぶへび》であった。断念する他なかった。姜英吉は意気消沈して「香港ダイヤモンド会社」を引き揚げた。だが、「香港ダイヤモンド会社」がグルになっているという疑念は拭えなかった。三人はその日に香港を発《た》って東京にもどった。

新宿のレストランで食事をしながら美津子が言った。

「どうしようもないのよ。諦めるしかないわ」

「世の中、騙される方が馬鹿だってわけだ」

姜英吉は自虐的に言った。

「楽しい夢を見たけど、夢は目を覚ますと消えてしまうのよ」

美津子は真っ赤な口紅を塗った唇を開けて料理を食べた。

「どこかで聞いたような台詞だな。おれは楽しい夢を見たことがない。悪夢にうなされっ放しだ」

姜英吉は料理をほとんど食べずにビールをあおっていた。そして真っ赤な唇を大きく開けて料理を食べている美津子に姜英吉は言った。

「今夜は、おれの部屋に泊ってくれ」

料理を咀嚼している美津子の肉づきのよい唇が淫靡だった。

「駄目よ。わたしはもう姜さんとは寝ない。野上とも寝ない。一人でいたいのよ」

わずらわしそうな口調で、男はうんざりといった表情をした。

野上がほくそえんでいる。

「おれたちはこの先、会うことはない。ただし、美津子が電話を掛けてきたら別だけどさ」

美津子の性格を見抜いているように野上は言った。

「わたしが電話を掛けるわけないでしょ。あなたたちもわたしに電話を掛けてこないでちょうだい。わたしは新しい恋人をつくるわ」

料理を食べた美津子はワインを飲みはじめた。痩せているわりには大食いだった。

これ以上、美津子と野上につき合っても意味がないと思った姜英吉は帰ることにした。

結局、元の木阿弥《もくあみ》であった。あと味の悪い罪悪感だけが残った。タクシー運転手から解放されると思った望みは、あえなく頓挫した。明日にでも会社に電話を入れて出番を調整してもらおうと考えた。苦海《くがい》に身を落とした女郎のように姜英吉はタクシー運転手から足抜きできないのだった。

18

街は開発という名のもとに時々刻々と変化している。六本木ヒルズ、丸の内ビルディング、表参道ヒルズなど、新しいビルが建設され、人々の流れが変っていくように思えた。タクシー運転手は東京中を走り回っているわけだが、新しく開発された地域に行くと、戸惑ってしまうことがある。そして日曜日や休日になると大量の人々が押し寄せてきて、道路が混雑するのだった。人々はいったい何を求めてくるのだろうか？　と不思議な気がした。

だが、夜は閑散としている。大量に押し寄せていた人々の姿があまり見当らない。昼と夜の落差が、あまりにも極端だった。ビルに入居している店子《たなこ》は採算がとれるのだろうか、とあらぬ心配をしたりする。

姜英吉は以前と同じ生活にもどっていた。昼過ぎに出勤して翌日の午前七時頃、アパートの部屋にもどり、新聞を読みながら缶ビールを三本飲み、そのまま電気コタツで眠り、午後五時頃に起きて近くのラーメン店で食事をとり、三日に一度くらい銭湯に通っていた。美奈子に電話を掛けてみようかと思いながら、美奈子から電話が掛かってくるのを待っていた。だが、美奈子からの電話はなかった。

明け番はスナック「樹林」で閉店時間まで飲み、二日酔いの状態で出勤することもあった。ときどき「二十一世紀」に顔を出してみたが、美津子と美奈子はいなかった。

「二人とも連絡がとれないのよ。辞めるんだったら辞めるで、ひとこと言ってくれればいいのに……いまどきの若い女の子は何も言わずに辞めるから困るのよ」

ママは姜英吉に不満を述べるのだった。

「姜さんは二人と会ってないの……」

ママは姜英吉に探りを入れてきた。

「会ってない。どうしてるのか、おれにもわからない」

姜英吉の方が美津子と美奈子の近況を知りたいと思っていた。

しかし、どうでもいいと思った。姜英吉は妙に醒めていた。去る者は追わずである。姜英吉にとって人生は一過性でしかない。過ぎ去ってしまえば、すべては記憶の暗闇に埋もれてしまうのだ。

「二十一世紀」を出た姜英吉は背伸びして墓場をのぞいた。樹木の下に埋められている白骨体は、いつ掘り起こされるのか。白骨体は記憶とともに永久に葬り去られるのだろうか。姜英吉が警察に届け出れば、白骨体は掘り起こされ、記憶は蘇るだろう。だが、姜英吉は事件に巻き込まれたくなかった。

昨日までそれほど寒くなかったが、今朝は冷え込み、布団からすぐには出られなかった。姜英吉が布団の中でぐずつきながら会社を休もうかと考えているとき携帯電話が鳴った。

「出るのか、出ないのか、どっちだ」

例によって部長のしわがれ声だった。

姜英吉は判断しかねたが、部長に催促されて「出ます」と答えた。

「早くこい。車は一台しかない」

もったいぶった声で急かせるのだが、一台しかないということは誰も乗車したくない廃車寸前の車なのだ。

布団の中でぐずついていた姜英吉は思いきって起き上がり、洗顔するとジャンパーを着てミニバイクで会社に向った。渋滞している二四六号線を避けて裏道を使って会社に着いた。会社の事務所では三、四人の運転手がストーブの前で、持参している弁当を食べていた。壁の時計を見ると午後一時だった。

部長が渋い顔で日報を出しながら、

「雪になるかもしれない。スリップに気をつけろ」

と注意した。

姜英吉は日報を受け取り、乗車する車を点検した。ハンドルに三十度ほどの遊びがあり、タイヤは坊主に近かった。雪になるときわめて危険だった。それを知っている部長は「スリップに気をつけろ」と注意したのだ。

出庫した姜英吉は、とりあえず会社の近くのラーメン店で食事をとった。それから世田谷通りを流し、渋谷に向った。渋谷、新宿、青山、六本木あたりを走り、銀座四丁目の晴海通りの交差点で信号待ちをしていたとき、中央通りを東京駅方向に走行している黒のベンツを何げなく見ていた姜英吉は、一瞬、自分の目を疑った。黒のベンツを野上が運転していたのだ。しかも助手席には美奈子が乗っていた。失業している野上がどこかの会社社長のおかかえ運転手になっていれば納得できないこともなかったが、助手席に美奈子が乗っているのが不自然だった。助手席になぜ美奈子が乗っているのか？　見間違いだろうか？　姜英吉は信号が変るとベンツを尾行した。

ベンツは日本橋の三越デパート前で止まった。そして美奈子が降りて三越デパートに入っている間、野上は待っている。姜英吉は少し離れた場所で様子を見ていた。十分ほどして三越の買い物袋を提げた美奈子が出てきてベンツに乗った。注文していた品物を取りにきたのだろう。

ベンツが発進すると、姜英吉は尾行を続けた。小雪が降りだした。小雪は路面ですぐに解け、積るほどではなかった。ベンツは内堀通りから目白通りを走り、飯田橋に出ると直進して江戸川橋に向った。途中、何人かの客が手を挙げたが、姜英吉は無視して、メーターを回送に変えた。

ベンツは江戸川橋交差点を右折し、次に目白坂下の交差点で左折すると、椿山荘近くのマンションの地下駐車場に入った。どうやらこのマンションが野上の住まいらしいと思われた。それにしても五階建ての立派なマンションである。立地条件から推測して数千万円はするだろう。

姜英吉はマンションの入口に行ってみたが、防犯カメラが設置されていて、カードを入れないとドアは開かない仕組みになっている。幸い玄関のドアはガラス張りで、郵便受けが外から見えた。姜英吉は数十戸の郵便受けの名前を目で追った。そして三〇六号に「野上英助」の名前を見つけた。やはり野上は、このマンションの三〇六号室に居住しているのだった。

タクシーにもどった姜英吉はマンションを見上げてしばらく考え込んだ。無一文のはずの野上が、なぜ高級マンションに居住しているのか。美奈子も一緒に暮らしているようだが、あの嫉妬深い美津子が野上と美奈子の同棲を許すとは思えなかった。それとも美津子には内緒で同棲しているのか。

仕事を再開したが、姜英吉は落着かなかった。考えれば考えるほど野上に対する不信がつのるのだった。

姜英吉は仕事を早めに切り上げ、午前四時頃、帰庫した。

中途半端な売上げで早退する姜英吉に、

「体調が悪いのか」

と部長が言った。

「頭が痛くて……」

姜英吉はいかにも頭痛に悩まされているかのように顔をしかめ、売上げを精算すると、さっさと会社をあとにしてアパートの部屋に帰った。車の通行が少ないアパート前の路地に雪が十センチほど積っていた。部屋の前で新聞配達員と出くわした。姜英吉は配達員から朝刊をもらって部屋に入った。それから電気コタツで缶ビールを飲みながら錯綜している思考の整理をはじめた。

田村機長に百万円を渡してダイヤを香港まで運んだまでは正解だったと思った。問題はそのあとである。「香港ダイヤモンド会社」の社長や受付嬢が贋者であったことを野上は事前に知っていたのではないのか。つまり贋の社長や受付嬢と示めし合わせて姜英吉からダイヤを奪い、その後、別の業者に売ったのではないのか。しかし、それだけでは何かが抜け落ちている。ダイヤを誰に売ったのか、その代金をどこで受け取ったのか、美津子と共謀していたのか、それらすべてが謎だった。もしかすると「香港ダイヤモンド会社」の贋社長や受付嬢、後日会った本物の社長や受付嬢、そして内幸町の「中華銀行」の支店長も一枚嚙んでいるのではないかという疑念が拭えなかった。姜英吉を混乱させるために、各自がそれぞれの役割りを演じていたのではないのか。何か確証が必要だったが、手掛かりがない。姜英吉を巧みに騙してダイヤを奪い、現金化して高級マンションを買ったのは間違いないと思われるが、野上を直接問い詰めたところで白らばっくれるだろう。

本来なら姜英吉もこのぼろアパートとおさらばして高級マンションに暮らせるはずだった。それなのに野上に騙されていまだにみじめな暮らしをしていると思うと許せなかった。このまま黙って見過ごすわけにはいかない。しだいに怒りがこみ上げ、明日にでも野上の住んでいるマンションに行ってケリをつけてやろうと思った。

缶ビールを五本飲んで酔いの回ってきた姜英吉は美津子の携帯に電話した。だが、留守電だった。美津子はどこにいるのか。美津子のみだらな体を思い出すと姜英吉は欲情した。いま頃美津子はどこかで見知らぬ男と寝ているにちがいない。あの濡れた髭だらけの唇が男のものを呑み込んで咀嚼しているだろう。美津子の体と喘ぎ声を思い浮かべながら姜英吉は自瀆した。

翌日は明け番だった。姜英吉は昼過ぎに部屋を出てレンタカーを借りると野上の住んでいるマンションに向った。

目白通りに面したマンションに着くと、姜英吉は車を路肩に止めて降りた。目白通りには田中角栄元首相の邸宅と日本女子大学がある。

姜英吉はマンションの前で中から人が出てくるのを待った。中から人が出てくるとドアが自動的に開くのである。その隙に中へ入ることができるのだ。十五分ほどしてエレベーターから出てきた中年女がドアの前に立つと自動的にドアが開いた。中年女がドアを出ると同時に姜英吉は何喰わぬ顔で中に入った。中年女は怪しんでいなかった。防犯システムのあるマンションだが、中へは簡単に侵入できた。ただ防犯カメラがマンションに出入りする人間を監視していた。

姜英吉はエレベーターで三階に行き、三〇六号室の前に立った。番号の下に「野上英助」という名前が記入された白いプラスチックの表札がはめ込まれていた。

姜英吉はチャイムを押した。

中から「どなたですか」という美奈子の声が聞えた。

「姜だ」

姜英吉の声に美奈子は驚いて、ドアののぞき窓からじっと見ているようだった。

ドアが開き、野上が立っていた。

「よくここがわかったな。まあ、入ってくれ」

平静を装って姜英吉を部屋の中に入れたが、少し狼狽している感じだった。

大理石の広い玄関だった。壁に三十号の絵画が飾ってある。リビングに通された。絨毯《じゅうたん》を敷きつめた二十畳ほどのリビングには革製のソファと厚いガラス製のテーブル、ダイニングテーブルに四脚の椅子、飾り棚とミニコンポ、その他、洒落《しゃれ》たデザインの陶器類が飾ってあった。

「いい部屋だな。おれのぼろアパートとは段ちがいだ。おれもこんな部屋で暮らしてみたい」

姜英吉は羨望と皮肉のこもった声で言った。

ソファに座った姜英吉に美奈子がお茶を運んできた。

「このマンションは賃貸なのか、それとも買ったのか」

姜英吉はお茶をひと口すすって訊いた。

「買ったんだ」

野上が答えた。

「いくらで買ったんだ」

姜英吉が訊くと、

「それは言えない」

と野上は拒否した。

「なぜ言えない？」

「言う必要がない」

「言う必要がない？　言えないんだろう。おれの金だからな！」

姜英吉は感情的になって声を上げた。

「冗談じゃない。おまえの金なんか、びた一文使っちゃいねえ！　おまえの金はどこにあるんだ。『香港ダイヤモンド会社』の贋社長にかまされてダイヤはパーだ。それはおまえも知ってるだろう」

野上は声を荒だてて反論した。

「みんなおまえが仕組んだ罠だ。少し考えればわかる。おまえはおれを騙したつもりだろうが、そうはいかない。おまえは裏で香港の連中と取引したんだ。おれの取り分を返してもらう」

姜英吉はソファの上に胡座をかいて、てこでも動かない姿勢を示めした。

「おまえの取り分は一銭もないんだ。言い掛かりはいい加減にしろ」

「じゃあ訊くが、このマンションを買った金はどこから工面したんだ。昨日まで安アパートに住んでたおまえが、一夜明けてみると、高級マンションに住んでいる。金は天から降ってきたのか、地から湧いてきたのか、どっちなんだ」

「親父の遺産を受け継いだんだ。心臓病だった親父が急死して、一人っ子のおれは、その遺産を受け継いだんだ。それのどこが悪い」

「なるほど、親父の遺産を受け継いだのか。しかし、遺産を受け継ぐためには、それなりの法的な手続きが必要だ。不動産の査定だとか、納税とか、いろいろ手間がかかる。親父が昨日死んで、今日遺産相続をしたからといって、現金がすぐ手に入るってわけじゃない。嘘をつくなら、もう少しうまくついたらどうだ。おまえの話は、誰が聞いても嘘だってことがわかる。口から出まかせを言いやがって。そんな嘘に騙されるおれだと思ってるのか。とにかくおれの取り分を出せ。金がないなら、このマンションを売却しろ」

二人のやりとりを聞いていた美奈子がおろおろしている。

「美奈子、おまえは野上が嫌いじゃなかったのか。どうして野上と暮らしてるんだ」

「そんなこと、あなたに関係ないでしょ。野上はわたしのこと好きだって言うから、わたしは野上を選んだの。いままでわたしを好きだって言ってくれたのは野上だけ。わたしは愛されたかった。愛したかった」

美奈子の切実な言葉に姜英吉は、

「美津子はどうしてる。どこにいる。美津子はおまえたちが一緒に暮らしているのを知ってるのか」

と言った。

「美津子はいま頃、どこかで男とやりまくってるさ」

美津子は野上と美奈子が一緒に暮らしていることを知らないらしい。

姜英吉は路肩に駐車している車が気になっていた。駐車違反で警察に牽引されているかもしれないと思った。

「今日は帰るが、二、三日中にまたくる。それまで考えておけ」

姜英吉は因果を含めて言った。

「考えるまでもない。おまえにはびた一文渡すものか。このマンションは、おれのものだ。勘ちがいするな。このつぎは警察を呼ぶ」

姜英吉を拾得物隠匿罪で訴えるという意味なのか。

「上等じゃねえか。おまえも共犯だからな。覚悟しとけ」

姜英吉は捨て台詞を残して部屋を出た。

路肩に駐車していた車は牽引されていなかった。姜英吉はほっとして車を運転してレンタカーの店に返した。

アパートに帰った姜英吉は、あらためて野上の高級マンションとぼろアパートの落差に歯ぎしりした。

『とぼけやがって!』

電気コタツに入って缶ビールを飲んでいた姜英吉は肴の乾き物の干しフグを噛《か》じりながら何か策は

ないものかと考えた。考えてみたが、有効な方法は思いつかなかった。みすみす三億円を騙し取られたかと思うとはらわたの煮えくり返る思いだったが、どうすることもできなかった。

翌日、姜英吉は出勤した。いつもと同じように乗務しているが、売上げはかんばしくなかった。いまひとつ調子が出ないのである。途中で早退していったん売上げが落ち込むと、さぼらずに乗務しているのに売上げは伸び悩むのだ。午前七時まで頑張ったが、結局、売上げは日頃の三分の二程度だった。バックミラーをのぞくと、目が真っ赤に充血している。疲労が重なり、体力が落ちているのだろう。

日頃の三分の二程度の売上げだったが、目を真っ赤に充血させている姜英吉を見て、部長は何も言わずに日報を受け取って日歩合を計算した。

姜英吉は近くのラーメン店でラーメンと餃子を肴にビールを一本飲んで帰宅した。

そしてドアの鍵を開けようとしたとき、いつの間にかに二人の屈強な男に腕を取られ、うむも言わさぬ強い力で引きずられて黒塗りの車の後部座席に押し込まれた。

「何をする！」

姜英吉が声を張り上げると、両脇にいた二人の男の一人から口にガムテープを張られた。抵抗しようとした姜英吉は右側にいた男に顔面を強打された。

「じたばたするんじゃねえ！」

姜英吉の顔面を強打した男が凄みのある声で言った。

「姐《あね》さん、この男ですか」

左側の男が姜英吉の髪の毛を摑んで後ろに引っ張った。

助手席に座っていた女がゆっくりと体を乗り出して姜英吉を見た。毛皮のコートを着ている五十歳前後の厚化粧をした肥満気味の女だった。

「こいつよ。間違いない」

女は憎悪のこもった恐ろしい目で姜英吉を見ていた。

車が発進した。車が発進すると姜英吉はアイマスクで目隠しされた。スモークフィルムを貼り付けてある車窓は外部から中が見えなかった。両腕は二人の屈強な男に押さえ込まれている。声を上げることも腕を動かすこともできなかった。いったい何処《どこ》へ連れていかれるのか。突然の出来事にわけのわからない姜英吉は、助手席の女の殺意のこもった恐ろしい目に恐怖を覚えた。いったい何者だろう？　抵抗するのは賢明ではないと思って姜英吉はおとなしくしていることにした。何かの誤解だろうと思った。誤解なら、落着いて冷静に話し合えば解けるはずである。

車は高速道路に乗ったようだった。東に向っているのか、西に向っているのかわからない。車に乗っている間、誰一人喋らず、沈黙している。それが不気味だった。何の情報も得られないからであった。

車内に女の香水の匂いが漂っている。姜英吉は女の顔に見覚えはなかった。しかし、タクシーのバックミラーに映っていた女の顔がフラッシュバックした。『まさか……』姜英吉の尾骶骨《びていこつ》から後頭にかけて恐怖がじわじわと這い上がってきた。タクシーの中に黒い大きな革のボストンバッグを忘れていった女にちがいない。

四十分ほど走行した車は止まった。左側のドアが開き、「降りろ」と男が言った。

姜英吉はもう一人の男からアイマスクをはずされた。地下の駐車場だった。姜英吉は四、五人の男にとり囲まれた。みんな黒のスーツを着ている。体の動きや人相から組関係の人間に見えた。

姜英吉は駐車場の隅の四坪ほどの部屋に連れ込まれ、ガムテープをはずされた。椅子に座っていた四十歳くらいの男が、

「縛れ」

と男たちに命令した。

男たちは用意してあったロープで姜英吉の手足を縛り、天井の鉄骨の梁《はり》に吊るした。姜英吉の体が宙吊りになった。

「ずいぶん探したぜ。手こずらせやがって。黒い革のボストンバッグはどこにある」

椅子に座っている四十歳くらいの男が宙吊りになっている姜英吉を見上げ、煙草をふかしながら言った。

姜英吉は全身に汗をかいている。恐怖で体が震え、いまにも小便をもらしそうだった。

「ボストンバッグは刻んで捨てた」

姜英吉は正直に答えた。いまさら隠したところで男たちは納得しないだろうと思った。

「現金とダイヤとブツはどうした」

椅子に座っていた男がゆっくり立ち上がって姜英吉を睨んだ。獰猛《どうもう》なけものの目をしている。

「現金は千四百万円ほど残ってる。ダイヤは香港で換金しようとしたが、野上という奴に騙されて奪

われた。ブツはトイレに流した」

「なんだと、ブツはトイレに流しただと。あのブツは十億するんだ！　この野郎！」

男はふかしていた煙草の火を姜英吉の足首に押しつけた。

「うわっ！」

と姜英吉は叫んだ。

棍棒を持った二人の男から、脚や腹や背中をめった打ちにされた。痛みに耐えていた姜英吉は失神しそうになった。殺されるにちがいないと思った。

椅子に座っていた肥満気味の女が、

「野上って奴はどこにいる」

と訊いた。

失神しそうになって朦朧としている意識の中で、姜英吉は野上に対する復讐心に燃えた。

「目白通りの元首相、田中角栄の家の斜《は》す向いのマンションの三〇六号室に住んでいる」

野上が捕まってリンチを受け、恐怖と苦しみにもがきながら、殺されるところを見たいと姜英吉は思った。

「行って確かめてこい。嘘だったら、おまえを殺す！」

幹部と思われる四十歳くらいの男が言った。

「嘘じゃない。『香港ダイヤモンド会社』の社長黄錦城に売って二億八千万円の小切手をもらった。内幸町の『中華銀行』の李漢弼支店長に渡せば、その場で小切手を現金にしてくれると言われた。ところが小切手はコピーだった。野上がはじめから仕組んだ罠だった。あいつはおれを騙して金を独り占めして高級マンションを買ったんだ。頼む、殺さないでくれ。おれは現金に手をつけただけだ。助けてくれ」

宙吊りにされている姜英吉は必死に哀願した。

「仲間を裏切るのか。情けねえ野郎だ」

幹部と思われる男が軽蔑的な眼差しで言った。

「おれは裏切っていない。野上がおれを裏切ったんだ」

姜英吉は泣きごとを並べた。

「おまえの泣きごとなんか、いちいち聞いてられないよ。早くマンションに行って、野上とかいう奴をここへ連れてきな」

女は煙草に火を点けて言った。

「へい」

命令された二人の男が車に乗って地下駐車場を出て行った。

そのあと見張り番の男を一人残して、みんなはエレベーターで階上に上がった。

見張り番の男は椅子に座り、缶コーヒーを飲みながら、

「おまえも馬鹿な野郎だ。ボストンバッグの中味を見りゃあわかるだろう。怖くなかったのか。うちの姐御は『毒蛇』と呼ばれてるんだ。『毒蛇』に嚙まれたら一巻の終りだ」

と同情するように言った。

宙吊りにされている姜英吉の体にロープが喰い込んでくる。皮膚が破れそうだった。いつかはこうなるとわかっていたのではなかったのか、と姜英吉は自分に問いかけた。ダイヤの光に目がくらみ、一時的な欲望と快楽を満たすために理性を失い、地獄に堕ちたのだ。自業自得だと思った。後悔先に立たずとは、このことだ。しかし、姜英吉は死にたくなかった。おれの人生は何だったのかと思った。貧すれば鈍するというが、あまりにもみじめすぎる。

一時間が過ぎたが、野上を拘束に行った二人の男はまだ帰ってこなかった。宙吊りにされている姜英吉はぐったりしていた。早く決着をつけてくれと思った。見張り番の男は椅子に腰掛けてマンガ本を読んでいる。ときどき一人笑いしていた。

二時間が過ぎても二人の男はもどってこない。野上は留守なのか。それとも拘束に失敗したのか。体が痺れ、感覚を失くしかけている姜英吉は、なぜか睡魔に襲われていた。深い闇の底へ堕ちながら、ふっと意識が途切れるのだった。途切れた意識のほの暗い空間に、二人の子供の姿がぼんやりと浮かんだ。小学三年になる長男と小学一年になる長女だった。だが、三年以上会っていない子供の顔の輪郭がはっきりしないのだった。大阪にいた頃、事業に失敗して莫大な負債をかかえながら酒と女に溺れ、夜逃げ同然に大阪を出奔したあとも人生を暴走してきた姜英吉は子供のことを考えたことはなかった。その姜英吉がいま、深い意識の底で子供の姿を思い浮かべていた。何もしてやれなかった子供に対して、姜英吉は自責の念にとらわれた。父親失格だと思った。父親としての自覚がまったく欠落していた。

ドアが開いて二人の男が野上の両脇をかかえて入ってきた。殴られたらしく、野上の目の縁が青黒く腫れ、唇に血がにじんでいる。宙吊りにされている姜英吉を見て、野上は顔を引きつらせた。

エレベーターから女と幹部らしき男と、その他四、五人の男が出てきた。

「遅かったじゃない」

と女が言った。

「へえ、こいつが抵抗するもんですから、手こずりまして」

野上を拉致してきた男の一人が言った。

「ダイヤは『香港ダイヤモンド会社』に騙されて取られた。マンションは親父の遺産で買ったんだ」

野上が必死に弁明した。

「お黙り！」

女が野上の頬を打擲した。

「図々しい野郎だ。そんな言い訳けが、わしらに通ると思ってるのか。本当のことを、おまえの体に訊いてやる。こいつを縛り上げろ」

幹部と思われる男の命令で、野上はロープで両足と両腕を後ろ手に縛られ、天井の鉄骨の梁に吊り下げられた。

女がふかしていた煙草の火を野上の足首に押しつけた。

「わっ！」

と野上は叫びを上げた。

それから数人の男たちに棍棒でめった打ちにされた。

野上はうなだれ呻いていた。

隣に吊るされている姜英吉は、『いい気味』だと思った。

「よくもおれを売ったな」

うなだれ、呻いていた野上が頭をもたげて姜英吉に激しい怒りをぶつけるように言った。

「裏切ったのはおまえだ。地獄の底まで、おまえを引きずり込んでやる」

姜英吉も野上に怒りをぶっつけた。

「やれ、やれ、気のすむまでやれ！」

二人を見ていた女と数人の男たちは面白がっていたが、また見張り番を一人残してみんなはエレベーターで階上に上がって行った。

いつまで吊るしておくつもりなのか。姜英吉は体力の限界を感じていた。

「マンションを奴らに渡すんだ。そうすればおれたちは解放される」

姜英吉が野上に言った。

「マンションを渡したからといって、奴らがおれたちを解放するとは思えない。おれは絶対、マンションを渡さない。マンションはおれのものだ」

野上はかたくなに拒絶した。

「そんなことを言ってる場合か。おまえの欲が、こういう結果を招いたんだ」

姜英吉は野上を非難した。

「もとはといえば、おまえの欲におれは釣られたんだ」

二人はお互いに非難の応酬をするのだった。

マンガを読みながら見張りをしていた男が、

「うるせえんだよ！　いまさらがたがた言ったって、しょうがねえんだよ。おまえたちは始末されるんだ」

と言った。

19

その言葉に二人は口論をやめた。本当に抹殺されるのか、二人は半信半疑だった。

しばらくするとエレベーターが降りてきて、女と五人の男が出てきた。その中に六十歳くらいの男がいた。

「社長、こいつらです」

一人の男が宙吊りにされている二人を指差した。社長と呼ばれている六十歳くらいの男は組長だった。

組長は二人を見上げて睨むと、

「降ろしてやれ」

と言った。

組長の命令に二人は降ろされた。降ろされた二人はコンクリートの床に体を横たえ、苦しそうに呼吸していたが、突然、野上が、

「助けてくれ。何でも言うことを聞く。おれは何も知らなかったんだ。あんたたちの物だとわかっていれば、おれは手をつけなかった」

と組長の足元にひれ伏して哀願した。

「どっちにしろ、おまえたちは盗っ人だ。わしらの世界では、わしらの物に手を出した者は死んでもらうことになってる」

静かな口調だが、凄みがあった。

「全部返す。足りない分は働いて返す。だから助けてくれ」

野上はほとんど泣き声になって組長にすがった。

泣き声になって組長にしがみついている野上の浅ましい姿を見ていた姜英吉は何も言えなかった。野上と同じように哀願するのは、むしろ逆効果ではないかと思った。

黙っている姜英吉に対して、

「ふてぶてしい男だよ、こいつは」

と女が言った。

「こいつから先に片づけますか」

女の隣にいた男が言った。

「まあ、待て。金を引き出すのが先だ」

組長は殺気だっている手下を制止した。

それから組長は、

「通帳と印鑑はどこにある」

と野上に訊いた。

「通帳と印鑑は女が持ってる」

野上を拉致したとき、マンションに美奈子はいなかったのだ。

猜疑心の強い野上が、通帳と印鑑を美奈子に預けているとは意外だった。

「女は通帳と印鑑をどこかに隠してるんじゃないのか」

組長は訊き返した。

「通帳と印鑑は、いつもバッグに入れて持ち歩いてます」

「本当か？」

「持っていると思います」

「そうか、わかった」

組長は納得したように言って、今度は姜英吉に鉾先《ほこさき》を変えた。

「おまえは通帳と印鑑をどこに隠している」

野上が自分から通帳と印鑑の隠し場所を白状した以上、姜英吉も隠し通すわけにはいかなかった。隠し通すと、彼らの集中攻撃を受けるのは明らかであった。

「電気コタツの敷き布団の下にある」

姜英吉は諦め顔で答えた。

「これでおまえたちは痛い目に遭わずにすんだ。あとはおまえたちの話が本当かどうかだ。先はまだ長い」

組長は意味深長に言って、

「女を連れてこい」

と手下に命じた。

命令を受けた二人の手下が車に乗って駐車場を出た。

「こいつのロープを解いてやれ」

組長は手下に野上の手足を縛っているロープを解かせた。

ロープを解かれた野上は解放されると思い目をしばたたかせた。

女がバッグから書類を取り出した。売買契約証だった。売買契約証には一金九千三百万円と記入されていた。

「あのマンションの周辺の不動産屋を調べてみたが、マンションをあつかった不動産屋がわかった。おまえはあのマンションを八千五百万円で購入している。そして九千三百万円で売り、一ヶ月たらずで八百万円稼いだことになる。誰も不自然だとは思わないはずだ」

このからくりを気に入っているらしく、組長は得意そうに笑った。

「ここに署名しろ」

組長は野上に署名を強要した。

野上は従順に従った。

「こういう手のこんだ芝居をやる必要はなかった。くそったれ！　こいつを縛り上げろ」

野上はまたロープで手足を縛られた。

野上だけ解放されるのかと気をもんでいた姜英吉は、野上がふたたび手足を縛られたのでなぜかほっとした。野上だけ解放されると、残った姜英吉は集中攻撃されると恐れていたからだ。

用がすむと、社長と女と二人の男はエレベーターに乗って階上に上がって行った。見張り番の男はバットを持って凶悪な目付きで二人を見下ろし、

「てめえら、ただですむと思ってるのか」

と言って姜英吉の体を叩いた。

「うわっ！」

と姜英吉は叫んだ。

続いて男は野上を叩いた。

野上も「うわっ！」と叫んだ。

男は面白がって姜英吉と野上の脛《すね》をたて続けに二、三回強打した。姜英吉と野上はたまらずもがき呻いた。激痛が涙腺を刺激し、姜英吉の目から涙がこぼれた。

「男のくせに泣きやがって。これでも喰らえ！」

男は姜英吉をめった打ちにした。

姜英吉は意識を失いかけた。野上は恐怖で顔を引きつらせている。絶対的な優位にある男は、暴力をほしいままにしていた。男の目の奥に殺意がこもっている。

車がもどってきた。同時に階上からエレベーターが降りてきて社長と女と二人の男が出てきた。

車の中から口をガムテープでふさがれ、アイマスクをされている美奈子が引きずり出された。美奈子を引きずり出した男が、ガムテープとアイマスクをはずした。美奈子は両手と両足をロープで縛ら

れ、凄惨なリンチを受けて倒れている姜英吉と野上を見て仰天した。

女が硬直している美奈子に近づき、持っていたバッグをひったくった。そしてバッグの中を調べ、印鑑と通帳を取り出した。

「わたしは何も知りません。ただ預かっただけです」

美奈子は震える声で弁明した。

「いまさら、そんな言い訳けは通じないんだから。可愛い顔して、男をたぶらかしてんでしょ」

女は嫉妬深い目で美奈子を睨んだ。

「わたしは何も知りません。本当です」

美奈子は涙ぐんだ美しい瞳で、女にではなく、社長に訴えた。

社長は美奈子の頭のてっぺんから足の爪先《つまさき》まで見つめ、

「殺《や》るのはおしいな」

と言った。

「あなた、変な気を起さないでよね。示めしがつかないから」

すかさず女は社長を牽制した。

どうやら社長は女の夫らしかった。社長は野上に向って、

「おまえはこれから、うちの若いもんと一緒に銀行へ行って金を引き出してこい。それから三郎、おまえはアパートに行って電気コタツの敷き布団の下にある通帳と印鑑を取ってこい」

と言って男たちに指示すると男たちが「へい」と異口同音に返事した。

姜英吉と野上をバットで殴った男が、いきなり懐から拳銃を抜き、壁に向って三発撃った。地下の駐車場に銃声の轟音が反響して耳をつんざいた。

「変な真似をしやがると、その場で撃ち殺す」

拳銃を撃った男は、野上に拳銃を向けて言った。

美奈子も両手と両足をロープで縛られコンクリートの床にころがされた。

野上は拳銃を撃った男と別の男と一緒に車で地下駐車場を出て行った。さらに三郎と呼ばれた男と二人の別の男も車で地下駐車場を出て姜英吉のアパートに向った。社長と女はエレベーターで階上に上がって行った。駐車場には姜英吉と美奈子の二人だけになった。

「わたしは殺されるの？　わたしはこれで二度死ぬのね」

社長に弁明して命乞いをしていた美奈子が、急に諦観したように言った。

「おまえは自殺しようとしたとき、誰かに犯されたと言ってたが、知ってる相手か」

以前から美奈子に訊こうと思っていた疑問を姜英吉は、いま、ふと思い出して訊いた。

「知ってるわ」

「知ってる？　誰なんだ」

「野上よ」

「野上……。野上がなぜ？」

男と女の関係にある野上がなぜ自殺しようとした美奈子をあえて犯したのか。

「姉の美津子にそそのかされたのよ」

まったく意外な話である。

「美津子がどうして野上をそそのかしたのだ」

「姉はわたしが憎かったからよ」

「憎かった？　どうして？」

美奈子の話は疑問だらけだった。

「中学生のとき、姉が好きだった男の子とわたしは恋愛関係に陥ったの。ある日、学校の裏の樹木の陰でわたしと男の子がキスしているところを姉に見られたの。帰宅したわたしは、激しく嫉妬した姉から男の子を返せとののしられた。その後、わたしは男の子と一切会わずに別れたけど、姉はわたしを憎み続けた。高校生のとき、母が留守だった家に姉は見知らぬ男を連れてきたわ。そしてわたしは、その男に犯された。その様子を、姉は隣の部屋で襖《ふすま》の隙間からじっと見ていた。わたしは姉が恐ろしくなって高校を中退して家出をしたの。その頃から、わたしは死にたいと思っていた。わたしは世の中に必要な人間じゃないと思うようになった。自分をめちゃくちゃにしたいと思った。何度かカミソリで手首を切ったけど死にきれなかった。それに一人で死ぬのが寂しくて怖かった。そしてインターネットの自殺サイトで、一緒に死んでくれる人を探したの。インターネットの自殺サイトには自殺したいという人が何人もいたわ。事情はちがうけど、世の中には死にたいと思ってる人がこんなにいるのかと驚いた。わたしもその中の一人だけど、なんとなく勇気づけられた。

あとでわかったけど、姉はわたしが見ていた自殺サイトを全部知っていた。姉はわたしが自殺するのを待っていたのよ。そしてあの日、わたしは新宿の西口で待ち合わせていた車に乗って、あの場所に行った。車にはわたしと同じ年頃の女性が二人いたけど、お互いにひとことも喋らなかった。現場に着くと、政治家がよく使う言葉じゃないけど、わたしたちは粛々と準備をした。七輪に煉炭を入れて火をおこして床に置き、ガムテープで車の隙間をふさぎ、わたしたち三人は死ぬのを待ったわ。二時間もすると呼吸が苦しくなり、意識が混濁してきた。怖いとは思わなかった。これで何もかも終るのかと思うと、意識が朦朧としているせいもあったけど、凄く平静だった。暗闇にすーと引き込まれていったとき、信仰心のないわたしは『神様……』と呟いたような気がする。そのときドアが開いて誰かが乗り込んでくると、いきなり犯された。車の中に外気が入り、わたしは一瞬われに返って重くのしかかっている相手を見たの。野上がわたしの顔の真近で、息を荒らげていた。『早く終りなさいよ』という姉の声が聞えた。わたしを犯した野上が乱れているわたしの衣服を直すと姉が運転席の女と、私の隣の女の息を確かめていた。二人の女は死んでいたわ。野上が私の口を塞いだの。でも野上は強く塞がなかった。わたしの意識はまた朦朧としてきて、死ぬに死ねない気持だった。わたしは意識を失った。でも、しばらくしてあなたが通報した警察に助けられた。二人は死んでいたけど、わたしだけが助かったの。なぜわたしだけが助かったのか。あのとき死んでいればよかったのにと、いまでも思っている」

淡々と語る美奈子の話は、まるで他人ごとのようだった。美奈子にとって現実は虚構でしかないのだろうか。

「その後も野上とつき合ってるのはなぜだ。普通ならつき合わないと思うが」

「わたしは一度死んだ人間だから、意思のない人間なの。自分で何一つ決められないのよ。姉に逆らえないの」

「おまえたち姉妹の関係を理解するのは難しいが、血のつながりは切っても切れない縁だ。憎しみから解放されることはない」

「そうね、憎しみから解放されることはないと思う。死んでも憎しみは残るから」

「死ねばすべて終りだ」

「終りじゃない。生き残った者が憎しみ続けるのよ」

「生き残った者……」

姜英吉の父は二年前に亡くなっているが、胸の奥に父に対する憎しみが呪縛のように残っている。

「美奈子、ここを逃げよう」

姜英吉が言った。

「ロープで縛られてるのに、逃げられるわけないでしょ」

「おまえのロープを歯で解く」

姜英吉はころがりながら位置を変えて美奈子の後ろに回った。そして美奈子を後ろ手に縛っているロープを歯で解こうとした。

「駄目よ。逃げても必ず見つけ出されるわ。あなたも見つけ出されたでしょ」

「まさか奴らがおれを探してるとは思わなかった。このつぎは、奴らに見つからないよう用心する」

だが、美奈子は拒否した。

「逃げてどうするの？　一緒に暮らすつもり？」

「一緒に暮らしてもいい」

姜英吉の刹那的な言葉に、

「あなたとわたしは一緒に暮らせない。わたしは人間嫌いなの。誰も愛せない」

と美奈子は言った。

「希望はないのか」

「生れたときから、希望なんかないわ」

美奈子に突き放されて姜英吉は返す言葉がなかった。

姜英吉は縛られているロープを解こうと手首を動かしてみたが駄目だった。

これからどうなるのか。奴らは本気で、おれと美奈子を殺すつもりだろうか。姜英吉は拾ったボストンバッグのダイヤと金に手をつけたことを後悔した。これまでの人生そのものを後悔した。


暴力団員二人に監視されて一億六千万円の大金を引き出しに行った野上はK銀行に入った。そしてカウンターの女子行員に一億六千万円を引き出したいと告げた。女子行員はすぐ支店長の席に行って伝えた。支店長がいささか困惑した顔で野上を見ていたが、野上を別室に案内した。二人の組員も別室に入った。

席に着いた支店長はさっそく野上に預金通帳の提出を求めた。野上が預金通帳と印鑑を提出すると、支店長は預金通帳をじっと見ていたが、

「ちょっとお待ちください。口座を調べてみますが、これだけの大金をすぐにお支払いするのは、わ

たし一人の判断ではできません。本店の承諾を得る必要があります」

と言って席を立ち、部屋を出て行った。

野上と二人の組員は待つしかなかった。天井の隅に監視カメラが設置されている。組員の一人が椅子に上がって監視カメラをハンカチでおおった。

十分が過ぎても支店長はもどってこない。二人の組員がいらだっている。

「遅いじゃねえか。何やってんだ」

監視カメラにハンカチをかぶせた組員が言った。

「本店から現金を取りよせてるんじゃないですか」

野上は冷静さを装って言ったが、そのじつ焦っていた。

なんとかして二人の組員から逃れようと考えていた。だが、壁に拳銃を発砲した組員が上衣のポケットに手を突っ込んでいた。ポケットの中の拳銃を握っているのだ。もし野上が逃げようとすれば、いつでも発砲できる態勢をとっているのだった。

十五分が過ぎようとしている。

監視カメラにハンカチをかぶせた組員が、腕時計を見て、

「おかしい……」

と呟き、席を立ってドアを開けたとき、四、五人のスーツ姿の男と五、六人の制服警官が雪崩込《なだれこ》んできた。野上と二人の組員は驚いた。

先頭にいた年配の男が懐から取り出した一枚の用紙を三人にかざし、

「逮捕状だ。おまえたちを逮捕する」

と言った。

そして三人は抵抗する間もなく、その場で取り押さえられた。

二人の組員は面喰らっていた。

「おれたちは何もしてねえ。なんで逮捕するんだ」

二人の組員は抵抗していたが、数人の刑事と制服警官に力ずくで組み伏せられ、手錠を掛けられた。

顔面蒼白になっている野上は観念した。三人は刑事に引っ立てられた。

銀行の前には三台のパトカーが赤色灯を回転させて止まっている。数人の制服警官が周囲を警戒していた。野次馬が集まり、ものものしい雰囲気だった。パトカーに分乗させられた三人は、そのまま警察署に連行された。

それから一時間後、姜英吉と美奈子が監禁されている地下駐車場に十数人の刑事と制服警官が踏み込んだ。ビルは数十人の警官に包囲され、階上にいた社長と女をはじめ、十人の組員が逮捕されたのである。大掛かりな逮捕劇だった。その日の夕方、マスコミは事件をいっせいに大きく報道した。


五日前の深夜、一頭の野良犬が、「二十一世紀」前の墓場の塀の小さな穴から中に侵入し、樹木の下の土を掘って、人間の死体の一部をかじったのである。翌日、墓参りにきていた家族の一人が、樹木の下の土の中から出ている人間の脚を見つけて仰天し、警察に通報した。駆けつけた警察が土を掘り起こしてみると、白骨体と埋められてまだ日の浅い女の死体を発見した。白骨体の身元は不明だったが、女の死体は立花美津子だった。そして立花美津子の人間関係を調査した結果、野上、姜英吉、美奈子の三人が浮上した。

立花美津子の死体を発掘した警察はただちに野上、美奈子の顔写真を全国の金融機関やスーパーなどに配布して指名手配した。そこへ二人の組員と一緒に野上が銀行に現れたのである。

銀行口座に一億六千万円の大金が入金されている点を追及されて、野上はそれまでの事情をあっさり自白し、姜英吉と美奈子が監禁されている場所を教えた。

組員は野上と姜英吉を拉致したとき、街の風景や道順を隠すため、アイマスクをした。そして街から遠く離れたように見せかけるため、高速道路を走ったのだが、実際はつぎの料金所で降りるとまた高速道路を使って都内にもどってきた。その時点で、野上は自分がどこにいるのかまったくわからなかった。だが、金を引き出すために銀行へ行くとき、組員はアイマスクを忘れた。頓馬といえば頓馬だが、まさか銀行で警察に逮捕されるとは思わなかったのだろう。

組員たちから暴行された姜英吉と美奈子は、いったん病院に収容されて治療を受けた。取調べに対し、姜英吉は何もかも自白した。いまさら隠すことは何もなかった。

「魔がさしたのです」

そう言って姜英吉はうなだれた。

人間誰しも魔がさすときがある。越えてはならない一線を越えてしまうのだ。そして越えてはならない一線を越えると、あとは奈落の底へ真っ逆さまに墜落していく。姜英吉は途中、何度かダイヤを放棄しようと考えた。美津子と美奈子との関係も清算しようと考えた。しかし、姜英吉はすでに欲望の泥沼にどっぷりつかっていて這い上がることはできなかった。

「魔がさした……?」

取調官は疑り深い目で姜英吉を見た。

「君は立花美津子の殺害に関与していたのか」

信じられない言葉に、

「えっ、美津子は殺されたのですか」

と姜英吉は驚愕した。

「そうだ。立花美津子の死体は、墓場の樹の下に埋められていた」

美津子と連絡がとれなかった頃、「どこかで男とやりまくってるさ」と野上は言っていたが、そのとき美津子はすでに殺害されていたのだ。

姜英吉は愕然として肩を落とし、まるで暗い深い穴をいつまでものぞいているように足元を見つめていた。

野上と美奈子は個別に取調べを受けていたが、二人の供述は一致していなかった。

三月四日午後十時頃、酒に酔った美津子が美奈子の部屋にきた。部屋には野上がいた。

「あなたに話があったから部屋に行ったけど、いなかったからここにきたのよ。やっぱりここにいたのね」

少し酩酊している美津子は嫉《ねた》むような目で美奈子を見やり、

「ダイヤを換金したんでしょ。そのお金の半分はわたしのものよ」

と言った。

「馬鹿なこと言うな。ダイヤは換金していない。黄錦城に騙された、金は一銭もない」

野上はつっぱねた。

「嘘おっしゃい！　わたしはわざわざ香港まで行って黄錦城と一晩つき合って、黄錦城から聞いたのよ。ダイヤは『香港ダイヤモンド会社』に売って、そのお金は十パーセントの手数料を払って地下銀行でマネーロンダリングして東京のK銀行の架空名義の口座に振り込まれてるでしょ。黄錦城は十パーセントの手数料は少なすぎると言ってた」

美津子がことの真相を暴露すると、

「いい加減なこと言うな。おまえこそ黄錦城をたぶらかして、おれを脅迫するのか」

と怒鳴りちらした。

「姜さんに言ってやる！　野上はお金を独り占めしてるって！」

姜英吉の名前を持ち出されて野上は逆上した。

「このあばずれ女！　姜とさんざんやりまくってるくせに、姜につげ口するって言うのか。おれはずっと我慢してきたんだ。ずっと見て見ぬふりをしてきたんだ。それなのに姜の野郎に言いつけると言うのか。言いつけるなら言ってみろ。その前に、おまえを殺してやる」

野上は美津子の顔面を二、三回殴打し、胸や腹部を蹴った。美津子がよろめき倒れると、座っていた美奈子がいきなり絹のマフラーでその首を絞めた。

「美奈子、何すんのよ！」

わめきながら暴れる美津子の体を野上が押さえ込み、ハンカチを口に押し込んだ。さらに野上は美奈子と替って美津子の首を絞めた。

美奈子は立ち上がり、台所に行ってフライパンを持ってくると、美津子の顔といわず頭といわず叩き続けた。美津子は頭から血を流し、顔面血だらけになり、まさか美奈子が自分に殺意をいだいていたとは、という表情で目をぱちくりさせて瞳孔を開いたまま息を引きとった。それでも美奈子は野上が止めるまで姉の美津子を叩き続けた。美奈子は姉に対する積年の鬱憤を晴らしたのだった。

なぜ美津子を殺害したのか、野上は自分でもわからなかった。それにもまして美奈子の姉に対する激しい憎悪に驚いた。

二人は美津子の死体を毛布に包んで紐でしっかり結び、血だらけになっている床を雑巾で何度も拭いた。そして翌日、二人は死体を置いたまま外出すると、レンタカーを借りて郊外をドライブし、レストランで食事をとったあと、ラブホテルで時間を過ごし、深夜の二時頃、帰宅した。

梱包した死体はそのままあったが、包んでいた毛布から血がにじんでいた。

「やっぱりビニールで包んだ方がいい。中野駅の近くに二十四時間営業してるホームセンターがある。これから行って買ってくる」

野上は毛布からにじんでいる血に神経をとがらせた。

「時間がないわ。それに、こんな時間に大きなビニールを買うと不審がられると思う。早く運んで埋めてしまえばいいのよ」

いざとなると女の美奈子の方が男の野上より大胆だった。美奈子の意見に押されて野上は死体を運んで埋めることにした。

野上は死体を担ぎ、美奈子は見張りに立った。

ドアを開けて廊下に人がいないのを確かめた美奈子は野上に合図を送った。それから下に降りてレンタカーのトランクに死体を詰めると、野上が運転して墓場にきた。

「二十一世紀」の入口はシャッターが降ろされていた。目と鼻の先にある「樹林」の灯りも消えている。低い塀に囲まれている墓場の中に死体を入れる作業は、それほど難しくなかった。

野上は樹木の下の土を、園芸用の小さなスコップで掘りはじめた。美奈子も爪を立てて土を掘った。少し土を掘ると白骨体が出てきたので野上は驚いたが、白骨体が埋められているのをすでに知っていた美奈子は驚かなかった。そして一メートルほど掘った穴に死体を埋めた。

死体を埋めた二人はほっとして、ファミリーレストランで食事をした。

「部屋には帰りたくない」

と美奈子が言った。

「当分、ホテルに泊ろう。おれはマンションを買う。探せばすぐに見つかるはずだ」

「一緒に暮らすの？」

「一緒に暮らす。おれたちの新しい人生が始まる。おれたちに過去はない。未来があるだけだ」

「未来があるだけ……？」

未来を生きるためには過去の記憶を封印しなければならない。だが、そんなことができるだろうか？　フライパンで姉の頭や顔をめった打ちにした感触が、美奈子の体の深部に残っている。その感触は憎しみの感情でもあった。この先、憎しみの感情が消えるだろうか。ホテルに泊った美奈子は、樹木の下に埋めた姉の血だらけになった死体が、土の中から這い出してくる夢を見て、叫びを上げた。

取調べに対して野上はすべてを自白したが、美奈子はあくまで死体の運搬を手伝っただけで、姉の殺害には直接関与していないと主張していた。

一方、姜英吉は拾得物隠匿罪で逮捕、起訴された。そして裁判にかけられ、懲役八ヶ月の判決を下された。

だが、野上と美奈子の取調べは、美奈子が犯行を否認しているため遅々として進まなかった。検察庁に身柄を送検されてからも、美奈子は犯行を否認し続けていた。美奈子のかたくなな態度に検察庁は業を煮やしていたが、さまざまな物的証拠や状況証拠がそろっているので、犯行を認めるのは時間の問題であると楽観していた。しかし、ある日、意表を突くような形で、美奈子は拘置所で手首を切って自殺したのである。

八ヶ月の懲役刑は長かった。出所したとき誰も迎えにきていないだろうと思っていたが、妻の従兄の康淳保が迎えにきていた。
「少し肥《ふと》ったな」
出所したばかりの姜英吉に気を使って、康淳保はありふれた言葉を掛けた。
「規則正しい生活をしてたものですから」

姜英吉は小声で言った。

康淳保は車で迎えにきていた。二十二、三歳になる康淳保の長男が車を運転していた。

「出直すんだ。おまえはまだ若い。人生に終りはない」

康淳保の言葉は、姜英吉の胸に深くしみた。

車は大久保で康淳保が経営している焼肉店に向っていた。

やがて車は焼肉店に着いた。午後五時から午前五時まで営業している店は、まだ準備中だった。車から降りた康淳保と姜英吉は建物の二階に上がった。ドアを開けて店に入ると、

「お帰り」

と康淳保の妻の朴陽子が笑顔で姜英吉を迎えてくれた。そして六脚あるテーブルの一つに姜英吉の妻の恵子と二人の子供がいた。二人の子供とは約四年ぶりの再会だった。十歳になる長男と八歳になる長女は、四年ぶりに会った父親に対してはにかんでいた。

「アボジ（お父さん）やで」

と朴陽子が言った。

だが、二人の子供は実感のない不自然な違和感をいだいているようだった。

四年もの間、家族を見捨てていた姜英吉は、成長している二人の子供に、どう声を掛けていいのかわからなかった。

「昨日、東京にきて、新宿のホテルに泊って、あなたを待っとったの」

体の悪い恵子は、この機会に二人の子供を父親に会わせようと上京してきたのだった。

「こんな可愛い子供を放っといてええのかいな。あんたにもいろいろ事情があって東京にきたと思うけど、せめて子供が自立できるまで親が面倒を見なあかんのとちがうか。うちの人は博打うちやさかい、あちこちに借金あるけど、家族と一緒に暮らしてるからまだましや」

姜英吉にかこつけて朴陽子は暗に夫をなじっていた。康淳保は顎をこすって苦笑している。

姜英吉は返す言葉がなかった。

無垢《むく》で、か弱い子供の純粋な瞳を見ていると、姜英吉はあらためて、父親としての自覚に欠けていたことを痛感した。この世に生を享《う》けた子供を、父親の都合で見捨てていいわけがない。朴陽子の言う通り、無垢で無力な子供が自立できるまで、父親は子供を育てる責任があると思った。

「おなか空いたやろ。焼肉でも食べるか」

そう言って朴陽子は皿に盛った肉を運んできた。そしてガスコンロを点け、肉を焼きはじめた。

姜英吉は康淳保からつがれたビールを飲んだ。久しぶりに飲んだビールははらわたにしみた。

子供たちが焼肉をおいしそうに頬ばっている。その嬉しそうな顔を見ていると、理屈ではなく、子供たちが自立するまで育てなければならないと覚悟した。

「明日から家族と暮らすのは無理やろ。アパートも借りなあかんし、生活費もたくわえなあかんさかい、すくなくとも何ヶ月か先になると思うけど、時期は決めといた方がええわ」

時期を決めずに別れると、またずるずる時間が過ぎて、いつ家族と暮らせるか分からない。朴陽子は姜英吉に釘をさしたのだった。

「三、四ヶ月はかかると思います」

姜英吉は慎重に言ったが、実際、そのくらいの時間は必要だろうと思った。

「ほな、四ヶ月後にしましょ。ただし条件があるの。四ヶ月の間、英吉さんは毎月一回この店にきて、私に報告してほしいの。そうでないと不安やろ」

これまでの姜英吉の態度から、あまり信用できないというのが朴陽子の本音だった。

「分かりました。月末、この店にきます」

不本意だったが、姜英吉は条件を受け入れた。家族は翌日、大阪に帰って行った。姜英吉は昼過ぎに会社に赴き、部長と再雇用について話し合った。

「一回だけ面倒見てやる」

同じ在日同胞として一回だけ面倒を見てやるということなのか。とにかく姜英吉は再雇用されることになり、その日から仮眠所に泊って、翌日から勤務することになった。仮眠所に泊っている関係上、朝八時から出勤しなければならなかった。あてがわれたタクシーはやはり廃車寸前のオンボロタクシーである。車庫を出たが世田谷通りは大渋滞だった。この時間帯はどこも渋滞しているので、姜英吉は裏通りの車のあまり通らない道路にタクシーを止めて仮眠した。そして十時から営業を開始した。

売上げは順調だった。夕食の午後八時に計算してみると、二万八千円台になっていた。今日の売上げは五万円になると気をよくして姜英吉は食後の仮眠を一時間程とった。

しかし、後半の売上げはかんばしくなかった。大久保、幡ヶ谷、四ッ谷などの近場ばかりだった。ついてないと思っていたとき、田無《たなし》までの客を乗せた。乗客を田無で降ろして新宿へもどってきた姜英吉は、今日はこれで終りだと仕事を投げ出し、新宿警察署を過ぎたとき無意識にハンドルを左に切って狭い道路に入った。八ヶ月前まではあったはずの「樹林」の看板が出ていなかった。姜英吉が刑務所に収容されて間もなく、「樹林」は閉店したのだった。

姜英吉は「樹林」の店があった前をゆっくり右折した。豆電球が点滅している「二十一世紀」の派手な看板が暗闇の中に輝いていた。姜英吉は懐しさとおぞましさの混濁した感情で「二十一世紀」の看板をしばらく見つめていたが、おもむろにタクシーを墓場の塀に沿って止めて外に出ると、夜空に聳えている高層ビルを見上げた。鋭角に聳えている高層ビルは、いまにも倒れてきそうだった。姜英吉は背伸びして墓場をのぞいた。月明かりに照らされた墓場は海底のように青白かった。姜英吉は踵を返して今度は「二十一世紀」の階段をのぞいた。階段は地底深くにまで延び、入口のドアが見えない。だが、店の中では美津子と美奈子が姜英吉を待っているような気がした。姜英吉は高層ビルが倒れてきそうな危機感を覚えながら、地下への長い長い階段を降りて行った。

この作品は「ポンツーン」二〇〇六年七月号から二〇〇八年四月号に連載され、単行本化にあたり大幅に加筆・修正を加えたものです。

※本書はフィクションであり、登場する人物および団体名は、実在するものといっさい関係ありません。

〈著者紹介〉
梁石日　1936年大阪府生まれ。著書に『闇の子供たち』『夜を賭けて』『断層海流』『族譜の果て』『夏の炎』『裏と表』『カオス』（全て幻冬舎文庫）など。「血と骨」で第11回山本周五郎賞を受賞、同作品は映画化され絶讃を博す。近著に『夜に目醒めよ』（毎日新聞社）がある。

GENTOSHA

冬の陽炎
2008年6月25日　第1刷発行

著　者　梁石日《ヤン・ソギル》
発行者　見城 徹

発行所　株式会社 幻冬舎
〒151-0051 東京都渋谷区千駄ヶ谷4-9-7

電話:03(5411)6211(編集)
03(5411)6222(営業)
振替:00120-8-767643
印刷・製本所:図書印刷株式会社

検印廃止

Printed in Japan
ISBN 978-4-344-01526-5　C0093
幻冬舎ホームページアドレス　http://www.gentosha.co.jp/

この本に関するご意見・ご感想をメールでお寄せいただく場合は、
comment@gentosha.co.jpまで。